KB237352

데몬 카이저

Daemon Kaiser

데몬 카이저 3

토돌 판타지 장편 소설

초판 1쇄 찍은 날 § 2006년 4월 4일
초판 1쇄 펴낸 날 § 2006년 4월 14일

지은이 § 토돌
펴낸이 § 서경석

편집장 § 문혜영
편집책임 § 유경화
편집 § 심재영

펴낸곳 § 도서출판 청어람
등록번호 § 제1081-1-89호
등록일자 § 1999. 5. 31
어람번호 § 제1-0696호

주소 § 경기도 부천시 원미구 심곡1동 350-1 남성B/D 3F (우) 420-011
전화 § 032-656-4452 팩스 § 032-656-4453
http://www.chungeoram.com
E-mail § eoram99@chollian.net

ⓒ 토돌, 2006

ISBN 89-251-0017-7 04810
ISBN 89-251-0014-2 (세트)

※ 파본은 본사나 구입하신 서점에서 교환하여 드립니다.
※ 저자와 협의하여 인지를 붙이지 않습니다.

옛 오름, 그리고 빛

FANTASY FRONTIER SPIRIT

Daemon Kaiser
데몬 카이저

3

드러나는 진실

도서출판 청어람

CONTENTS

Chapter 1
광기의 성전

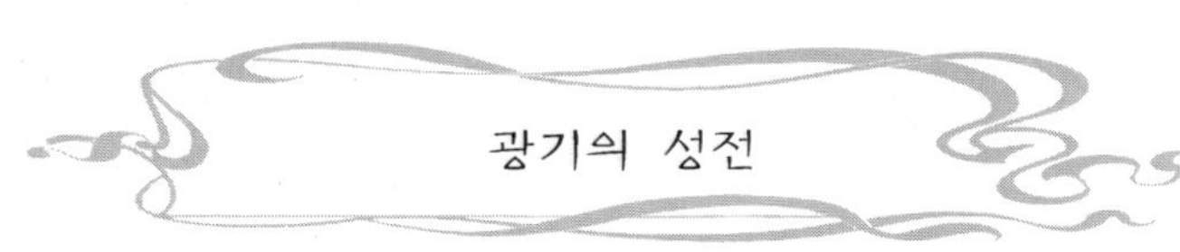

광기의 성전

스타리 해군 70% 이상 궤멸. 국왕은 간신히 도주하였으나 함대는 재기불능. 그에 반해 에일랜드 군의 피해는 미미.

보고서를 움켜쥔 알바트로 7세의 손이 부들부들 떨렸다.

"이긴다 하지 않았나! 어째서 이단의 역도들 따위에게……."

"성하, 고정하시옵소서."

가르디엘은 안타까이 말했다. 그로서는 놀라운 일도 아니었다. 그보다 신경 쓰이는 건 그 결과가 나오게 된 과정에 있었다. 에일랜드 군이 신마법을 사용했다.

보고서를 쓴 인간은 그것이 저편에 있는 대마도사 켈스의 업적이라고 했지만 그의 생각은 달랐다. 기존의 것을 완벽히 익히는 것과 새로운 것을 창조하는 것은 또 다른 이야기다. 마계의 입김이 들어갔을 가능성을 뒷받침하는 상황 증거였다.

“이리되면 어찌 되는 것인가.”

“에일랜드 군이 이스테리에 상륙한다면 막아낼 수 있습니다. 비록 궤멸적인 피해를 입었다 하나 아직 이스테리 왕실기사단은 건재하며 지역 수비군만 모아도 버틸 정도는 됩니다. 하지만……..”

“말해보게. 어떤 불길한 예상이라도 그대로 말해보게.”

“아마도 에일랜드는 바다를 타고 올라와 성도를 바로 공략할 것입니다.”

“이단의 무리들이 이 성스러운 땅을 밟는단 말인가!”

알바트로 7세의 분노한 외침이 온 방을 쩌렁쩌렁 울렸다.

“황공하옵니다.”

하다못해 네프티알이 그렇게 깨끗이 먹히지만 않았더라도 이스테리 육군을 무리해서라도 움직여서 에일랜드가 성도 공략보다 그쪽을 구원하도록 압박해 볼 수도 있었을 것이다. 하지만 지금으로서는 무리였다.

“이 일을 어이한단 말인가.”

“프렌즈 쪽에 지원 나간 교군을 불러들인다면 일시간 성도를 방어할 수는 있을 것입니다. 그러나 그토록 우세했는데도 이리되었거늘 수세에 몰리게 되면 앞날을 장담키 힘들다 여깁니다.”

“그렇겠지.”

알바트로 7세가 더는 화낼 기력도 없다는 듯 고개를 끄덕였다. 흥분을 잘하긴 해도 노련하기도 한 그였다. 소리만 쳐봐야 상황이 타개되지 않는다는 것 정도는 알았다.

“가장 좋은 방법은 하나뿐입니다, 성하. 이제라도 결단을 내리소서. 비장의 패는 필요할 때 써야 그 의미를 지닙니다.”

"역시 그 수밖에 없는가."

"가장 확실한 방법이옵니다."

천계는 이곳을 돌보지 않는다. 그렇다면 인간이 스스로를 돌볼 수밖에 없다.

"그러나 그건 역대 교황 누구도 깨지 않았던 금기네. 존재하면서도 존재하지 않는 것이 4대 추기경들의 진정한 힘. 그걸 세상에 드러낸 후의 뒷일을 생각해 보았는가?"

한번이라도 깨어진 금기는 회복할 수 없다. 이건 순결과 같은 문제다. 잃기는 쉬워도 되돌리는 방안은 없다. 발생해 버린 '과거' 그 자체의 문제니까.

"어찌 생각해 보지 않았겠습니까? 하오나 이대로 패하면 이후라는 자체가 존재하지 않을 것입니다."

"으음……."

알바트로 7세의 고민은 길어졌다. 지금 이 순간에도 에일랜드 군은 배를 타고 오고 있을지 모른다. 머지않아 이 땅을 포위하리라. 그건 용납할 수 없는 일이다. 그러나 교단의 숨겨진 면을 드러내는 건 괜찮은 일인가? 보존하되 숨기라. 그것은 오직 선대 교황이 다음 대 교황에게 말로만 전하는 의무이거늘 자기가 어겨도 되는가?

"오래 고민할 시간은 없겠지."

"때가 늦으면 비장의 패도 효력이 반감하는 법입니다."

"그래, 그렇지."

"교단을 지키기 위해서입니다. 어차피 그 힘은 이단의 무리에게만 쓰일 터, 지금껏 숨겨온 것은 이럴 때 쓰기 위해서가 아니겠습니까."

가르디엘의 연이은 설득에 알바트로 7세는 고개를 끄덕였다.

　"그래, 자네 말이 맞네. 생각해 보면 신탁이 떨어진 것도 이와 같은 미래를 예견하여 내게 대비하라 하셨음이야. 이제야말로 교단의 전 힘을 모아 저 무리들을 심판하겠네."

　"영명하신 결단입니다."

　"비밀의 방에 들겠네."

　교황이라 할지라도 '봉인'을 풀 때는 정해진 절차를 밟도록 되어 있다. 그것은 이 두려운 힘을 열기 전 마지막 제어 장치. 하지만 결단을 내린 지금은 시간문제였다.

　알바트로 7세는 모든 수하를 물리고 그림자 호위들까지 멀리 보낸 후 자신의 침대 옆 기둥에 조각되어 있는 천사상의 날개를 살짝 틀었다. 그러자 침대 밑의 바닥이 움직이며 지하로 내려가는 계단이 나타났다.

　계단 아래는 마법석들이 빛을 밝힘에도 불구하고 어두웠다. 그건 물리적인 어둠과는 다른 어둠이었다. 이제부터 이 아래에 있는 것이 무엇인지 예고하는 지옥 입구의 팻말. 겨우 한 발을 내디뎠을 뿐인데 서늘한 공기가 주위에 맴돌았다.

　'여신이시여, 용서하고 허락하소서.'

　짧게 기도하고 그는 발걸음을 계속 옮겼다. 마침내 도달한 지하의 끝에는 푸른 날개의 천사상과 검은 날개의 천사상이 서 있었다.

　교황은 망설이다가 푸른 날개 쪽에 먼저 섰다. 그나마 이쪽이 조금 나았다. 아직 검은 날개 쪽까지는 건드릴 용기가 안 났다.

　교황이 천사상의 한가운데에 자신의 인장을 꺼내 넣자 조용히 왼쪽 문이 열렸다. 교황은 침을 꿀꺽 삼켰다. 이 너머를 실제로 보는 것은 그도 처음이었다.

"어서 오시지요, 성하."

문이 열리자마자 자신에게 인사하는 푸른 머리에 푸른 눈의 추기경을 보며 알바트로 7세는 시선을 살짝 돌렸다. 한순간이나마 마주친 눈이 두려움을 자아냈다. 어디까지 쏘아보는지 꿰뚫어 보는지 모를 차디찬 눈. 그는 정해진 말을 재빨리 내뱉었다.

"거룩하셨고 거룩하시며 거룩하실 여신께서 지상을 돌보라 명하신 대행자로서 나 교황 알바트로 7세가 왔도다. 이제 격식과 율법에 따라 봉인된 힘의 주인을 찾으니 청의 추기경은 예를 갖추라!"

"모든 것은 정해진 섭리대로. 전지하신 그분께서 만사를 계획하셨고 전능하신 그분께서 만사를 이루셨나니 이 만남도 행함도 그분의 뜻. 이제 명을 받드나이다."

"그대, 금서의 한 페이지를 열어보는 것을 허락받은 비밀의 주관자여. 이제 침묵 속에 묻은 것을 꺼내어 혼탁한 세상에 한줄기 광명을 드리우겠는가?"

"그리하도록 되어 있으니 그리될 것입니다. 고귀하신 이여. 그 허락 아래 제가 행하겠습니다."

인증이 끝났다. 알바트로 7세는 본 용건을 꺼냈다.

"으음, 자네."

"알휀스라고 합니다."

"그렇군. 자네가."

"지금 출발하겠습니다."

"그… 그런가? 알겠네."

전해진 바 그대로다. 교황은 두려운 만큼 마음이 놓였다. 확실히 청의 추기경이라면 해내리라. 예를 표한 후 사라지는 그의 뒷모습을 보며 알바트로 7세는 고개를 끄덕였다.

그는 다시 검은 날개의 천사상 앞에 섰다. 죽음을 주관하는 불길한 천사. 비록 그 또한 여신의 섭리 안에 있을지라도 두려워 언급하지 않는 자. 하지만 이 천사상 너머에 있는 것은 그보다 더 불길하다.

'여기서 끝내는 것도 괜찮지 아니한가.'

청에 적, 백까지면 충분하지 아니한가? 흑까지 열 필요가 있을까? 고민하다가 그는 고개를 저었다.

'내친걸음이다. 이미 패배할 수 없음이야.'

교황은 다시금 오른쪽 문을 열었다. 이번에는 또 어떤 광경이 펼쳐져 있을 것인가?

'헛?'

예상과 달리 그 안에 있는 것은 너무나 아름다운 지하 정원이었다. 어디선가 채광되어 들어오는 햇빛이 환하게 가득 차 있고 꽃이 화사하게 핀 가운데 작은 새들이 노래 불렀다.

'이런 곳일 줄이야.'

약간은 마음이 놓인다.

'두렵게만 생각해 금기로 해왔지만 사실은 아름다운 여신의 섭리인 것은 마찬가지인 것을…….'

알바트로 7세는 어딘가에 있을 흑의 추기경을 찾아 두리번거렸다. 지하 정원은 넓은 편이었지만 찾는 건 어렵지 않았다. 꽃밭의 한가운데, 작은 새와 짐승들이 옹기종기 모인 한가운데 그는 있었다.

너무나 평화롭고 정다운 광경. 손바닥 위에서 재롱 부리고 있는 작은 새를 지켜보며 미소 짓고 있는 건 어리디어린 소년이었다.

‘허. 직전에 세대교체가 있었던 것인가.’

하나 아무리 어리다 해도 여기의 주인이라면 이미 승계는 끝났다는 말이다. 다크 윙즈 따위 흑의 추기경을 모조해서 만들어낸 조잡한 복제 조직일뿐. 겉모습이 다소 불안하긴 해도 믿어도 되리라.

“거룩하셨고 거룩하시며 거룩하실 여신께서 지상을 돌보라 명하신 대행자로서 나 교황 알바트로 7세가 왔도다. 이제 격식과 율법에 따라 봉인된 힘의 주인을 찾으니 흑의 추기경은 예를 갖추라!”

한 자라도 틀리지 않게 주의하며 교황이 외치자 소년이 고개를 돌렸다.

“삶도 죽음도 모두 그분의 뜻. 섭리의 한 조각을 주관하는 진정한 검은 날개의 주인이 고귀하신 대행자를 뵙습니다.”

인사이자 암호. 이게 틀리면 진정한 교황임을 인정받지 못한다.

“감싸여 어둠 속에 잠겨 있는 자여, 이제 그대 날아올라 칠흑의 날개로서 세상의 부정한 것을 삼킬 수 있겠는가?”

“아무리 긴 세월 속에서도 항상 깨어서 그때를 기다렸으니 내게 명하소서. 그대의 말이 여신의 말씀임을 아나이다.”

인정받았다. 교황은 안도하며 가슴을 쓸어내렸다.

“그대가 흑의 추기경인가?”

“네, 성하. 유스켈이라고 합니다.”

“허허. 생각보다 젊구만.”

젊다 못해 어리지만.

“죽음은 태초 이래 변함없는 결말입니다.”

“그렇군. 그래, 자세한 얘기는 나가서 하도록 하지. 내 수하들이 현 상황과 자네가 할 일을 알려줄 걸세.”

"알겠습니다, 성하. 그러면 나가시지요."

둘은 다시 발걸음을 옮겨 문으로 향했다. 교황은 마지막으로 정원을 한번 흘끗 보았다. 아마도 추기경이 거했을 작은 오두막과 그 나머지 동식물들. 정녕 아름다운 정경이었다.

"잠시만 기다려 주십시오, 성하. 떠나기 전 이곳에 거하는 아이들을 거두어주어야 하니까요."

"알겠네."

교황이 별생각없이 고개를 끄덕이자 유스켈은 성표를 내밀었다. 갑자기 정원이 조용해졌다. 새들의 지저귐이 멎었다. 꽃들의 흔들림도 멎었다. 활발하게 움직이던 동물들이 힘없이 늘어졌다.

꽃잎이 하나둘 땅으로 떨어지더니 순식간에 말라비틀어졌다. 이제 정원이었던 곳에는 흉하게 말라비틀어진 식물 줄기만이 바닥에 가득했다. 그 위로 어느새 몸이 썩고 뼈가 드러나 버린 작은 동물의 시체가 즐비했다.

절대적인 정적이 찾아왔다.

"가시지요, 성하. 모두 다 거둬들였습니다."

유스켈이 천진난만하게 웃었다. 마치 여전히 이곳을 비추는 태양처럼.

"아… 알겠네."

교황은 자기가 누구의 금제를 해제했는지 실감했다.

*　　　　*　　　　*

에일랜드 해군이 이스테리 해군을 궤멸하는 사이 프렌즈의 국경선

부근에서도 치열한 전쟁이 벌어졌다. 남부전선에서는 이스파나의 별 엘리자나 여왕이 친정에 나서는 의욕을 보이며 야금야금 땅을 따먹어 들어갔다. 그에 맞서 프렌즈는 가리엔 요새를 기점으로 태양왕 길베르가 강하게 저지선을 형성하며 더 이상의 북상을 저지했다. 교단에서 지원 나온 고위 사제들과 이스파나 왕실마도사 간의 힘겨루기가 연일 치열했다.

그에 반해 북부전선 쪽은 예상외로 조용했다.

콰앙! 쾅!

커다란 불덩어리가 날아와 성벽 한쪽을 박살 냈다. 그에 맞서 성 쪽에서도 포진한 군대 쪽으로 불덩어리가 날아갔다. 양측 군은 상호 대치한 채 연일 포격전을 벌였지만 그뿐이었다. 네프티알 군은 요새로 돌격을 삼간 채 포위하기만 했고, 프렌즈 & 이스테리 연합군은 밖으로 나와 맞서 싸우지 않은 채 지키기만 했다.

"제 말대로 해주셔서 감사합니다."

인사해 오는 휘네인에게 에테인 대공은 손을 저었다.

"헛허. 아니오. 이쪽으로서도 요새에 무모한 돌격은 애초에 하고 싶지 않은 일이었소이다."

하늘의 주시자, 아크메이지 앙그리안이 옆에서 헛웃음을 흘렸다.

"예하의 바람 때문에 이 늙은이만 매일 고생이구려. 한참 팔팔한 길베르와 겨루려니 뻗겠소이다."

"죄송합니다."

"허허. 뭐, 되었소이다. 이 편이 보다 적은 희생으로 이길 수 있는 길이라고 그대가 판단했다면야. 처음부터 그걸 돕겠다고 온 건 나니."

"네. 하지만 대공께는 정말 감사드립니다. 기름진 프렌즈의 땅이 탐나실 텐데도 제 말을 들어주셔서.”

“핫하. 뭐 예하의 부탁이신데.”

대공은 넉살 좋게 웃었다. 신성사제의 부탁을 들어주는 대가로 자신과 자신의 아들, 2대에 걸쳐 네프티알의 왕권을 차지하도록 밀어주겠다는 약속을 받아냈다. 나쁘지 않은 거래였다. 사실 저 요새에 병력을 들이붓는다고 함락되리란 보장도 전혀 없었으니까.

다만 한 가지 걱정되는 건 정말로 카플레스의 장담대로 에일랜드가 이스테리를 꺾을 수 있냐는 것이었다. 이렇게 한가하다면 한가할 수 있는 것도 그렇게 되고 나면 사실상 전쟁이 끝난다는 계산 때문이었다. 그쯤 되면 제아무리 고집 센 교황 알바트로 7세라 해도 강화 조약에 동의하지 않을 수 없을 테니까.

‘하지만 에일랜드 해군이 패배한다면.’

그때는 이렇게 대치만 하고 있을 수 없다. 바다를 놓친다면 육지는 장악해야 했다. 과연 바다에서 무적이라고까지 불리던 이스테리 해군을 상대로 카플레스가 승리할 수 있을 것인가?

‘슬슬 지금쯤 결과가 들려올 때가 되었는데.’

“대공 전하, 에일랜드에서의 낭보이옵니다!”

기다리는 속을 알기라도 한 걸까. 때맞춰 밖에서 통신병이 다가와 외쳤다.

“허? 낭보라! 들어와 전하라. 승전보인가?”

통신병이 재빠르게 들어와 셋 앞에 무릎 꿇으며 고했다.

“카플레스 전하께서 에일랜드 군을 지휘하여 이스테리 군을 대파하였다고 합니다. 이스테리 국왕 유토 2세는 간신히 도주하였으나 왕실 마도사 레베트 공작과 해군 총사령관 파르프 후작은 참수하였다고 합니다.”

“오! 너는 당장 이 소식을 전군에 알려라! 아니다! 내가 직접 모두 모아놓고 선언하겠다! 장교들에게 모이라는 연락부터 전하라.”

“알겠습니다.”

에테인 대공은 자리에서 벌떡 일어났다. 전쟁은 끝났다. 에일랜드 해군이 성도 아뮤니엘린을 포위하고 항서를 받아내는 일만 남았다. 휘네인의 성품상 다소 약한 조건을 내밀더라도 전쟁을 끝내는 쪽을 택할 테고 그럼 대세가 기운 걸 안 프렌즈도 손을 들 것이다.

“예하, 아니, 이제 성하라 불러야 되겠군요. 축하드리옵니다.”

“성… 성하라니. 감당할 수 없는 호칭입니다. 거두어주십시오.”

“핫하! 뭐 어떻소. 이 늙은이 생각도 대공과 같소. 지금 와서 다음 대 교황이 예하 말고 누가 된단 말이오.”

아크메이지 앙그리안까지 거들고 나오자 휘네인은 완전히 당황해버렸다.

“전 그런 자리를 노리고 이런 일을 한 게 아니에요.”

“허허. 하나 예하는 하고 싶은 일이 많은 분이 아니오. 군림하기도 좋은 자리지만 봉사하기도 좋은 자리외다. 지금 같은 마음으로만 그 자리에 있어주시오.”

“그렇지만… 아직 결정된 것도 아니고. 아무튼 그런 말씀 말아주세요.”

“알겠습니다. 일단 병사들에게도 이 소식을 전하겠으니 예하께서도 함께 해주시지요.”

“네.”

같이 나가면서 휘네인은 생각했다. 차기 교황이라. 권력과 명예는 아무래도 좋았다. 하지만 그런 말까지 나올 정도라는 건.

'이 전쟁, 이제 비로소 끝나는 거겠지?'

다행이다. 카피의 약속대로였다. 최소한의 희생자로 끝내겠다는 말. 두 번의 큰 싸움에서 죽은 이가 결코 적은 것은 아니지만 그래도 이게 끝이라 다행이다.

'좋은 교단을 만들어 나가야지.'

낮은 곳에 내려와 정말로 사람들을 위하는 교단. 여신의 가르침을 설교하기만 하는 게 아니라 시행하는 교단. 무서운 곳이 아닌 힘들 때 찾아가는 곳. 그렇게 만들 것이다. 비록 그 와중에 다소간의 반대에 부딪치긴 하겠지만.

'차분히 설명해 나가면 다는 아니라도 이해해 주는 사람들이 분명 늘어날 테니까.'

시간이 또 지나면 그걸 당연하게 생각하는 사람들이 새로이 교단에 들어올 것이다. 그러면 먼 미래에는 정말로 많은 사람이 행복한 세상을 만들 수 있겠지. 여신의 가르침이 하늘만이 아니라 지상에서도 펼쳐진다. 이 얼마나 아름다운 꿈인가.

'꿈으로만 그치게 하진 않을 거야.'

현실로 이루게 하기 위해 노력하지 않는다면 기도는 공허한 말에 불과하다. 아직 서툴고 미숙한 데가 많지만 지혜를 내려주길 기도하며 노력한다면 도와주는 사람들이 있으니까 해낼 수 있을 거다.

저 앙그리안 님도 외주셨고, 또 에테인 대공이나 다른 사람들도 도와줄 거다. 그리고 누구보다도.

'카피.'

자기와 달리 현실을 잘 꿰뚫어 보는 남자. 하지만 차가운 표정과 달리 자기의 억지스러울지도 모를 이상을 이룰 수 있는 최대한의 길을 찾아주는 남자.

'여신이시여, 부디 이 땅에 평화를.'

에일랜드 국왕 휴르안 8세는 전승 기념 축제에 휘네인을 초대했다. 전이 마법이라는 게 상당한 마력이 소모되는 주문이었으니 전시에 필요없이 할 일은 아니었지만 양쪽 모두 여유가 있었다.

휘네인은 처음에는 거절했지만 어차피 성도 아뮤니엘린을 함락하러 가는 에일랜드의 배에는 그녀가 함께 해야 하지 않겠냐는 주위의 설득에 마음을 바꾸었다. 수행으로는 다크 윙즈 세 명이 따라가기로 했다. 어느새 그들은 거의 공식적인 신성사제 수행원이었다.

"그러면 대공 전하, 부디 이쪽 전선 잘 부탁드리겠습니다."

"걱정 말고 가십시오, 예하. 다음에 뵐 때는 성도 아뮤니엘린에서이 겠군요."

"네. 그러면 그날까지 변함없이 여신의 은혜가 함께 하시기를 빌겠습니다."

마도사들의 전이 주문이 끝나고 휴르안 8세는 휘네인을 실로 성심껏 맞이했다. 이스테리를 꺾고 바다의 패권을 차지한 지금 그의 마음은 마냥 너그러워져 있었다.

성대한 환영식이 끝나고 연회가 시작되었다. 에일랜드의 귀족들은 앞을 다투어 휘네인에게 눈도장을 찍기 위해 몰려들었다. 귀찮게 몰려든 이들을 휘네인은 일일이 응대해서 돌려보냈다. 마침내 마지막 귀족까지 상대한 후 휘네인은 한숨을 돌렸다.

그녀는 살그머니 기둥 옆 잘 안 보이는 곳의 의자에 앉았다. 연회는 한참 분위기가 달아올라 있었다.

'다들 기쁜가?'

그것도 당연할 거다. 에일랜드로서는 이스테리를 대신하여 바다의 패자로 군림하게 된 날이니까.

'나도 사제가 아니라 에일랜드 귀족이었으면 이렇게 느꼈을까?'

이런 자리에서조차 전쟁으로 희생된 이들을 먼저 생각하게 되는 건 자기가 너무 예민해서일까.

하지만 자기만이라도 그들을 위해서 기도해 주고 싶다. 오늘의 이 기쁨도 그들의 희생 아래에서나 가능했던 일이니까. 피할 수 있었다면 더욱 좋았을 희생.

조용히 마음속으로 기도하는 휘네인의 곁으로 다리안 후작이 다가왔다.

"휘네인 예하, 뭔가 언짢은 일이라도 있으신지? 저희가 준비한 연회가 너무 조촐하오이까?"

"네? 아니에요. 이렇게 성대한 연회도 오랜만인걸요."

"허허. 그렇게 생각하신다면야 다행이지만, 표정이 밝지 않으시기에 어떤 일이 있으신가 해서."

"그럴 리가요. 다들 힘들게 싸워서 얻으신 승리인데 축하드려야지요."

휘네인은 활짝 웃어 보였다. 하지만 그것도 잠시 금방 도로 눈매가 처졌다.

"하지만… 네, 이번 싸움에서 죽은 이들을 생각하면 편하게 웃을 수는 없네요."

"하하. 이거 과연 성녀다우신 말씀입니다. 그러면 저는 마실 것을 가지러……."

다리안 후작이 실수했다고 느끼는지 말을 얼버무리며 물러섰다. 휘네인은 가볍게 고개 숙여 보인 후 연회장 안을 둘러보았다.

다들 기뻐하고 있다. 그래 당연하겠지. 이해는 간다. 패배했다면 지금쯤 목이 어딘가에 걸렸을지도 모르는데 이겼으니 기쁘겠지. 하지만 승리하였다고 이렇게 좋아만 해도 되는 걸까. 피할 수 없는 일이었다 해도 죽은 자들 누구도 그러고 싶지 않았을 텐데.

'그래도 이제 곧 싸움이 끝나는 거겠지?'

그것만은 다행이다. 그렇게 생각하면 안도감이 든다.

'하지만 싸움이 끝나도 다는 아니겠지.'

그동안에 쌓인 상처를 치유하고 다시금 좋은 세상이 되게 하기 위해서는 얼마나 많은 일을 해야 할까. 교단을 바꾸겠다는 것도 선언만 하였을 뿐, 제대로 실행에 옮기지 못했다. 신성사제로서 해야 할 일은 무척 많을 것이다.

'더 이상 분위기 망치지 말고 그냥 살짝 사라져야겠다. 안에서 여신께 기도나 올려야지.'

다들? 아니다. 한 명. 꼭 한 명 눈에 띄게 다른 이들과 표정이 다른 이가 있다. 연회가 시작할 때만 해도 주인공이었건만 지금은 잡인 접근 불가의 오라를 쳐놓고 '중앙'에서 외로이 서 있는 사내.

무표정인 거 같지만, 그녀는 느낄 수 있었다. 카피도 지금의 상황을 기뻐하지 않고 있다.

'좋은 남자야.'

들어가지 말고 조금은 더 연회장에 남아 있을까. 비록 저렇게 주위를 무인 지대로 만들었을지라도 카피도 남아 있는데 말이다. 기도와

추모야 장소에 관계없이 마음으로 하는 거니까.

카피는 생각에 잠겼다. 지금까지의 전황은 마음에 들지 않았다. 너무 쉽게 이겼다.

'아군의 피해가 너무 적군. 적도 프렌즈와 교단 쪽은 거의 멀쩡하고.'

좀 더 서로 물어뜯지 않으면 곤란하다. 이대로 성도를 포위한 후 교황의 항복을 받아낸다면 최악이다. 본래의 목적 중에 하나도 제대로 이뤄지는 게 없다. 계약의 이행을 위해 자기가 자초한 결과이긴 하지만, 상대에게 비장의 반격패가 있어야 하는데.

'분명 인간에게 숨겨진 저력이 있으리라고 예상했는데 아닌 것인가.'

4차 대전 후 상호 직접적인 물질계 간섭은 금지라고 조약을 맺었지만 부속 조항이 여러모로 천계에 유리한 조약이었다. 암암리에 개입하지 않았을 리 없고 무언가 남겨놓았다면 지금이 나올 타이밍이었다.

인간들의 숨겨진 저력이 무엇인지 확인하자. 그것이 이번 일을 벌이게 된 목적의 하나였건만 현재로서는 달성률이 반도 안 된다. 적이 비장의 패를 꺼내 들어야 양쪽 모두 전쟁 중에 더 죽을 테고 그동안에 휘네인도 새로운 빛의 저력을 보여줄 텐데.

'정말로 여기서 전쟁이 끝나는 것인가.'

아직 죽은 인간 전력은 세계 전체로 보면 반도 안 되는데. 이대로 끝난다면 너무 아쉽다.

'어쩔 수 없는 건가.'

단기의 이익을 위해 장기의 신용을 잃을 수야 없다.

＊　　　　＊　　　　＊

연회를 벌이며 자축하기 바쁜 세 나라와 정반대로 프렌즈 왕실에서는 우중충한 분위기 속에서 앞날을 놓고 격론이 벌어졌다.
"폐하, 이제 그만 결단을 내려야 할 시기이옵니다. 발을 빼는 편이 낫지 않겠습니까?"
"그렇사옵니다. 이 이상 싸우는 것은 득은 적고 해는 많사옵니다."
"이제라도 강화를 추진해 보심이 어떠하옵니까."
"아니 될 말입니다! 우리 프렌즈는 패하지 않았습니다! 여기서 약세를 보인다면 걷잡을 수 없이 무너질 것입니다. 아직 교단도 멀쩡합니다. 먼저 굳게 지키어 양쪽 모두 지친 다음에나 강화를 논해야 합니다."
"그렇습니다! 여기서 강화 이야기를 꺼냈다가는 우리가 겁먹었다고 판단할 것입니다. 거기다가 교단은 격노하여 지원을 중단할 것이고 그리되면 패권을 네프티알에 뺏깁니다. 지금은 싸워야 할 때입니다."
"으음."
시끄럽게 떠드는 신하들 사이에서 태양왕 길베르는 고민했다. 지금 물러서자니 자존심이 용납하지 않는다. 거기다가 약세만 보이는 꼴이라는 말은 설득력있었다. 하지만 버티면 이길 수 있을 것인가?
"폐하, 교단의 지원은 이미 끝난 것이나 다름없사옵니다. 에일랜드 해군이 성도 아뮤니엘린을 공략하기 시작하면 그들이 어딜 먼저 지키겠습니까? 그리고 프레이 대공의 경우를 생각하십시오. 잠시 한발 물러서면 기회는 다시 올 것입니다."

"그렇습니다. 당장이야 성녀가 자기를 지지해 준 나라와 손을 잡겠으나, 장기적으로 보면 결국은 남남. 어제의 적이 오늘의 친구 아니겠습니까?"

"으음."

그건 그렇다. 어차피 지금 와서 프렌즈의 패권을 완벽하게 보존한다는 건 불가능한 얘기인 거고, 전쟁을 싫어하는 성녀의 성격을 이용해서 강화를 추진해 보는 것도 괜찮을지도. 국왕이 생각에 잠겨 있는데 밖에서 시종장이 예상외의 일을 고했다.

"폐하! 로사미어 추기경께서 이곳으로 오고 계십니다."

"지금 회의 중이지 않느냐."

"하오나 필히 지금 만나고 싶다 하시는데……."

"할 수 없지. 회의는 잠시 중지한다. 지금까지 한 이야기는 절대 금구하라."

아무래도 그 깐깐한 늙은이가 회의의 내용을 눈치챈 모양이다. 길베르는 일단 만나보기로 했다.

"네."

회의실 문이 열리고 로사미어 추기경이 다른 추기경을 대동한 채 들어왔다.

"어서 오시지요. 적의 추기경 로사미어 예하."

"이단의 무리들의 침공에 맞서 싸우느라 실로 고생이 크신 길베르 폐하께 기쁜 소식을 전해 드리러 왔소이다."

"허어, 기쁜 소식이라 하시면?"

이 마당에 무슨 기쁜 소식이 있을 수 있단 말인가.

"성하께서 저 이단의 무리들을 심판할 절대 주문의 사용을 결정하셨소이다. 그간의 고생은 다 끝나셨소. 이제 남은 건 영광된 승리를 쟁취하는 것뿐이외다."

"절대 주문이라면……."

"콜 오브 크루세이드(Call of Crusade). 생소한 주문일 것이나 믿어도 좋소이다. 이것으로 대치하고 있는 이스파나 군을 일거에 밀어버릴 것이오."

"허어, 성하께서 그런 배려를."

대답하면서도 길베르는 속으로 셈을 했다. 이걸 어디까지 믿어야 하나. 여기까지 몰린 상황을 주문 하나로 반전할 수 있다고? 밑져야 본전인 셈. 일단 치고 보기나 할까.

"자, 더 시간 끌 것도 없소이다. 전군을 집결시켜 대치하고 있는 적군을 일거에 박살 냅시다."

"그리만 된다면 얼마나 다행스러운 일이겠소이까."

길베르는 일단 한 번은 더 싸워보기로 했다.

*　　　　*　　　　*

"여왕 폐하, 프렌즈 군이 성문을 열고 나섰습니다."

"오호라? 앉아서 당하느니 정면 승부를 하겠다 이거로군."

보고를 받은 엘리자나 여왕은 흡족하게 미소 지었다. 이스테리 해군이 전멸하다시피 했으니 다급했을 길베르의 심정은 이해가 갔다.

"흥! 대 이스파나 군을 너무 가볍게 보는군. 정면 승부, 후회하게 해주지. 전군 전투 준비를!"

“전군 전투 준비!”

여왕은 부채를 탁하고 접었다. 여기서 프렌즈 군을 궤멸하면 비옥한 프렌즈 남부 평야가 전부 자신의 것이었다. 성녀가 자신에 대한 약속을 깨고 휴전 협상이라도 주도할까 봐 두려웠는데 오히려 기회였다.

‘네프티알과 에일랜드는 이미 대승을 거두었는데, 우리도 한몫해야 챙길 수 있지.’

태양왕 길베르와 자신 중 누가 더 뛰어난지 겨룰 일이었다.

양측은 마법이 안 닿는 거리에서 일차적으로 대치했다. 엘리자나 여왕은 마지막으로 포진을 점검했다.

‘교단에서 지원 나온 이들이 있으니 양측의 마법적 역량은 비슷하다. 그러나 병력 수는 아군이 많으니 이 싸움 유리해.’

물론 수가 많다고 다는 아니다. 하지만 제대로 운용한다면 수가 많은 건 분명 이점이었고 제대로 운용할 자신도 있었다.

“메르테하임 공작, 본격적인 전투에 들어가면 나는 마법을 전개할 테니 그대가 지휘를 하시오.”

“맡겨주십시오, 폐하. 결코 실망시키지 않겠습니다.”

“좋소. 여기 지휘홀을 받고 시작하시오.”

둥둥둥둥.

북소리가 울려 퍼졌다. 태양왕 길베르는 로사미어 추기경을 재촉했다.

“비장의 패를 지금쯤 쓰셔야 할 거 같소이다만.”

“아직 이르외다. 조금만 더 기다려 보시오. 양군이 접근하게 되면 그때 쓸 것이니.”

“으음.”

이거 사기당한 거 아닌가. 교단이 자기들이 떨어져 나갈 거 같으니까 전장에 내몬 거 아닌가. 길베르는 머릿속이 복잡했다. 하지만 자신만만해하는 로사미어의 모습을 보면 사기가 아닌 거 같기도 하고.

'콜 오브 크루세이드' 라니. 들어본 적은 분명 없는 주문이다.

"효과는 틀림없음을 믿어도 되겠소이까?"

"허허, 잠시 뒤 감복하게 될 것이오."

"와아!"

함성 소리와 함께 양군은 치열하게 부딪쳤다. 전체적으로 비슷했으나 기세와 수 양쪽에서 유리한 이스파나 군이 조금은 더 유리했다. 그때 로사미어 추기경이 마침내 손을 들었다. 그와 함께 온 추기경들이 빙 둘러선 후 하나의 신성 마법진을 형성했다. 그 둘레를 다시 대주교와 주교들이 둘러싸고 마지막으로 일반 대사제들까지 함께 하여 실로 거대한 진이 되었다.

적의 추기경 로사미어가 손을 들며 하늘에 고했다.

"영광된 전사들, 여신의 축복 아래 섰으니, 이단에 대한 분노 그 심장을 채워 용서없는 단죄의 칼날 들지어다. 마에 대한 증오는 곧 여신에 대한 사랑일지니, 하나를 처단할 때마다 그만큼의 선을 행하는 것."

신성 마법진에서 강렬한 빛이 솟구쳐 올랐다가 사방으로 퍼지며 프렌즈의 병사들을 비추었다.

"오! 일찍이 여신께서 천사를 풀어 이단의 장자를 죽이듯 그대들 무기를 들어 저들을 죽이라. 하늘의 보상이 기다리니 최후의 순간까지 싸울지어다. 콜 오브 크루세이드(Call Of Crusade)!"

빛이 병사들을 축복하듯이 감쌌다. 하지만 그걸 지켜보던 태양왕 길베르는 경탄보다 불길함을 느꼈다. 어쩐지 저 빛은 어딘가 껄끄럽다.

대마도사로서 직감이 그리 말했다.

"그릉?"

축복받은 병사들의 눈이 붉게 물들고 혈관이 솟구쳤다.

"가릉? 가오오!"

인간의 것이라 할 수 없는 괴성을 지르며 갑자기 그들은 미쳐 날뛰었다. 목이 잘려 나간 채로 도끼를 휘둘러 상대방의 팔을 벤다. 그 팔을 베인 자가 반대 팔로 옆의 허리를 찌른다. 양팔이 다 떨어진 자가 그대로 달려들어 갑옷째 물어버린다. 피와 살이 튄다.

이단에 대한 순수한 증오만을 남긴 채 정신이 파괴된 육체가 움직인다. 광전사. 두려움도 없고 아픔도 없고 망설임도 없다. 몸 일부가 찢겨 나가도 그대로 미친 듯이 날뛴다. 살육기계 앞에서 인간은 상대가 되지 못했다.

"이… 이건 광전사! 저 많은 병사들이 모조리 다……."

정말 순식간에 붕괴되기 시작하는 진영을 보며 엘리자나 여왕은 손에 든 부채를 으그러뜨렸다.

'광전사(Berserker)라니.'

그것도 프렌즈 군 전부가 그 영향을 받은 것 같다. 이건 답이 안 선다. 일반 병사가 광전사를 상대할 수는 없다. 그렇다면 결론은 하나뿐.

"후퇴한다."

뚜우… 뚜우…….

퇴각 나팔이 울려 퍼지고 이스파나 군은 마법을 최대한 활용하면서 어떻게든 물러섰다. 하지만 폭주하는 광전사들은 체계적인 퇴각을 하도록 내버려 두지 않고 물고 늘어졌고 이스파나 군은 시체의 산을 쌓아가면서 간신히 주력군만 일부 도망쳤다.

"어떻소? 실로 장대한 위용 아니오?"

흡족해하는 로사미어 추기경을 보며 길베르는 간신히 동의했다.

"확실히 장대하긴 하외다. 그나저나 적은 이미 물러갔소이다. 그만 주문을 해제하셔도 될 듯하오."

이제 주위에 적은 없다. 충분히 죽였으니 그만 아군을 보존해야겠다고 판단한 길베르에게 추기경은 고개를 저었다.

"안타까운 일이오."

"무슨 뜻이오?"

"콜 오브 크루세이드는 이단에 대한 분노에 모든 영혼을 불사르는 주문, 그 굳건한 발걸음에 멈춤이란 없으니."

"하지만 나머지는 추적해 봐야 요새에 틀어박힌 시점일 터인데."

"다른 수가 없소외다. 마지막 숨이 다하는 그 순간까지 싸우고 또 싸울 뿐이오."

먹거나 마시지도 않는다. 쉬지도 않는다. 마지막 한 방울 기력이 다할 때까지 날뛰며 적을 죽인다. 그야말로 완벽한 전투기계.

"크오오!"

"그렇다는 건 이미 저 마법에 걸린 내 병사들은……."

"추적의 발걸음을 멈추지 않을 터이니, 요새에 남겨둔 예비병이나 점호하도록 하시오."

"하지만 더 싸울 대상도 없는데."

"그들의 경우에는 말이오."

글자 그대로 미쳐 날뛰며 적을 죽이던 병사는 더 이상 주위의 움직임이 사라지자 으르렁거렸다.

이단은 죽어라. 이단을 죽여라. 여신의 명에 맞서는 자 모조리 죽여라. 이는 살인이 아니오. 여신의 심판을 행함이니 구원의 길이로다. 죽여라. 죽여라. 죽여라.

그러나 더 이상 살아 있는 생명이 없다. 어쩌지? 아니다. 있다. 부정한 원죄를 안고 있는 몸들이 바로 여기 있다.

광전사들이 자기들끼리 싸우기 시작했다.

"저, 저……!"

"허허. 엄정한 눈으로 보다 보면 다 단죄의 대상인 것이지. 조금 더 살아남아 다음 적과 싸워도 좋으련만 안타까운 일이지만 어쩌겠소."

"그런!"

"마지막 남은 자는 자기 자신의 부정함을 용납치 못해 자결할 거요. 그러니 처리는 신경 쓸 것 없소이다. 안타까운 건 예비 병력을 좀 더 남겨두었어도 된다는 것인데. 허허. 나도 써보는 건 처음이라 이 정도 힘을 보일 줄 몰랐구려. 다음에는 잘해봅시다."

다음에는 잘해보자고? 남은 병사가 몇이나 있어서? 길베르는 몸을 부르르 떨며 전장을 다시 보았다. 분명 전투는 프렌즈가 이겼다. 콜 오브 크루세이드는 장담한 대로 강력한 주문이었다.

하지만 아군 병사들도 다 죽는다면.

'맙소사. 이건 아군이 더 많이 죽은 거지 않나.'

적의 추기경은 실로 붉다.

*　　　　*　　　　*

북부 프렌즈 전선. 네프티알 쪽은 밀고 들어갈 의사가 없었고, 이스테리의 패전 소식을 들은 연합군은 이미 기가 꺾였다.

결과적으로 양쪽 모두 위협만 주고받을 뿐 제대로 된 교전은 없었다. 이미 전쟁이 막바지인 마당에 괜히 피 흘려 무엇 하나. 이 분위기가 양쪽 군대에 다 퍼져 있었다.

"후후. 지금쯤이면 휘네인 예하와 카플레스가 성도 아뮤니엘린을 코앞에 두고 있겠군."

에테인 대공은 만족스럽게 웃으며 포도주를 잔에 따랐다. 도박은 대성공이었다. 남은 것은 교황의 항서뿐이었다. 그것도 시간문제였다.

"교황이 고집을 부려 교단군을 빼가서 성도 방어에 나서면 어쩌나 걱정했지만 아직까지 움직임이 없는 걸 보니 포기한 게 확실하군."

이제 와서는 데려가려 해도 늦었다. 포도주 맛이 정말 좋았다.

거기다가 혹 또 아는가? 아들 녀석과 신성사제 간의 분위기가 꽤나 수상쩍었는데, 만약에 결실을 맺는다면.

"허허허! 어허허허!"

이거 너무 섣부른 기대인가? 하지만 차기 교황이 되기로 예약된 휘네인이다. 그녀와 아들 사이에 모종의 관계가 성립한다면 그보다 좋을 수가 없다.

'암암, 좋고말고.'

"대공 전하, 급보이옵니다."

마냥 흐뭇한 상상에 빠져 있는 대공을 보고병이 깨웠다.

"무슨 일이냐?"

교황이 마침내 항복했는가?

"적군이 요새를 나와 움직이기 시작했습니다."

"허? 무리하는군."

하기야 이대로 지느니 무리해서라도 싸우는 게 낫다고 판단하는 것도 일리는 있는 일이다.

'하나 이제 와서 늦었거늘.'

아니다. 이렇게 방심하게 될 때가 가장 위험하다. 다 이겼다고 생각하지만 만에 하나 자기가 여기서 무너진다면 네프티알이 순식간에 밀려 버린다. 그리되면 전세는 대혼돈.

"그래, 부자 몸조심이라. 조심해야지."

에테인 대공은 차분히 생각했다. 병력상 네프티알은 우위다. 남부 이스파나를 상대하는 데 대부분 힘을 동원한 프렌즈는 북부전선에는 그렇게 많은 군대를 보내지 못했다. 이스테리의 지원군이란 것도 에일랜드 전에 역량을 집중한다고 많지 않았고 그나마 사기가 바닥일 건 뻔했다.

그런데도 정면 승부를 걸어왔다면 이건 뭔가 있다.

'으음. 우위의 병력을 지니고 이런 걱정을 하고 싶진 않으나.'

그 '우위'라는 걸 이미 카플레스가 두 번이나 뒤엎어서 지금 상황을 만들었다. 세 번째는 적이 하지 마라는 법도 없다.

"아무래도 퇴각을 염두에 두고 가볍게 응전만 해봐야겠군."

양군이 부딪치기 전 에테인 대군은 상대의 격멸보다 이쪽의 퇴각을 중시하는 쪽으로 진형을 바꾸었다. 설령 이 전선에서 후퇴한다 해도 네프티알 본토만 무사히 지켜낸다면 전쟁은 승리다. 사소한 전투에서 1패쯤 하는 것이야 어떤가. 네프티알의 명성은 이미 아들 녀석이 떨칠 대로 떨쳤다.

프렌즈 군 진영에서도 그러한 움직임에 대한 보고가 올라갔다.

“알휀스 추기경 예하, 적이 예하께서 예언하신 대로 진형을 바꾸었습니다.”

“물론 그러하겠지. 다음도 지시한 대로 행하라. 오늘 여기서 우리는 정해진 만큼 이길 것이다.”

“네, 예하.”

갑자기 찾아온 이 추기경은 교황의 명이라 말하며 자기가 이제부터 작전을 지휘하겠다고 했다. 처음에는 아무리 교단이 이쪽에 지원해 주고 있다 하나 무슨 소리냐고 지휘관들이 반발했지만, 잠시 뒤에는 모두 입을 다물었다.

전술을 논함에 있어 알휀스 추기경은 그들 전부보다 한 수, 아니, 여러 수 위에 있었다. 가벼운 모의전에서 그들을 모조리 다 예측하고 응대하는 그 완벽함은 적 쪽의 명장 카플레스 에테인에도 꿀리지 않을 듯했다.

알휀스 추기경은 카플레스가 자리를 비운 대 네프티알 군은 오늘의 전투에서 패배해 요새로 도망쳐 갈 거라고 장담했고, 그 첫 단계로서 적의 진형 변형을 정확히 예측했다.

프렌즈 군은 알휀스 추기경이 하루 전에 미리 작성해 둔 대로 진형을 움직였다.

과감하고 자신감 넘치게 다가오는 프렌즈 군을 보며 하늘의 주시자 앙그리안은 혀를 챘다.

“허허, 성녀까지 떠났다 하여 기어나오다니. 내가 아직 남아 있음을 모르는가.”

앙그리안이 손을 들었다. 이대로 그냥 전쟁이 마무리되면 좋으련만 프렌즈의 장수는 부하를 아낄 줄 모르는 모양이다. 그렇다면 따끔한

맛을 보여줄 수밖에.

"어설프게 하는 것보다 차라리 초장부터 강한 일격을 먹여 돌아가게 하는 것이 상호 피해가 작을 터. 내 평생을 바친 비기를 보여주지."

대마도사의 지팡이가 요동쳤다. 주위의 대기가 흔들렸다.

"이는 푸르른 하늘에 홀로 드높은 고귀함에서 뻗어와 이어지는 내리치는 힘. 이는 어둠이 짙을 때 더욱 강하게 빛나며 찢어내는 강렬함. 이는 희게 빛나며 구름이 두려워하는 권능. 이제 나 법식을 따라 여기서 약속된 말들을 읊으며 부르니 오라. 내리치라! 파괴의 뇌전! 라이트닝 버스터(Lightning Buster)!"

어설픈 마도사들로는 부분적인 지역만 방어할 뿐 전체 방어는 무리인 대주문이다. 이 일격만으로도 프렌즈의 예봉은 확실하게 꺾일 것이라고 앙그리안은 자신했다. 그 엄청난 마력의 움직임은 프렌즈의 군대에도 바로 비상을 걸었다.

"추기경 예하, 아무래도 적 측의 대마도사가 뭔가 큰 주문을 쓰는 듯합니다."

"알고 있네. 교단의 넘치는 은혜를 받고도 배신한 자이지. 여기서 최후를 맞이하게 되어 있지."

대마도사의 끝을 말하는 알휀스의 태도는 너무나 담담했다. 자신감 넘치는 장담이라기보다 짙은 먹구름을 보고 비가 오겠군이라고 하는 수준이었다. 그는 앙그리안이 있는 방향을 가리키며 부드럽고 우아하게 손을 저었다. 그 끝을 따라 대단히 복잡한 마법진이 연이어 떠올랐다.

"힘의 결 내 손 아래 엮이어 그 흐름을 달리할지니. 강할수록 그 되돌려짐 또한 크리라. 지혜롭게 헤아리는 자 앞에서 단순함을 자랑하는 어리석은 자여. 이제 네 힘으로 네 스스로를 쳐 멸망하라. 리버스 매직(Reverse Magic)."

　대마도사 앙그리안이 주문을 완성하는 순간 알휀스의 힘이 끼어들었다. 통상 서로 다른 마법사의 마력은 상호 반발하기 때문에 이렇게 개입해 봐야 주문을 방해하는 정도였다. 거기다가 그 대상이 대마도사 앙그리안 비장의 주문 정도 되면 어지간한 힘은 그냥 튕겨날 뿐이었다. 하지만 이번에는 예외였다. 알휀스의 힘은 아무리 기막힌 행운이 따라준다 해도 그럴 수 없게 앙그리안의 주문을 정확히 파고들었다. 어떻게 거부 반응을 일으킬지 마치 다 알기라도 한 듯 그 자체를 이용해 가며 자신이 원하는 대로 주문을 비틀어갔다.

　"마법 역류? 이런 말도 안 되는… 내 주문을 역으로 이용하다니 그런 게 가능할 리가……."

　앙그리안은 눈, 코, 입 가릴 거 없이 온몸의 구멍으로 피를 뿜어내면서도 불신했다. 이건 불가능했다. 쓰는 자신조차도 주위 마나 변동에 맞춰가며 주문을 완성한다. 역이용이라는 건 이쪽 주문이 미세하게만 달라져도 그 되치기 식이 완전 달라지므로 이론만 있을 뿐 실용성은 제로였다. 상대의 주문이 완성될 때까지 기다렸다가 파악한 후 그때부터 역식을 계산하고 완성해서 받아낸다? 말도 안 되는 소리다. 이미 완성되어 발동 중인 주문을 언제 되돌린단 말인가. 미리 준비해서 동시에 캐스팅하지 않으면 안 된다. 하지만 자신도 어떤 형태로 최종 완성되는지 모르고 시작한다. 거기다가 타인에게 한 번도 보여준 적 없는 비기다. 누가 어찌 짐작하고서 역주문을 행한단 말인가.

　불가능하다. 대마도사가 풋내기를 놀릴 때면 모를까, 이미 대마도사인 자신만의 비기를 어떻게? 그러나 있을 수 없는 일은 일어났다. 앙그리안은 그대로 심장이 부서지며 죽었다.

알휀스는 담담하게 고개를 끄덕였다.

"그렇게 되게 되어 있었다네, 앙그리안이여."

앙그리안은 자신이 쓸 라이트닝 버스터의 최종 형태를 쓰고 나서야 알았지만 그는 이틀 전에 알고 있었다. 다만 대마도사의 비기답게 워낙에 복잡하여 역주문을 찾는 데만 이틀이 꼬박 걸렸을 뿐이다.

알휀스는 예정된 대로 웃었다.

"자아, 오늘 전투는 길지 않을 테니 마무리를 하지. 예정된 만큼 이길 것이네."

청의 추기경은 본격 전투에 들어선 마도사 부대로 발걸음을 옮겼다. 막 공격 주문을 외우고 있는 마도사에게 그는 친절히 지시했다.

"거기. 조금 더 각도를 높이게."

"저 말입니까?"

"그래. 옳지, 그 각도네. 그대로 있다가… 지금 쏘게."

마도사는 순순히 시키는 대로했다. 그가 쏜 슬레잉 애로우가 우아하게 허공을 그리며 나아갔다.

"자, 전군… 컥!"

병사들을 지휘하던 지휘관의 목을 그대로 화살은 꿰뚫었다.

"좋아, 잘했네. 다음 자네들 다섯은 동시에 플레임 블라스트를 준비하게. 목표지는……."

알휀스의 지시를 받은 프렌즈 소속 마도사들은 똑같은 생각을 했다.

'이 추기경은 전술의 천재 같은 게 아냐.'

처음에는 그렇게 생각했다. 저 흉명을 떨치는 네프티알의 카플레스 못지않은 전술가가 우리편에도 있었다고. 역시 교단의 저력은 크다고.

하지만 그게 아니다. 대규모 군대의 흐름을 정확히 예측하는 건 있을 수 있는 일이라 해도 세세한 움직임까지 지시하고 그게 100% 들어 맞는 것은. 적들이 짜기라도 한 듯이 맞아주는 것은 천재라 해서 예측하고 벌일 수 있는 일이 아니다.

콰앙!

움직이던 기마병 중심에 정확히 플레임 블라스트가 작렬했다. 맞아 주기 위해 일부러 탄착 지점으로 달린 듯이 기막힌 타이밍이었다. 어떻게 견뎌내며 자세를 바로잡는 이의 투구 사이 틈을 뚫고 화살이 꽂혔다. 기적이라 할 행운은 계속해서 이어졌다. 그 뒤에는 언제나 알휀스의 지시가 있었다.

'이자는… 미래가 보이는 거야.'

분명 듬직하기 그지없는 힘이다. 하지만 승리를 기뻐하면서도 마음속 한구석 무언가 인간으로서 불안하다.

예상과 다르게, 그러나 어쩌면 예상대로 돌아가는 전황을 보며 에테인 대공은 주먹을 꽉 쥐었다.

"설마… 앙그리안이 암살당할 줄이야."

대체 무슨 수를 쓴 건지 모르지만 벌어진 일은 벌어진 거다. 이 시대 최강의 대마도사 중 일인이 방금 죽었다. 적에게는 뭔가 상상하지 못할 무엇이 있다.

전투 양상도 분명 말도 안 되지만 적이 유리하다. 그렇게까지 기발한 전술을 들고 나온 것도 아닌데 마치 끝없는 행운이 함께 하기라도 하는 것 같다. 자잘한 교전에서 말도 안 되는 기적에 의한 손해가 자꾸 누적되고 있다. 한 번은 우연이나 이쯤 되면 필연이다. 자신이 그 이유를 모를 뿐이다.

에테인 대공은 냉철하게 판단을 내렸다.

‘내 임무는 버티는 거다. 새로운 적이 나타났다면 그 상대는 내가 아니라 카플레스다.’

자신의 일은 그전까지 병력을 보전하는 것이었다. 에테인 대공은 크게 외쳤다.

“전군 퇴각한다! 국경 요새로 물러나 농성한다!”

알휀스는 미소 지었다.

“그래, 딱 이만큼이지. 잘 도망가는군.”

그는 추적하라는 지시는 별도로 내리지 않았다. 이미 이 전투를 시작하기에 앞서 다 내려두었다.

*　　　　*　　　　*

배 한 척이 조용히 어느 어촌의 해안가에 상륙했다. 거기서 한 소년과 시종인 듯한 성기사가 내렸다. 소년은 구슬을 쓱쓱 문지르더니 거기에 나타난 노인에게 인사했다.

“성하, 방금 에일랜드에 도착했어요.”

흑의 추기경 유스켈은 천진난만하게 웃었다. 이 섬나라가 그의 마음에 든 모양이었다.

“으음. 그래, 도착했군.”

자신이 명령했음에도 알바트로 7세는 망설임이 남아 있었다.

“이제 이 땅에 거하는 이단의 무리들을 모두 회개시켜도 되는 거지요?”

모처럼 나와서 바깥 세상 공기를 마신 게 좋은지 유스켈의 눈동자는 기대감에 반짝였다. 아직 성징이 진행되기 전의 맑은 목소리가 기분

좋게 울렸다. 잠깐 침묵하던 알바트로 7세는 의자 손잡이를 꽉 누르며 고개를 끄덕였다.

"허락한다."

"네, 감사합니다. 그럼 지금부터 시작할게요."

유스켈은 쾌활하게 발걸음을 옮겼다. 눈앞에 도시와 마을의 중간 규모 정도라 할 클레인이 있었다. 클레인의 가운데를 흘러가는 클레 강에 그는 작고 부드러운 손을 담갔다.

세 번째 봉인 뜯으며 천사들 노래하니, 쓴 것이 땅 위로 흐르네. 믿음을 버려 가호를 잃은 자들 그를 삼켜 심판받으니 차례차례 쓰러지네.

경쾌하게 흥얼거리며 유스켈은 노래를 불렀다. 종달새가 지저귀는 것보다 밝게 노래하는 그의 손 주위로 검은 문자들이 떠올라 돌다가 물 속으로 녹아 사라졌다.

아이도 노인도 심판받으리. 남자도 여자도 심판받으리. 높은 자 낮은 자 심판받으리. 강한 자도 약한 자도 피하지 못하리.

노래를 다 부르고 나서 유스켈은 그대로 강둑에 드러누웠다.

"피곤해."

"예하, 하지만 이런 데서 주무시면 감기 듭니다."

"괜찮아. 모든 질병은 나의 친구인걸. 나 잘 테니까 해가 지면 깨워 줘."

유스켈은 그대로 잠들었다. 시종 역으로 임명된 성기사 유크리츠는 대체 무슨 일이 벌어지려는 건지 궁금했다.

"어쨌든 이런 데서 주무시게 할 수는 없겠지."

그는 유스켈을 안고서 마을 안으로 들어섰다. 신분을 숨겨야 했기에 신전으로 가지 못하고 여관을 잡았다.

'정말 이분 혼자서 에일랜드를 바꾸어놓을 수 있다는 건가? 교황 성하가 생각없는 명령을 내렸을 리는 없지만, 가능할까?'

역시 의구심이 드는 건 어쩔 수 없었다. 마냥 생각에 잠겨 있는데 여관 주인이 식사를 어쩔 거냐고 물어왔다.

"아, 그냥 되었소. 나중에 생각나면 부르겠소."

목마르고 배고프긴 하지만 모시는 사람이 아무것도 안 먹고 있는데 자기가 먹을 수는 없다. 원칙에 충실하게 그는 꼿꼿이 앉아서 마냥 기다렸다. 얼마나 시간이 지났을까. 마을 전체가 조용해졌다.

"어쩐지 나다니는 사람이 하나도 없군. 무슨 일이 있나?"

혹시 추기경이 말한 '회개'와 무슨 관계가 있는 걸까? 물어보고 싶지만 해가 지면 깨우라고 했으니 유크리츠는 참았다. 그리고 마침내 노을이 사라지고 하늘이 검게 변했을 때 비명 소리가 마을에 울려 퍼졌다.

"우와아악!"

"……?"

유크리츠는 황급히 유스켈을 깨웠다.

"예하! 무언가 일이 터진 거 같습니다. 일어나십시오."

"응? 아아, 해가 졌구나. 그럼 세례가 끝났겠네. 나가자. 혹시 빠진 자가 있는지 확인해야지?"

'세례라니?'

의문을 풀 틈도 없이 유크리츠는 유스켈의 뒤를 따라갔다. 1층에 내려오자마자 그는 비명의 원인을 알 수 있었다.

'뭐야, 이건!'

낮에만 해도 자신에게 식사할 거냐고 물어봤던 여관 주인이 반쯤 썩어 들어가는 얼굴로 걷고 있었다.

"예하, 이건 대체……."

"전도가 잘되었네. 모두들 회개하고서 여신의 뜻만을 받드는 몸으로 거듭났구나."

유스켈이 뿌듯하게 웃었다.

"예하?"

"끄아악! 저리 가!"

어디선가 터져 나오는 비명 소리에 유스켈이 살짝 얼굴을 찌푸렸다.

"음. 전도받지 못한 가엾은 형제가 있나 보다. 가보자."

"예하, 전도라니… 설마?"

밤거리로 각 집에서 움직이는 시체들이 쏟아져 나왔다. 악취를 풍기면서 그들은 앞서 가는 유스켈의 뒤를 따라왔다.

'설마… 설마!'

그럴 리가 없다. 이런 걸 추기경이 했을 리가 없다. 유크리츠는 부정했다. 믿을 수 없다. 이런 걸 믿으면 견딜 수가 없다.

마을 중심 신전 주위로 살아 있는 사람들이 모여 있었다. 마을 사제인 자가 문 입구에 서서 기도 중이었다. 작고 희미한 빛이 원을 이루며 신전을 감쌌고 좀비들은 그 안으로 들어서지 못한 채 주춤거렸다.

"생존자요? 어서 안으로 들어오시오!"

사제가 유스켈과 유크리츠를 보고 황급히 외쳤다.

"예하, 일단 안으로……."

“너희들은 성수의 축복을 받지 않았구나. 안타까워. 하지만 괜찮아. 늦었지만 지금이라도 내가 직접 세례해 줄게.”

유스켈이 성표를 들어올리자 마을 사제가 조용히 쓰러졌다. 신전을 감싼 빛도 사라졌다.

“예하? 이 무슨… 설마, 설마!”

정말로, 정말로 이게 현실이란 말인가?

“안에 몇 명 더 있구나. 마저 세례해 줘야지.”

신전 안에서 들려오던 구원을 청하던 외침도 조용해졌다. 오직 악취와 마지막 남은 둘의 숨소리만이 마을에 자리잡았다.

“이제 이 마을은 전도가 끝났네.”

편안하게 기지개를 켜는 유스켈을 보며 유크리츠는 덜덜 떨었다.

자신도 성기사로서 검을 들고 사는 자지만 이건 악몽이다. 단 하루 낮 사이에 마을 사람이 모두 살아 움직이는 시체로 변하다니 있을 수 없는 불경이다.

“미쳤어! 넌 미쳤어! 이런 일을 하다니 여신께서 용서하지 않을 거야!”

“성스러운 전도를 비난하다니 너도 마족의 앞잡이로구나.”

유스켈이 천사 같은 미소를 지으며 한 발 앞으로 다가왔다.

“우와아악!”

유크리츠는 비명을 지르며 반사적으로 도망쳤다. 다음 순간 둘러싼 좀비들이 그의 팔다리를 잡았다.

“걱정하지 마. 너도 죄 사함을 받게 해줄게. 음, 넌 성기사였으니까 조금 더 특별한 세례를 해야겠다.”

“이… 이 괴물! 저리 가!”

검은 빛이 꿈틀거리는 성표가 자신의 가슴 위로 올라오는 것이 유크리츠가 본 마지막 광경이었다. 심장이 무언가에 의해 뜯겨 나가는 걸 느끼며 그는 휘네인을 떠올렸다.

'성녀가 옳았어. 교단은 틀렸어.'

철컹. 철컹.

유크리츠가 갑옷을 바로 입으면서 가볍게 금속끼리 부딪치는 소리가 났다. 다른 시체들을 압도하는 강한 죽음의 기운을 뿜으며 데스 나이트 유크리츠는 유스켈 옆에 충직하게 섰다. 잘 만들어진 새 전사를 보며 유스켈은 뿌듯하게 웃었다.

"어서 가자. 하루라도 빨리 보다 많은 이단을 구해야지."

에일랜드의 지방 요새. 두 경비병이 느긋하게 떠들었다.

"어이, 어제 새로 담갔다는 맥주 괜찮았지?"

"맞아. 쟌 영감이 맨날 큰소리만 치더니 드디어 제대로 된 물건을 만들었다니까."

그때 순찰하던 두 기사가 그걸 발견하고 엄하게 말했다.

"어이, 둘. 경계 근무 중에 잡담은 금지다!"

"헛! 대장님, 죄송합니다."

경비병들이 깜짝 놀라며 자세를 바로 했다.

"제대로 경비 서게. 내일 요새를 한 바퀴 돌고 싶지 않으면 말이야."

주의를 주고 나서 두 기사는 다시 다른 곳을 향해 움직였다.

"하여간 요즘 전체적으로 기강이 빠졌다니까."

기사 한 명이 못마땅하다는 듯 동료에게 말했다. 다른 한 명이 느긋하게 말을 받았다.

"뭐 그럴 만도 하지. 멀리 전장에서 들려오는 건 연이은 승전보잖아. 무엇보다 바다를 우리가 장악했는데 누가 내륙까지 침공해 오겠어?"

이스테리가 인접국이라 하나 실질적으로 바다를 사이에 두고 떨어져 있다. 적의 상륙에 대비하기 위한 요새라 하나 이 시점에서는 한가하기 그지없는 후방일 뿐이다.

"아아, 나도 이렇게 후방이 아니라 전장에 선발되었으면 좋았을걸. 그러면 공도 세우고 출세도 했을 텐데."

"짜식, 그러다가 재수없이 사망자 명단에 이름 오르는 수 있어. 난 가늘고 길게 살련다."

기사는 늘어지게 하품했다. 말이 좋아 경계 순찰이지 병사들도 피곤할 시간이고 그도 피곤한 시간이었다. 지금처럼 안개 낀 밤에 누가 돌아다니겠는가? 귀신이나 허깨비가 아닌 다음에야……

'뭐야, 저건!'

안개 사이로 흐릿한 인영이 보인다. 그것도 하나둘이 아니라 엄청 많다.

"뭐… 뭐야, 이건!"

의문에 대답해 준 건 친절한 죽음의 천사였다.

"먼저 회개한 이들이지. 걱정 마. 너희도 뒤따르게 될 거야. 에일랜드라 불리는 땅의 처음부터 끝까지 남김없이 전도해도 괜찮다는 허락이 떨어졌으니까."

다시 말하면 살아 숨 쉬는 인간은 단 하나도 남지 않을 것이다.

"컥!"

적의 습격을 알리지도 못한 채 두 기사는 순간 날아든 검에 의해 베어졌다. 데스 나이트 유크리츠의 활약에 유스켈은 기뻐했다. 그가 다시 손을 젓자 성문을 지키던 병사들이 쓰러졌다. 물론 그들은 곧 다시 그의 세례를 받고 일어나 새로운 임무를 행했다. 성문이 조용히 열리고 대기하고 있던 사자들이 몰려들었다.

"으와아악!"

자다 말고 깨어난 시체들의 습격을 받은 병사들이 정신없이 움직이며 대항했다.

"제기랄!"

기사는 욕지거리를 내뱉으며 좀 전까지 그의 옆에서 함께 하던 동료를 베었다. 동료의 숫자는 줄어만 가는데 그만큼 적은 고스란히 늘어났다. 이건 말 그대로 이길 수가 없는 싸움이었다.

'이게 악몽이라면 빨리 깨라!'

푹!

뒤에서 날아든 창에 찔리면서 그의 악몽은 끝났다. 그리고 끝나지 않은 죽음이 시작되었다.

시체와 병사들의 싸움이 끝나고 유스켈은 '조용해진' 요새에서 셈을 했다.

"하나둘… 별로 안 늘었네. 병사들이라 싸움을 잘하는구나."

처음에 데려온 시신도 꽤 많이 망가졌다.

"하지만 나이트 급도 여럿 생겼으니까 질이 업그레이드된 걸로 충분한 걸까?"

그래도 역시 좀 아쉽다.

"이런 식으로는 역시 너무 오래 걸리겠다. 커다란 도시를 하나 전도하자."

＊　　　＊　　　＊

5시 32분. 에일랜드에서 세 번째로 큰 도시 나마티에 시체들의 공격이 들어왔다라는 보고가 전해졌다.

5시 55분. 주민들을 일단 대피시키고 도시 수비군이 방어전에 돌입했다는 보고가 들어갔다.

6시 12분. 갑자기 병사들이 다 쓰러진 후 시체 군대로 되살아나 방어 전선이 붕괴되었음을 알렸다.

8시 25분. 정규 보고선이 아닌 개인 마도사에 의해 온 도시가 시체다. 나도 저렇게 되기 전에 스스로를 불태운다라는 한마디만이 전해졌다.

그로부터 일곱 시간 뒤, 에일랜드 수도 경비 사단장 람페르 후작은 나마티의 전 인구가 언데드가 된 후 수도로 진격해 오고 있음을 공식 확인했다.

상황은 마침내 성도 아뮤니엘린 공략을 목전에 두고 있던 에일랜드 국왕 휴르안 8세에게 들어갔다.

"그게 무슨 소리냐. 다시 보고해 봐라!"

"황공무지하오나 압도적인 숫자의 언데드 군단이옵니다. 조종자는 흑의 추기경이라고 하오며 이미 에일랜드 남부가 초토화된 상태입니다."

"그런……."

"여기 전송되어 온 전투 화면 일부를 보여 드리겠사옵니다."

휴르안 8세의 앞으로 영상이 떠올랐다. 도심 한가운데에서 시체와 산 인간 간의 싸움이 치열했다. 처음에는 인간 측이 유리한 거 같았다.

인간 하나가 쓰러질 때 시체는 그 몇 배로 쓰러졌다.

하지만…….

"또… 또 일어난다! 저놈들은 안 죽는단 말인가!"

한 병사가 마침내 참지 못하고 발작할 때쯤에는 전황은 대등했다. 그리고 시간이 흐르고 마침내 원흉인 자가 모습을 드러내었을 때.

"네가 마지막이구나. 이 광경을 널리 보여주도록 놔둔 이유를 알아? 미리미리 회개하라는 거야. 자, 그럼 너도 이만 합류해."

흑의 추기경이 천진난만한 미소와 함께 손을 저었다. 그때 그의 주위로는 한때 대적했던 도시 수비군이 '거듭나서' 함께했다.

영상이 끊겼다.

회의장에 침묵이 감돌았다. 너무나 충격적인 그 모습에 한동안 감상을 말하는 이조차 없었다. 도시란 게 전멸할 수도 있는 거였나? 전쟁이란 도시를 빼앗기 위함이었다. 그곳에 사는 시민들을 지배 하에 넣고자 다투는 게 전쟁이었다. 모조리 다 몰살을 위한 전쟁이라니 상궤에 실로 엇나갔다.

"이런 미친. 어떻게 저런 자를 풀어놓는단 말인가!"

전쟁이란 수단 방법을 가리지 말고 이기고 볼 일이다. 비겁 운운하는 건 패자들의 변명에 불과하다. 그렇게 믿던 휴르안 8세였지만 절로 미쳤다는 말이 나왔다. 아무리 그래도 명색이 교단에서 이건 너무하다. 한 도시를 전멸시켜 언데드로 다 만들다니 그 강함 이전에 그 사악함에 치가 떨린다.

"폐하, 어쩌시겠습니까?"

"지금 당장 다른 나라에 연락하라! 이 영상을 같이 전송하고 대책 회의를 열자고 전하라!"

"알겠사옵니다."

누가 먼저랄 것도 없이 네프티알과 이스파나, 에일랜드는 서로 연락했다.

도움을 기대했던 동맹이 제각기 패배했음을 전해 들으며 그들은 회의를 시작했다.

"이 대체 무슨 일이란 말이오?"

휴르안 8세가 질린 얼굴로 고개 저었다. 다 이긴 전쟁이었다. 더 강하게 밀어붙일 것인가 이쯤에서 협상해서 실리를 챙길 것인가, 그것만 결정하면 되는 상황이었다.

그렇다고 생각했다. 바로 좀 전까지는.

"끝도 없는 시체의 군대라니. 교단은 미쳤어. 이런 자들을 교황이라고 떠받들고 있었다니."

휴르안 8세의 신경질적인 한탄을 무시하고 카피는 엘리자나 여왕에게 침착하게 물었다.

"이스파나 쪽은 어떻습니까?"

"대패했다고 생각했는데 어이없게 프렌즈 군은 그 뒤로 전멸했더군요. 결과적으로는 아군이 여전히 더 많지만 싸울 엄두는 나지 않아요."

광전사의 전투력은 일반 병사는 물론이고 기사들도 쉽게 맞댈 상대가 아니다. 어마어마한 괴력에 어지간히 부상 입어도 여전히 날뛰는 흉포함. 정면 승부는 할 수가 없다.

"허. 적의 추기경도 만만찮게 미쳤구려. 그거 완전 자폭 공격이라는 거 아니오."

휴르안 8세가 고개를 절레절레 저었다.

"요새 밖으로 나갈 엄두는 안 나지만 지킬 수는 있을 것 같아요. 적이 또 그렇게 나오면 공멸하겠지만. 네프티알 쪽은 괜찮나요?"

"아! 예상치 못한 일격에 피해를 입긴 했지만, 굳게 지키는 정도야 못하겠소. 걱정하지 마시오."

에테인 대공이 힘있게 대답했다. 속으로는 자신없었지만 말이다.

"하지만 이번 적은 심리적인 속임수 같은 건 전혀 안 통하지 않나요? 청의 추기경 알휀스. 그에게 있어서 미래란 현재와 다름없다고 하더군요."

"정말로 결정된 미래를 읽는 능력은 의미없지요."

카피는 담담히 대답했다. 오라클 아이. 그건 자신의 행위조차 포함해서 그것이 가져오게 될 미래를 '연산'을 넘어 읽어내는 능력. 하지만 한계는 있다. 결과적으로 북부전선이 가장 피해는 적었다는 그 증거다.

'알휀스의 오라클 아이는 어느 정도일까.'

일단 대공에게 맡겨두고서 데이터를 축적하면 역산할 수 있을 테니 카피는 그 부분은 미뤄두기로 했다.

"그렇다 해도 아무래도 전략을 다시 수립해야 할 거 같군요."

엘리자나 여왕의 말에 카피는 일견 변함없이 담담하게 고개를 끄덕였다. 그러나 내심을 말하자면 현 상황 전개를 무척 반기고 있었다.

'과연 이 정도는 해줘야지.'

이로써 제8물질계는 어느 쪽이 승리하든 한동안 논외로 쳐도 될 만큼 약해질 것이다.

"이대로 성도 아뮤니엘린을 공략하는 것은 이제 의미가 없습니다. 교단이 수뇌부만 피신한 채 상호 초토화전을 벌일 각오도 되어 있다고 봐야 합니다."

"그렇다면 에일랜드 쪽은 성도 공략에 나섰던 군이 돌아가야겠군요."

"물론이오. 이미 전 함대에 귀항 준비를 시켰소. 성도를 공략하자고 나라를 폐허로 만들 수는 없는 일."

단순히 왕궁이 불타거나 그런 정도라면 또 모른다. 사람의 씨를 말리겠다고 드는 데야 아니 돌아갈 수 없었다.

"현 시점에서 적의 추기경은 어차피 공멸의 힘. 급하게 상대할 이유는 없습니다. 청의 추기경은 위협이긴 하나, 역시 실수없이 버틴다면 쉽게 무너지지는 않을 겁니다. 문제는 흑의 추기경. 빠르게 처리하지 못하면."

"내 나라는 산 사람이 씨가 마를 거요. 그럴 수는 없소!"

백성 없는 국왕이 어디 있겠는가.

"그러니 본인과 신성사제는 이대로 같이 에일랜드로 가겠습니다."

"알겠어요. 흑의 추기경을 제가 상대하라는 거지요?"

휘네인도 결심을 굳히며 고개를 끄덕였다. 천사들도 때로는 검을 든다. 지금은 사랑과 평화를 논할 때가 아니었다.

"전체 전략은 그대로입니다. 흑의 추기경을 제압한 후 다시 성도를 공략하고 그사이 네프티알과 이스파나는 버텨야 합니다."

단지 이전에는 이쪽이 압박하면서 시간을 보냈지만 이제는 압박당하면서 보낸다는 차이점뿐. 에일랜드 군이 다시 한 번 성도 아뮤니엘린에 상륙할 수 있게 되면 승부가 나는 건 변함없다.

"이 두 쪽은 무너지지 않을 정도의 병력만 놔두고 에일랜드에 집중하는 것이 현 상황에서 최선이라 보입니다."

"결국 각자 개별적으로 싸울 수밖에 없다는 거군요. 집중도 좋지만 이스파나는 원군을 보낼 여력이 없어요.”

회의는 빠르게 진행되어 결국 셋 다 지원없이 각자 상대하는 것으로 결론났다. 카피와 휘네인, 켈스가 가는 것이 최대의 지원이었다.

회의가 끝난 후 각자 방으로 돌아가는 자리에서 카피가 휘네인에게 말을 걸었다.

“휘네인.”

“네?”

“예전에 한 약속. 나 스스로는 지키겠지만 그 결과는 그대의 기대에 미치지 못할 것 같다.”

“최소한의 희생 말인가요.”

카피가 고개를 끄덕였다. 휘네인으로서는 처음 보는 어두운 얼굴이었다. 저 성검이 잠들었던 마계의 던전 속 죽음의 위기 앞에서도 저런 얼굴은 안 했었는데.

“괜찮아요.”

휘네인은 방긋 웃으며 카피의 손을 잡았다.

“그래도 당신은 최선을 다해줄 거잖아요? 그거면 돼요.”

“정말로 괜찮은가?”

의아해하는 카피를 보며 휘네인은 다시 한 번 웃었다. 정말로 눈치 없는 남자다. 그의 탓이 아니란 걸 알기에 억지로 웃긴 했지만, 결코 밝은 웃음은 아니었을 텐데. 하지만 어쩌겠는가. 카피를 탓할 수도 없는 일이다. 인간으로서 할 수 있는 바를 다 한 후에는 여신께 기도할 수밖에.

“여신께서 결국은 보상하시겠지요. 제가 해야 할 최선을 말해주세요.”

"흑의 추기경을 제압해 줘야 한다. '어떻게'를 따지기 이전에 무조건 해야 한다. 그게 안 되면 이번 전쟁, 우리의 패배다."

"알겠어요."

휘네인은 굳게 입술을 다물고 고개를 끄덕였다. 이길 수 있을까라는 불안감은 그녀 마음속에서도 피어올랐지만 내색할 수 없었다.

'아니, 이길 수 있어.'

민간인들을 몰살시키고 그 시신을 다시 사령술로 부리다니. 이건 정말로 여신에 대한 모독이다. 사제로서 승패를 묻지 않고 임해야 할 싸움이 있다.

'이기겠어. 이길 거야. 이겨야만 해!'

"사실 확실히 이길 수 있는 방법이 하나 있긴 하다."

"뭐지요?"

그렇다면 당장 그 방법대로 해야 하지 않겠는가.

"에일랜드를 포기하는 거다."

"뭐라고요?"

"해상만 봉쇄하면 에일랜드 천만 인구가 모조리 다 좀비가 된다 해도 육지로 상륙 가능한 건 거의 없지. 그렇다면 흑의 추기경을 그의 부대와 격리해서 상대할 기회가 온다."

"말도 안 돼요! 그 많은 에일랜드 사람들을 다 포기하자니! 그런 방법은 필요없어요!"

휘네인이 소리치자 카피는 선선히 제안을 철회했다.

"그렇다면 할 수 없지. 휴르안 8세도 승낙할 리 없었기에 포기한 계획인 거다. 하지만 휘네인, 그대에게만은 말하지."

"뭘요?"

“그 방법이 아니면 이번 전쟁 우리가 패배할 가능성이 높다.”

“하지만 방금 전 회의에서는 이런 식이라면 이길 수 있다고…….”

“지휘부가 흔들리면 싸워보기도 전에 무너지니까. 하지만 말 그대로 ‘가능성이 있다’는 말이었다. 그리고 그 가능성은 매우 낮다.”

“제가 흑의 추기경을 이겨내면 그 가능성이 수정되겠네요.”

성표를 쥔 손은 떨렸지만 그래도 휘네인은 웃어보려 했다.

“지게 된다면 0이 되겠지. 하지만 이긴다 해도 여전히 가능성이 낮을 거다. 흑만 이겨낸다면 적은 이길 테고 청도 이길 수는 있겠지만 백은 모른다.”

뒤로 갈수록 말이 미묘하게 바뀐다.

“가르디엘… 선생님 말씀인가요?”

“그가 상대의 히든카드니까.”

지금의 전략은 간신히 셋만을 상대하는 전략이다. 백이 또 하나의 패를 들이민다면 무게 균형은 무너진다.

“선생님은…….”

뭐라고 정보를 말해보려다가 휘네인은 쓴웃음만 지었다. 과연 자기가 아는 그의 모습이 전부일지 이제 전혀 알 수 없었다. 흑과 청의 추기경도 단지 은거하고 세상과 담을 쌓은 수행 중심의 원로라고 생각했던 자기가 아닌가.

“가르디엘 선생님은 나중에 고민해요. 당장 흑의 추기경을 이기지 못하면 에일랜드 사람들이 다 죽잖아요.”

담담하게 말을 받으려는데 자꾸만 손이 떨린다. 카피가 그런 그녀의 손을 지그시 잡아주며 힘주어 말했다.

“그래. 그대라면 흑의 추기경을 이길 수 있겠지. 믿겠다.”

“고마워요.”

카피의 손. 따뜻했다. 그대로 더 잡혀 있고 싶지만 휘네인은 아쉬움을 달래며 말을 이었다.

“힘낼게요. 에일랜드로 가는 동안 최대한 열심히 신성 마법을 연습하겠어요.”

“그렇게 해라. 난 나대로 준비를 해두지.”

휘네인과 헤어진 후 자기 방에 들어온 카피 앞에 로이는 무릎 꿇으며 물었다.

“마스터, 무엄할지 모르나 용서하십시오. 흑의 추기경의 정체가 사천사라면… 지금의 마스터와 저 여자만으로 상대하는 데 무리는 없겠습니까?”

“수치적으로 분석한다면 무리다. 그녀는 패하고 이후 신망을 잃은 교단은 폐허가 된 세계를 폭압과 공포로 지배하게 될 거다.”

그렇다고 네프티알과 이스파나에서 전력을 빼내면 그쪽이 무너진다. 간신히 셋이라고 했지만 객관적 수치상의 승세는 이미 교단에 있었다.

“그렇다면 마스터께서는 그것을 바라고?”

“인간들이 천계를 싫어하게 될 테니 나쁠 건 없지. 하지만 내가 예상하는 쪽은 그녀의 승리다.”

카피는 뜻밖의 대답을 했다.

“네? 수치적으로 분석하면 휘네인이 진다고 하지 않으셨습니까?”

앞뒤가 안 맞지 않나?

“분명히 그렇다. 하지만 통계적으로 본다면 승산은 충분하다.”

그제야 로이는 이해했다.

"기적을… 기대하시는 겁니까?"

"메커니즘을 우리가 모른다 하여 빈번히 일어나는 일을 기적이라 칭할 수는 없겠지."

그 말을 하며 마황이 쓰게 웃었음을 로이는 눈치챘다. '기적'이라 할 수 없는 건가. 하지만 천계에서조차 그런 건 잊혀져 가는 일인데 여신의 실체도 모르는 인간 사제 따위가 해낼 수 있을까?

"로이, 너는 네프티알로 돌아가라. 오라클 아이(Oracle Eye)를 상대하는 것도 쉬운 일이 아니다. 그 강함과 한계를 너라면 잘 알 테니 해내리라 믿는다."

"중요도는 어느 정도입니까?"

"네 본래의 힘을 노출하지 않는 선에서."

"알겠습니다, 마스터. 다녀오십시오. 그곳을 지키겠습니다."

일행의 초조한 마음에도 불구하고 함대가 에일랜드로 돌아가는 데는 시일이 걸렸다. 그사이 흑의 추기경의 전도는 더욱 넓게 퍼졌다. 새로운 보고가 속속들이 올라왔다.

"크으윽! 이럴 수가!"

휴르안 8세의 침통한 외침을 들으며 휘네인은 성표를 꽉 잡았다. 좋지 않은 보고일 거라는 건 내용을 듣지 않아도 짐작이 갔다.

"카피, 어떻게 된 건가요?"

"수도가 함락되었다. 이미 대다수가 도망친 다음이기는 하지만 말이다."

"그럼 도망친 이들은……."

그들이라도 무사한 걸까.

"시체들에게 추적당해 새로이 그 대열에 합류한 자가 대부분이라더군."

뒤이은 카피의 대답은 냉정했다.

"그럼!"

"현재 추정 사망자 150만 내외. 나머지 인구 대부분이 북으로 도망갔지만 흑의 추기경은 차분히 훑으며 올라가고 있으니."

"그… 그만 해요!"

카피의 다음 추정을 듣고 싶지 않아 휘네인은 소리쳤다. 인간이 무슨 그물인 양 훑어가며 씨를 말리는 전쟁이라니. 외면하고 싶다.

"알았다."

"…아니, 마저 들려줘요. 난 들어야 해요."

'변덕이 심하군.'

하지만 말 못해줄 건 없다. 카피는 추정치를 밝혔다.

"앞으로 보름 후면 에일랜드는 전멸한다."

땅 끝까지 도망치고 나면 더 이상 갈 곳이 없다. 소수는 그사이에 배를 만들어 도망치겠지만 나머지는 끝이다.

"보름… 흑의 추기경은 정말로… 산 사람을 하나도 남기지 않고……."

"죽이고 있다."

"너무하잖아요. 그런 건… 어째서……."

"사령술의 재료로 쓰기 위해서겠지."

기계적인 분석에는 감상적인 요소는 단 하나도 들어가지 않았다.

"재료라니."

"일단 죽여두면 필요하면 언제든 쓸 수 있다는 거겠지. 거기에다가 저항하는 자들에 대한 경고의 의미도 있을 테고.”

“막아야 해요. 그건 정말로…….”

“우리가 도착하는 것은 열흘 후. 전멸은 막을 수 있다.”

“네.”

휘네인은 고개를 떨구었다. 지금 카피를 보챈다고 안 될 일이 되지는 않는다. 그건 그녀도 알았다. 하지만 이 범죄에 대해 대체 여신의 앞에 뭐라고 변명해야 할까. 전쟁도 싫지만 이건 더 이상 전쟁도 무엇도 아니다. 말 그대로 미쳐 버린 교단이 벌이는 학살.

‘이런 일을 벌이고서도 교황은 여신의 뜻이라고 믿는 걸까.’

이런 게 아니다. 사제의 전쟁이란 마족의 억압으로부터 인류를 해방시키고 모두 다 평등하게 잘사는 낙원을 만드신 여신의 전쟁을 닮아야 한다. 이건 그것과 너무 거리가 멀다.

함대는 마침내 에일랜드에 도착했다. 북부 지대에 상륙한 그들은 바로 진군했다. 하루하루 유스켈이 사람들을 더 죽여가는 지금 쉴 틈이란 없었다.

극소수 살아남은 군사들이 합류하고 그 지휘자 람페르 후작이 휴르안 8세와 카피 앞에서 보고를 했다.

“상대는 더 이상 진격해 오지 않고 멈춰 섰습니다.”

“우리를 상대하기 위해 힘을 비축한 거겠지. 현재 생존자는?”

“500만 명 정도입니다.”

“반이군. 그럼 적이 보유하고 있는 시체도 500만 구 정도는 된다는 거군.”

카피가 감흥없이 말했다.

“5… 5백만.”

백만 대군도 아니고 5백만이라니. 압도적이다 못해 현실감 떨어지는 숫자에 회의장에 있던 이들은 넋이 나가 버렸다. 어떤 전쟁에서도 이런 식의 사망자 숫자는 나온 적이 없다. 역사에 길이 남아 있는 대전투들에서 어떤 명장이 죽인 적군의 숫자도 유스켈이 행한 것에 비하면 발끝에도 못 미쳤다.

“알고 있던 것 아니었나?”

왜들 새삼 놀라는 거냐는 듯 카피가 무감흥하게 되물었다.

“공은 지금 그 숫자가 전부 언데드 군대에 합류했으리라 생각하는 거요?”

휴르안 8세가 퍼렇게 질린 얼굴로 끼어들었다.

“그건 아닙니다. 죽음의 천사라 해도 한번에 조종 가능한 시체 수에는 한계가 있음이 분명합니다. 가장 마지막으로 확인한 바에 따르면 20만입니다.”

람페르 후작이 끼어들어 보고했다. 조금은 희망적인 보고에 휴르안 8세는 긴장된 얼굴을 풀었다.

“후우. 20만. 그 정도라면 우리 군대로 어떻게든 할 수 있겠군.”

그 상대가 적군이 아니라 자국의 백성이었다는 것이 너무나 가슴 아프지만, 적어도 나라가 아예 망하는 건 피할 수 있다. 터무니없이 강대한 흑의 추기경을 상대로 일단 이길 수 있다는 것만 해도 다행이다. 그렇게 다소 안도하는 휴르안 8세에게 카피가 찬물을 끼얹는 말을 했다.

“20만이 아니라 500만입니다.”

“공? 그 말의 의미는 무엇이오?”

"한 번에 조종 가능한 게 20만일 뿐. 그게 파괴당하면 당하는 대로 사천사는 새로이 시체를 일으킬 것입니다. 500만 전부를 예비 병력으로 생각하고 작전을 짜지 않으면 당합니다."

"그런 터무니없는… 아무리 대단한 사령술사라 해도 그런 게 가능할 리가 없잖소!"

"인간의 한계에서 생각하면 안 됩니다. 아니면 애초에 인간이 여기까지 할 수 있다고 생각합니까?"

"그건… 그렇지만."

애초에 평범한 인간 사령술사라면 20만도 거느리지 못한다. 무엇보다 아무리 정예가 빠져나갔다 하나 남겨진 방위군을 혼자서 격파한다는 건 불가능하다.

"상대의 예비 병력은 500만. 정면 승부로는 어떻게 해도 질 수밖에 없는 싸움입니다."

아니, 지는 정도가 아니라 숫자를 더 늘려줄지도 모르는 일이다. 카피의 말에 모두의 얼굴에 공포가 짙게 깔렸다.

"하면 방법은……."

"길을 뚫고 소수가 진입하여 흑의 추기경의 목을 쳐내는 것뿐입니다."

"그사이 나머지는 언데드 군대를 상대해서 추기경의 힘을 분산시키고 말이오?"

"그렇습니다."

"정론이긴 하오. 조종자를 쓰러뜨리는 편이 일일이 상대하는 것보다 낫다는 건 애초에 생각했던 일. 별반 달라진 건 없구려. 핫하."

휴르안 8세가 일부러 웃으며 가라앉은 분위기를 일으켰다.

"뭐 카플레스 공의 말씀은 최악의 경우 500만 전부가 예비 병력일 가능성도 있다고 봐야 한다는 것. 하나 그게 아니라 20만이 다라 해도 일일이 상대하며 아까운 병력을 잃을 필요 없기는 매한가지. 흑의 추기경만 쓰러뜨리면 될 일이다. 누가 이 과업에 동참하겠느냐?"

"저를 선봉에 세워주십시오, 폐하."

"저도 기꺼이 결사대에 나서겠습니다."

에일랜드에서 뛰어나다고 하는 기사들과 마법사들이 앞 다투어 나섰다. 그 모습을 보며 휴르안 8세는 흐뭇해했다.

"어떻소, 공? 이들을 중심으로 돌파한다면 가능하지 않겠소?"

"아니, 이들은 아무 도움이 안 됩니다. 필요없습니다."

에일랜드 인들의 안색이 싹 변했다.

"지금 그 말은 우리를 모독하는 거요?"

자원한 기사 중 하나가 따져 물었다.

"있는 그대로의 평가일 뿐이다. 아니면 지금 여기서 나와 검을 맞댈 수 있는 기사가 있는가?"

카피가 검을 뽑았다. 차갑고 시리게 빛나는 검기가 맺혔다.

"우."

검의 명국 네프티알 최고의 검가 에테인 가의 적자. 그가 보여준 오러블레이드 앞에 적어도 일반 기사들은 입을 다물었다.

"흑의 추기경이 통상의 존재라면 약한 힘도 뭉치면 도움이 된다고 해주겠지만 이번 경우는 다르다. 약한 힘은 먹이가 되어 그를 도와준다. 최소한의 기준이 안 되는 자들은 군대와 함께 그의 시선을 분산시키는 게 제격이다."

"하면 공은 누구를 생각하시오?"

휴르안 8세의 물음에 카피가 휘네인을 불렀다.

"휘네인."

"네."

"그리고……."

"나라면 어때? 너와 검을 맞댈 자신도 있는데?"

"알렉스 씨?"

휘네인의 뒤에서 조용히 지켜보던 다크 윙즈가 입을 열었다. 카피와 알렉스의 눈이 잠시 마주쳤다.

"모조 다크 윙즈라. 진짜를 괴롭힐 능력 정도는 되겠지."

"모조라니! 하긴 흑의 추기경 같은 진짜는 되고 싶지 않지만."

알렉스가 잠깐 발끈했다가 가라앉았다.

"신성사제 예하에 다크 윙즈, 그리고 휴르안 8세 폐하, 왕실마도사장 엘른 후작과 근위기사단장 가리안 공작. 이렇게까지로 하겠습니다."

"그게 무슨! 아무리 그래도 폐하께서 직접 나서시란 말이오!"

딱히 의견을 제시하지도 못하고 있던 귀족 하나가 뒤늦게 나서서 카피의 말에 딴지를 걸었다.

"모두 조용히. 공, 그대의 말은 잘 알겠네. 하나 내가 직접 나서는 것은 체면 문제도 있고… 그래, 엘른 후작은 경호를 위해 남고 가리안 공작은 결사대에 합류하는 걸로 하지. 어떤가? 그리고 거기에 더해서 근위기사 다섯에 왕실마도사 다섯을 더하면 되지 않겠는가?"

휴르안 8세가 나름대로 중재안이라고 내놓는 것에 대해 카피는 속으로 차갑게 평가를 내렸다.

'아직 정신을 못 차렸군.'

적을 500만이 아닌 20만으로 생각하고 있는 게 틀림없다. 혹여 결사대가 실패한다면 후방에서 안전하게 지휘해도 적을 물리칠 수 있다 믿다니. 하지만 상관없다. 사실 결사대에 포함시켜 돌파시킨다 해도 사천사가 자기 앞에 도착하는 걸 허락할 자는 몇 안 될 테니까.

"그럼 그렇게 하겠습니다. 길은 켈스가 연다."

"한 번 더 그걸 쓰라는 말씀이죠?"

"그렇다."

"헤헤. 알겠습니다요."

웃으며 대답했지만 켈스는 속이 쓰렸다. 그 책 이번에 다 태워 먹으면 다시는 마법사 노릇도 못할 텐데. 하지만 책을 아끼기에는 흑의 추기경이라는 놈만큼은 그도 무서웠다. 저런 미친놈을 죽일 수 있을 때 안 죽이면 어디 가도 발 뻗고 못살 거 같다.

'할 수 없지. 흑. 내 화려한 인생이여 끝이구나. 아니지, 아니지.'

카피가 있다. 보상해 준다고 했지 않았던가.

"믿어보십시오. 필히 길을 열겠습니다."

켈스는 듬직하게 큰소리쳤다.

"좋다."

"폐하!"

밖에서 보고병이 시끄럽게 외쳤다.

"무슨 일인가? 회의 중이다."

휴르안 8세를 대신해 수행 시종장이 말을 받았다.

"흑의 추기경이 다시 진군을 개시했습니다."

"으음. 시간이 없군. 카플레스 경, 웬만큼 결정난 거 같으니 우리도 맞서야 하지 않겠소?"

"전체 군대의 지휘는 제가 맡지요. 하지만 승패는 결사대에 달려 있으니."

카피는 휘네인과 눈을 마주쳤다.

"잘해봐라."

기적을 보여봐라. 너희가 생각하고 있는 것보다 훨씬 더 강대한 상대를 맞아서. 그렇지 않으면 여기서 전부 멸망한다.

"네."

평원을 가득 메운 시체의 군단들은 제각기 등에 또 다른 시체를 두 개씩 멘 채 이동 중이었다.

"으음. 설마 저 등에 멘 두 구씩은 예비병이란 말인가."

멀리서 그 광경을 바라보며 휴르안 8세는 낮게 중얼거렸다. 그렇다면 60만. 일일이 상대하기는 너무 많다. 그 이전에 저들도 자기 백성이었는데. 이렇게 속 쓰리면서도 황당한 싸움은 처음이다. 전쟁이란 무릇 병사 간의 마주침으로 끝내야 하거늘. 그런 휴르안 8세에게 들으라는 듯이 카피는 결사대에게 일렀다.

"전투에서 설령 저 60만을 패퇴한다 해도 의미없다. 흑의 추기경은 잠시 물러나서 새로 데려올 테니까. 그를 잡지 못하면 어떤 대승도 우리의 패배다. 그러니 모두 부탁한다."

카피의 마지막 당부에 결사대는 모두들 고개를 끄덕였다.

"그럼 켈스, 길을 열라."

"네."

켈스는 다시 한 번 스크롤북을 찢었다. 이번에는 남은 스크롤이 몽땅 다 타올랐다.

"강림하라. 크게 울리는 푸른 왕이여. 푸르디푸른 너는 모든 것을 짓이기는 압도적인 힘이다.”

정이십면체가 돌아가며 거기서 뻗어 나온 빛이 하늘에 맺혔다.

“너는 패배를 모르며 나는 패배를 원치 않는다. 이제 내 힘 네게 부여하며 너를 부르니 이곳에 와라! 와서 네게 익숙한 바를 행하라!”

치직. 치직.

한계에 달한 힘이 마법진의 경계에 뇌전을 만들어냈다. 구름이 흩어지며 대기가 팽팽해졌다.

“우리의 앞을 막아서는 어리석은 자들에게 멸망을. 헤븐 크라이 언더 더 파워(Heaven Cry Under the Power)!”

뇌격이 대지를 두들기며 언데드 군단의 한가운데를 뻥 뚫었다.

“지금이다!”

시체의 바다를 가르며 생겨난 길을 따라 휘네인을 위시하여 최정예를 뽑은 결사대가 달렸다.

“흠흠. 소드 마스터가 둘에 신성사제에 또 더 있으니 저 정도라면 제아무리 흑의 추기경이 강하다 해도 믿어도 되지 않겠소?”

‘몇이나 그 앞에 설 수 있을까.’

휴르안 8세의 말을 무시하며 카피는 돌격을 명했다.

“일제 돌격. 언데드 군대를 뚫고 결사대를 지원하기 위한 통로 확보에 주력하라.”

불가능하겠지만, 사천사의 힘을 분산은 시킬 수 있다.

“타나토스 게이트.”

유스켈이 생긋 웃자 검은 구멍이 생겨나며 그의 주위로 내려치던 번개를 빨아들였다.

“자, 충실한 신도들이여. 나를 노리고 오는 저들을 막아줘. 이제 그만 육신의 껍데기에서 벗어나 혼의 힘으로 싸우렴. 페이스 애프터 라이프(Faith After Life).”

시신에서 혼이 빠져나오면서 레이스(악령)가 되었다. 혼령 형태의 언데드들은 푸르스름한 빛을 뿌리며 빠른 속도로 결사대의 앞에 모여들었다.

“홀리 블라스트!”

앞을 뚫으며 휘네인은 뒤를 돌아보았다. 같이 오던 이들은…….

‘저지당했어.’

이렇게나 빨리, 이렇게나 많이 몰려올 줄이야. 다른 자는 그렇다 쳐도 소드 마스터인 알렉스 씨나 가리안 공작까지도 헤쳐 나오는 속도가 눈에 띄게 느려졌다.

아니, 느려지긴 자기도 마찬가지. 이대로 머뭇거리다가는 흑의 추기경 앞에 서보지도 못하고 파묻힌다.

‘미안해요. 저 혼자 먼저 갈게요.’

“홀리 워드—디그니티!”

존엄한 음이 들리고 레이스들이 물러섰다. 그 틈을 타 휘네인은 다시 달렸다. 언데드들의 가운데, 켈스가 만들어낸 공백 지대에 홀로 서 있던 유스켈 앞에 마침내 휘네인은 마주 섰다.

“안녕, 마녀.”

“네가… 흑의 추기경?”

시체의 한가운데에 선 존재는 너무나 안 어울리게 순수한 미소로 빛나고 있었다. 한 점의 미혹도 없이 고결한 선의에 빛나는 거룩한 얼굴. 아기 천사의 얼굴이 저러할까. 아기들이 천사처럼 해맑다 하지만 휘네인은 유스켈처럼 그 말이 완벽하게 들어맞는 존재는 처음 보았다.

"그래, 내가 여신의 죽음을 저들에게 날라준 흑의 추기경이야. 네가 교황 성하를 분노케 한 이단의 마녀지?"

'이단'. 그 소리에 휘네인은 정신이 들었다. 아무리 천사 같은 얼굴을 하고 있어도 상대는 미친 사령술사다. 지금 쓰러뜨리지 않으면 여기 온 이들이 다 죽는다. 아니, 에일랜드가 멸망한다.

"당장 사령술을 멈춰!"

"어째서?"

"인간의 생명을 저렇게 농락하다니 그건 용납받지 못할 대죄야!"

아니, 말이나 하고 있을 틈이 없다. 말로 해서 멈출 자라면 애초에 안 하겠지. 상대가 거절하는 순간 공격할 수밖에 없다. 저기서 싸우고 있는 이들을 위해서라도.

신성력을 극한으로 끌어올리는 휘네인을 상대로 유스켈은 여유롭게 웃었다.

"이상한 말을 하는구나. 난 저들이 지상낙원에 들 수 있게 도와준 건데."

"뭐라고?"

"천국이 어떤 곳으로 성서에 묘사되어 있는지 모르진 않겠지?"

"각자가 능력에 따라 봉사하며 필요한 은총을 받는 곳. 미움도 다툼도 없고 누가 누구를 착취함도 없는 평등한 낙원. 대체 그것과 저게 무슨 상관이라는 거지?"

"봐. 모두 평등하게 똑같아져서는 다 같이 성전을 수행하잖아. 모두 다 아무런 걱정 없이 사명만을 행하는걸?"

"궤변이야! 어떻게 저 흉측한 모습이 구원일 수 있어!"

"왜 아니라는 거지? 천국에서 누리게 될 것을 벌써 받았는데?"

유스켈이 방긋 웃으며 고개를 살짝 흔들었다. 마치 천사가 복음을 전하는 듯한 아름다운 모습.

"아니야, 그렇지 않아. 산 사람을 저런 모습으로 만들어놓고서."

순간적으로 힘이 빠져 버릴 뻔한 걸 휘네인은 눌렀다. 이건 또 다른 유스켈의 힘? 죽음의 유혹인가?

"바보구나. 겉모습에 현혹되다니. 그게 네가 나에게 맞서는 믿음의 근원이라면 이 승부 끝났어."

"뭐?"

"보여줄게. 너를 기다리며 준비한 내 최후의 이적을. 엔드리스 페이스."

"천사……?"

휘네인은 눈을 크게 떴다. 시신들의 모습이 좀 전처럼 흉측하게 일그러져 있지 않았다. 주위를 둘러싼 건 오직 아름다운 천사들뿐이었다. 유스켈을 닮은 평온한 얼굴로 그들이 환희에 찬 찬송가를 부르기 시작했다.

"트리스아기온 오브 엔젤릭 레이스(Tris—agion of Angelic Wraith)."

'아아, 성스럽도다. 성스럽도다. 성스럽도다. 예부터 있으며 지금도 있으시며 앞으로도 있으시니 지금 여기 오시네……'

어떻게 이렇게나 아름다운 노래가. 나는 지금 천국에 온 건가? 휘네인은 정신이 흐려졌다. 인간으로서 자아를 유지하기에 여긴 너무나 완벽했다.

"자아, 이리 와. 너도 여기에 합류해서 구원받는 거야."

죽음의 천사가 낙원으로 초대한다. 달콤한 유혹의 잠이 쏟아진다.

천사가 내리는 죽음이란 게 이런 것이었다면 기꺼이 받아들여도 되지 않을까.

'모두가 아무런 근심 걱정도 없이 찬송가만을 부르네.'

이거야말로 자신이 그토록 꿈꾸던 천국의 지상 재현. 맞서야 할 이유가 있나? 모든 것이 이리 조화롭고 모든 것이 이리 평화스러운데. 저들은 아무것도 모르고서 두려워하는 거다. 일단 유스켈에게 전도받고 나면 진실을 알고서 다들 행복하게 여신을 찬양할 텐데. 모두가 이리 행복… 행복?

"틀렸어. 이건 구원이 아냐."

아름다운 얼굴들. 그러나 그 어디에도 행복함은 없다. 아니, 의지 자체가 없다.

"낙원은 놀고 즐기기만 하는 곳이 아니라 각자가 땀 흘려 일하고 그 공물을 함께 누리는 곳. 각자의 역할이 조화를 이루는 곳."

성전의 구절을 외는 휘네인의 주위로 빛이 모였다.

"저런 의지가 사라진 인형으로 똑같이 되는 게 아니야!"

"구원을 거부하는구나. 안타깝네. 그렇다면."

노래가 끊겼다.

"자아, 이단에게 심판을."

천사들이 빛나는 검을 들고 달려왔다. 휘네인도 그에 맞서 힘을 끌어올렸다. 천사의 모습을 한 악령들. 평범한 걸로는 안 된다. 그렇다면.

"천상의 경계를 수호하는 거룩한 빛이여. 하늘의 문에 범하고자 하는 어리석은 자들에게 그 자만을 깨뜨릴 영광된 힘을 내게 내리사, 올바른 길을 잃어버린 악덕의 무리를 꾸짖는 형벌의 칼이 되게 하소서."

아예 처음부터 최강의 주문으로 맞선다. 천국과 지옥의 경계를 떠도는 어둠의 존재를 내쫓는 하늘의 빛.

"어둠이 빛을 이길 수 없음은 하늘의 동녘으로 태양이 떠오름과 같이 자명하나니, 위대한 광휘 앞에 그 무엇이 맞서오리까. 나 이제 그 힘을 발하나이다. 샤이닝 포스(Shining Force)."

빛이 폭발하며 주위를 휩쓸었다.

"제법이구나, 너."

일시지간 깨끗해진 땅 위에 휘네인과 유스켈만이 마주 섰다.

"하지만 그 정도로는 날 어쩔 수 없어. 그리고 회개한 죄인들은 얼마든지 있거든."

유스켈이 손을 젓자 다시금 시신들이 달려왔다. 그의 말대로 시체는 얼마든지 있었다.

"지지 않아! 홀리 블라스트! 엔젤릭 라이트닝! 세이크리드 플레임!"

주문의 3연타.

"타나토스 게이트."

어둠이 빛을 모조리 다 빨아들인다. 그사이 달려온 시체들이 또다시 휘네인에게 덤벼든다.

"누가… 너 같은 녀석에게 저 영혼들을 맡겨둘 줄 알아. 여신의 이름 아래 정화하리라! 홀리워드―퓨리파이!"

또 한 번 시체들이 날아갔다.

"그래 봐야 좀비는 또 만들면 그만인걸?"

"그리고 천상의 경계를 수호하는 거룩한 빛이여… 샤이닝 포스!"

잠깐의 시간 차로 샤이닝 포스가 연발했다.

"큭! 타나토스 게이트!"

빛이 그대로 어둠을 짓뭉개고 들어갔다.

"끄악!"

빛에 파묻힌 유스켈의 비명 소리가 퍼졌다.

"하아. 하아."

휘네인은 숨을 몰아쉬었다. 샤이닝 포스와 홀리워드의 이중 영창이라니 이전의 자신이라면 절대 꿈도 못 꿨을 무리였다.

'해낼 수 있었어.'

조종자가 죽으면 시신들도 잠들겠지. 휘네인은 땀을 닦았다. 엄청나게 무리였지만 해냈다. 제아무리 흑의 추기경이라 해도 샤이닝 포스를 정면으로 두들겨 맞고는 살 리 없다. 홀리 배리어나 테트라 엘리멘탈 생추어리가 아니고서는 그걸 막아낼 주문이 있다 들어본 적 없다. 생각보다는 쉽게 처리했다. 초전부터 있는 대로 다 무리한 보람이 있었다. 어설프게 겨뤄봐야 뭐 하는가. 그냥 모든 힘을 다 끌어내서 상대가 방심하고 있을 때 일격에 분쇄해 버리는 게 낫지. 판단 잘했다.

그 착각은 1초 뒤에 깨어졌다. 아직 가라앉지 않은 빛 속에서 절망을 부르는 목소리가 들렸다.

"이단의 무리가 여기까지 날 몰아붙이다니. 하아."

검은 날개로 스스로를 감싸고서 유스켈은 여전히 오연하게 서 있었다. 비록 몸 곳곳에 작은 상처가 나 있긴 했어도 쓰러질 정도와 거리가 멀다는 건 확연했다.

'안 쓰러졌어?'

휘네인은 자세를 바로잡았다.

'카피가 말한 죽음의 천사라는 것.'

비유가 아니었나. 하지만 지금 저 모습은 인간이 아니다. 검디검은 칠흑의 날개를 두르고 공포의 눈길을 쏘아내며 떠 있다니 인간이 저럴 수 없다.

"그렇다면 다시 한 번 더 날려주겠어! 너 같은 마물이 저들의 영혼을 더럽히는 꼴. 죽어도 못 봐!"

"하. 넌 신성력을 소모하지만 난 저들의 죽음으로 회복해."

한참 산 인간과 시체 간의 싸움이 치열한 전장을 가리키며 유스켈이 휘네인을 비웃었다.

"사방이 시체이고 죽음인 곳에서 네가 날 이기겠다고? 해볼 테면 해 보아!"

유스켈이 손을 뻗자 검은 날개 깃털이 쏘아져 와 휘네인의 몸을 맞추었다.

"아악!"

맞은 자리에서 힘이 빠져나간다. 꽂힌 검은 깃털이 휘네인의 생명력을 빨아들이며 흰 깃털로 변해갔다. 그에 비례해 유스켈의 몸에서는 상처가 사라졌다.

"하핫! 괴로워할 거 없어. 저기 보이지. 다른 인간들도 차례대로 구원을 받고 있는걸."

"천상의 경계를 수호하는 거룩한 빛이여… 하늘의 문에… 범하고자 하는 어리석은 자들에게……."

"샤이닝 포스를 또 쓰겠다고? 하, 가능할 것 같으냐? 네 어긋난 믿음에 그만한 힘은 없어."

유스켈이 다시 손을 젓자 검은 깃털이 연이어 와 꽂힌다. 그래도 휘네인은 주문을 외었다. 안 통했던 건 아니다. 질 수 없다면 몇 번이고 다시 날려줘야 한다.

"그 자만을 깨뜨릴 영광된 힘을 내게 내리사, 올바른 길을 잃어버린 악덕의 무리를 꾸짖는 형벌의 칼이 되게 하소서.”

무릎이 꿇린다. 바닥이 눈앞으로 다가온다. 머리가 충격으로 아프다. 그래도 주문은 외울 수 있다.

“이게…….”

여신이여. 제발 제게 힘을. 저들을 구원할 힘을.

“어둠이 빛을 이길 수 없음은 하늘의 동녘으로 태양이 떠오름과 같이 자명하나니.”

그래. 그걸 믿는다. 아무리 지금 저 검은 천사의 깃털이 와 꽂힌다 해도 진실로 옳은 것은 지지 않는다. 그러니까.

“위대한 광휘 앞에 그 무엇이 맞서오리까. 나 이제 그 힘을 발하나이다. 샤이닝 포스.”

콰앙!

난 이걸로 너를 이기겠어.

‘이번에야말로.’

“고작… 일개 이단이… 분명 힘이 빨렸을 텐데 더 강한 공격을.”

‘아직도?’

날개 한쪽이 뜯겨 나갔지만 유스켈은 서 있었다. 휘네인은 다시 성표를 잡았다.

“천상의… 천상의… 천상의! 천상의…….”

힘이 너무 빠진다. 아직 쓰러지면 안 되는데 말이 안 나온다. 목이 마비라도 된 걸까. 아니, 목을 떠나 조금의 신성력조차 이제는. 아무리 쥐어짜도 더 이상은 나오지 않는다.

‘아직 무릎 꿇으면 안 되는데.’

온몸에 힘이 가닥가닥 흘러나가서 꼼짝도 할 수 없다. 정신이 아득해진다. 정녕 자신의 한계는 여기까지인가. 여신은 저자에게 승리를 허락하셨는가.

"나름대로 강했지만 이제 그만 끝내. 다크 패더 샷(Dark Feather Shot)."

검은 깃털들이 쏟아진다. 정녕 당할 수 없는가.

"물러서라, 괴물아!"

빛나는 검이 쏟아지는 깃털들을 갈랐다.

"늦어서 미안하외다. 걸리적거리는 게 많아서."

자신의 몸을 감싸오는 치유 마법의 기운을 느끼며 휘네인은 다시 눈을 떴다.

"아! 다크 윙즈 분들. 돌파해 오셨군요."

알렉스와 유르피나가 유스켈을 압박하는 가운데 세일덴이 자신을 치료했다.

"성녀께서 싸우시는 걸 보면서 돕지 못해 얼마나 안타까웠는지. 다행히 중간부터 시체들이 다시 일어나는 걸 멈추는 바람에 겨우 돌파해 올 수 있었소이다."

"고마워요."

"빛이여, 치유하라. 힐링 서클."

휘네인의 몸을 마법원이 맴돌고 세일덴이 일어섰다.

"마음 놓고 쉬시오. 저 녀석은 이제 우리가 맡겠소."

"조심하세요. 저 검은 천사는 강해요."

"걱정 마시오. 성녀가 여기까지 해주었는데 마무리도 못하겠소."

세일덴까지 합류해서 삼 대 일의 싸움이 벌어졌다. 휘네인은 희망을 되찾았다.

'그래. 난 혼자가 아니야. 함께하는 이들이 많다고. 흑의 추기경도 많이 지쳤을 테니까 저분들이라면.'

"타핫!"

기합성과 함께 검기가 그대로 유스켈을 양단했다.

"이건……?"

알렉스가 승리의 환호성을 외치는 대신에 그대로 바닥을 굴렀다. 그 자리에 간발의 차이로 검은 깃털이 꽂혔다. 분명 갈라졌을 유스켈은 멀쩡했다.

"검으로 죽음을 베고 불로 사망을 태우겠다고? 어리석구나. 너희들은 저 여자의 반만큼도 귀찮지 않아. 오라. 회개한 자들이여. 트리스 아기온 오브 엔젤릭 레이스."

유스켈이 비웃는 가운데 천사의 모습을 한 악령들이 아름다운 찬가를 부르며 다시금 사방에서 모여들었다.

"제길!"

알렉스가 욕지거리를 내뱉으며 한 발 물러서서 휘네인을 노리고 달려드는 악령을 베었다.

"크윽! 유르피나! 한 방에 날릴 수 없어?"

"무리야! 강해!"

셋은 자연스럽게 휘네인 주위로 뭉쳐 방어진을 짰다. 그들에게 계속해서 악령들이 달려들었다. 유스켈은 느긋하게 한발 물러서 그 광경을 지켜보았다.

"그래도 나름대로 버티네. 상관없어. 결국은 너희들도 지칠 테니까."

"너보다는 오래 버틸 거다!"

알렉스가 일격에 세 마리를 베어내며 소리쳤지만 유스켈은 빙긋 웃었다.

"난 지금 쉬고 있는데."

"이 자식이!"

'그 말대로야.'

간신히 몸을 추슬러 일으킨 휘네인은 조금씩 재생되기 시작한 유스켈의 날개를 보았다. 싸우면서 지치기는커녕 도리어 강해지다니 저건 정말로 괴물 중의 괴물이다. 카피가 차라리 에일랜드를 포기해야 할지도 모른다고 말한 게 이해가 될 만큼.

하지만 이해는 해도 납득할 수는 없다. 어떻게 나라 하나가 죽음의 땅으로 변하도록 내버려 둔단 말인가. 어떻게든… 어떻게든…….

'저들에게 구원을…….'

한 번 더 샤이닝 포스를. 아니, 그걸로는 안 된다. 유스켈의 찢어진 쪽 날개는 이미 상당히 회복되었다. 또 한 번 샤이닝 포스를 쓴다 한들 사이에 있는 악령들이 중화시킬 거고 나머지 정도로는 제대로 된 타격이 될 리가 없다.

좀 더 완전한 일격. 무한히 일어서는 죽음의 천사를 단 한 번에 몰아낼 더욱 큰 빛이 아니면.

'어떻게 해야 하지?'

유스켈은 회복해 가는데 자기를 지켜주는 세 명은 빠르게 지쳐 간다.

"크윽."

세일덴이 어깨를 물렸다.

"까악!"

유르피나가 지팡이를 떨어뜨렸다. 눈앞에서 세 명이 참혹하게 변해 갔다.

‘내가 해내지 않으면… 여신이여!’

휘네인은 최후의 기력을 짜냈다. 아니, 짜낼 기력 같은 건 남아 있지 않았다. 이건 그야말로 순수한 의지력.

“천상의 경계를 수호하는 거룩한 빛이여.”

유스켈이 손을 들었다.

“샤이닝 포스를 또 쓰게? 가능할 거 같진 않지만 그만 끝내자. 데스 패더 샷(Death Feather Shot).”

더욱 짙은 어둠을 뿌리는 검은 날개들이 휘네인을 노리고 쏘아져 들어왔다.

“안 돼!”

퍼버벅!

몸으로 휘네인을 덮어 감싼 세일덴의 등 뒤로 깃털이 모조리 꽂혔다.

“성녀여, 기적을…….”

제대로 된 유언조차 남기지 못하고 세일덴은 입을 다물었다.

“아아…….”

휘네인의 눈에서 눈물이 흘렀다. 자기를 믿고서 또 한 명이 죽음을 맞이했다.

“아깝네. 그래도 나름대로 도움은 되었어.”

세일덴의 숨이 끊어지자 유스켈의 날개가 또 조금 회복되었다.

‘절대로… 절대로 포기 못해! 이분의 죽음까지 이용하는 악마 따위에게!’

“하늘의 문에 범하고자 하는 어리석은 자들에게 그 자만을 깨뜨릴 영광된 힘을 내게 내리사, 올바른 길을 잃어버린 악덕의 무리를 꾸짖는 형벌의 칼이 되게 하소서.”

“정말 대단한 이단이네.”

분명 남은 힘이 없을 텐데도 외우는 주문은 위협용인가. 하지만 진짜로 힘이 느껴진다. 그녀는 대체 어디서 힘을 얻어 자신에게 대적하는 거지? 유스켈은 다시금 날개 깃털을 뽑았다.

“어쨌든 그전에. 데스 패더 샷.”

톡 건드리기만 해도 죽을 테니까 신경 쓸 건 없다.

“크윽.”

“알렉스 씨!”

앞을 가로막은 검사의 몸에 깃털들이 꽂혔다. 검은 깃털은 무시무시한 속도로 생명력을 빨아내며 희게 변해갔다.

“희망이 거기 있다면 주문을 마저 외워! 난 세일덴보다는 튼튼하니까 신경 쓰지 말고.”

“이것들이! 데스 패더 샷!”

유스켈이 짜증 내며 연이어 공격을 날렸다.

“어서!”

퍼퍼퍽!

알렉스의 몸이 고슴도치가 되어갔다.

“알렉스 이 바보! 물러서, 악령들아! 파이어 링! 파이어 링! 파이어 링!”

유르피나가 발작하듯 외치며 협공해 오는 악령을 밀어냈다. 휘네인은 눈물 흘리며 수인을 마저 맺었다. 절대로 이 기회를 놓칠 수 없다.

“어둠이 빛을 이길 수 없음은 하늘의 동녘으로 태양이 떠오름과 같이 자명하나니.”

“몸으로 버틴다고? 데스 패더 샷.”

검은 깃털은 무서웠다. 지쳐 있었다 하나 소드 마스터인 알렉스의 무릎이 꺾였다. 처음처럼 제대로 쳐내지도 못했다.

"위대한 광휘 앞에 그 무엇이 맞서오리까. 나 이제 그 힘을 발하나이다. 샤이닝 포스(Shining Force)."

카피는 약간의 아쉬움을 담아 고개를 저었다.

"끝났군."

휘네인과 다른 인간들은 나름대로 분투했다. 하지만 아무리 힘들게 완성해 낸 샤이닝 포스라 해도 그걸로는 사천사를 어쩌지 못한다. 이미 앞서의 싸움에서 증명되었다.

"기적은 일어나지 않는가."

관찰해 보고 싶었는데 아쉬운 일이다.

'이 전쟁은 졌군.'

인간들은 저 희생이 장렬하다고 할지 모르지만 그에게 있어 판단 기준이 되는 건 결과다. 끝까지 분투했다 해도 그래서 졌다면 결국 그걸로 끝이다. 거의 항상 그렇듯 굳은 의지는 압도적인 힘 앞에 꺾였다.

'그녀는 예외에 속하는 존재인 줄 알았는데 착각이었나.'

"공! 뭔가 해보시오! 대체 저 천사의 모습을 한 괴물들이 내 병사들을!"

휴르안 8세가 파랗게 질려 카피에게 외쳤다. 애초의 목적대로 언데드 군단을 압박하긴커녕 압도적인 힘으로 밀어오는 악령들에게 인간 군대는 완전히 사냥당하고 있었다.

그나마 정예가 모인 휴르안 8세 주변조차 적이 출몰했고 나머지는 괴멸 상태였다. 도망조차 제대로 치지 못하고 학살당하는 사이 이미 병력은 반의반도 남지 않았다.

"상대가 사천사라면 어쩔 수 없지."

"이… 이런. 모두, 모두……."

휴르안 8세는 부들부들 떨었다. 도망친다라는 말이 차마 입에서 떨어지지 않았다. 이 패전이 국민의 절멸만 의미하지 않았다면 진작 퇴각했으려만. 차라리 이럴 거면 이스테리에 패배하는 게 나았다. 국위가 땅에 떨어질지언정 멸망은 안 했을 텐데.

"아아아……."

휴르안 8세는 아무 명령도 할 수 없었다.

샤이닝 포스가 안타까울 정도로 밝은 빛을 내며 유스켈에게 꽂혔다.

"이 정도로는 안 통해."

검은 날개로 자신을 감싸며 유스켈이 휘네인에게 웃어 보였다. 휘네인은 이를 악물며 그 웃음을 맞받았다. 그리고 수인을 완성하며 외쳤다.

"그리고… 샤이닝 포스(Shining Force)!"

"뭐?"

수인과 주문이 하나의 샤이닝 포스를 위해 연계된 게 아니었다. 각각이 하나씩을 제어했다. 또 하나의 샤이닝 포스가 같이 꽂혔다.

"이럴 수가! 이익! 하지만 아직은."

유스켈의 얼굴에서 웃음이 완전히 사라졌다. 사천사는 경악하며 빛을 밀어냈다.

"이단 따위가……."

"이단은 너다! 악마야!"

알렉스가 검을 든 채 몸을 날려 빛 속으로 뛰어들었다. 검이 날개를 찌르고 다음 순간 흔들린 방어막을 뚫고 이중의 샤이닝 포스가 작렬했다.

쾌아앙!

눈부신 빛이 사방으로 뻗었다.

"알렉스!"

유르피나의 기도에 가까운 부름에 응답은 없었다. 빛이 걷힌 자리에 남아 있는 건 사방으로 조가나 흩어진 검뿐이었다.

"알렉스. 이 바보… 그런 힘에 휘말리고 인간의 몸이 버틸 리가……."

흑의 추기경은 사라졌지만 알렉스도 사라졌다. 유르피나는 그 자리에 주저앉아 울었다.

'알렉스 씨가… 그래도… 이겼… 나…….'

휘네인은 천천히 무너졌다. 악령들이 흩어지고 시체들이 멈추는 게 희미하게나마 보였다. 죽음의 악몽은 끝났다. 수많은 고마운 이들의 희생으로 간신히 이겼다.

'미안해요, 하지만 나 지금은 도저히 아무 생각도… 더는…….'

감사해야 할 이들도 많고 애도해야 할 이들도 많은데.

쿵!

정신을 잃은 휘네인의 몸이 땅에 부딪치며 소리 냈다.

"와아아아!"

어떻게 된 건지 정확히는 모르지만 시체들이 멈추자 승리를 깨달은 산 인간 측에서 함성이 터져 나왔다. 통상의 전쟁과는 비교할 수 없는 악몽이 걷혔다. 검은 날개는 더 이상 에일랜드를 덮지 않았다.

"우리가, 우리가 이겼도다!"

휴르안 8세도 왕이 아니라 한 인간으로서 감격해 눈물 흘렸다.

"폐하!"

"뭣들 하는가. 어서 가서 성녀께서 무사하신지 확인하게. 필히 바로 치유가 필요하실 것이야."

"네."

마냥 기뻐 날뛰는 인간들을 보며 카피는 고개를 끄덕였다.

'해냈군. 이번 전투는 앞으로 이런 경우를 대비해 계획을 짜는 데 참고해야겠군.'

그리고 마무리도 해야 한다.

유스켈은 숨을 헐떡이며 그림자 사이로 걸었다. 이단의 무리들에게 죽음의 천사인 자신이 이리 당할 줄이야. 날개는 모조리 다 찢겼고, 몸도 엉망이다. 시체를 움직여 새로운 죽음을 일으킬 힘도 없다. 검사 녀석이 먼저 죽지 않았다면 탈출도 불가능했으리라.

'일단은 분하지만 도망치자.'

쉬면서 힘을 어느 정도 회복하고 그 다음에는 다시 천천히 작은 마을부터 죽여 나가면 된다. 오늘 휘네인을 도왔던 무리들은 이미 태반이 죽었으니까 다시 한 번 싸우면 반드시 이길 수 있다.

"승부는……."

"끝났다."

검이 유스켈의 머리 위를 베었다.

"크헉? 너… 는."

카피가 아무것도 보이지 않는 유스켈의 머리 위 허공을 손으로 잡았다.

"네 헤일로는 내가 쓰겠다."

“네가 진짜 저 이단들의 배후…….”

차갑게 자신을 깔아보는 카피를 보며 유스켈은 흩어졌다. 그러자 카피의 손에 빛나는 작은 류이 생겨났다.

“마무리가 약했으니 90점 정도의 기적인가. 좀 더 제대로 된 걸 보려면 일단 숨을 붙여놔야겠지.”

힘이 0인 상황에서 이론상 한 번도 불가능한 샤이닝 포스의 이중타. 살아남는다면 기적이라 할 지경으로 엉망이 되었겠지만 그녀는 살아날 것이다. 그건 기적도 무엇도 아니다. 그냥 잘 아는 마황이 사천사의 류이라는 최고의 재료를 가지고 해낼 수 있는 일을 행할 뿐이다.

카피는 빠르게 걸음을 옮겼다. 더 이상 늦었다 가는 기적을 못해내는 그로서는 휘네인을 잃게 된다.

“공, 어딜 갔다 오신 거요? 성녀께서!”

“비켜라. 네가 어떤 위험에서 구해졌는지도 모르는 자여.”

카피틀리온의 말에 모두가 순간 경직되며 물러섰다. 인간들이 숨 막혀하는 가운데 휴르안 8세가 간신히 입을 열었다.

“공, 왕실치유사들이 모두 달려들었으나 성녀께서는 이미 숨이.”

존재 자체가 비어버렸는데 어떤 치유 마법이 먹힐까.

“모두 물.러.가.라.”

“그… 그렇다면야.”

자기도 모르게 반사적으로 휴르안 8세는 휘네인을 눕혀놨던 막사에서 벗어났다. 다른 이들은 말할 것도 없었다. 나중에 그는 이 순간을 성녀의 생사의 위기에 슬퍼하는 카피를 배려해 물러나 준 거라고 적당히 기억했지만, 이 순간만은 느꼈다.

뭔가 인간이 상대하려 해서는 안 되는 것이 카피에게 있다.

카피틀리온은 휘네인이 손에 든 성표에 유스켈의 륜을 넣었다. 성표가 반응하며 휘네인의 몸에서 빛이 났다. 에테르 블레이드의 핵심. 세라픽 시스템이 작동하며 주인을 복구했다. 그 빛으로 가득 찬 광경을 지켜보며 카피틀리온은 생각했다.

'내가 알고 있는 지식으로는 불가능한 일이다. 신성력이 바닥난 상태에서 이중의 샤이닝 포스. 어떤 장비도 스스로를 태워 동력원으로 삼을 수는 없다.'

사소한 외장 정도라면 몰라도 자기 자신을 통째로 태워 작동하다니 말이 안 된다. 거기다가 평소의 제어 용량을 훌쩍 뛰어넘는 이중의 샤이닝 포스. 마계의 기술이 모조리 집결된 병기도 이런 일은 못한다.

'한데 그녀는 어떻게 해낸 건가.'

흑마도사들이 무수한 제물을 바쳐 간신히 얻어낸 출력을 성자니 성녀니 불리던 존재들이 고작 자기 하나를 희생해서 넘어서 버린 일은 드물지 않았다. 이 규명되지 않은 메커니즘을 마계에서는 기적이라 불렀고, 적의 전력을 평가하는 데 있어 가장 큰 애로점의 하나였다.

'그래. 하지만 그 순간 분명 기적은 일어났어.'

그는 보았다. 휘네인이 스스로의 혼을 불살라 더블 샤이닝 포스를 구현했다. 메커니즘 규명은 실패했지만 그건 아름다웠다.

어느 정도였냐면 가능하다면 한 번 더 보고 싶을 만큼 아름다웠다.

'천계를 넘어서려면 이런 식의 기적으로 그걸 떠받치는 인간들도 넘어서야겠지.'

기적을 일으키는 인간의 비율이 높지 않은 게 정말 다행이다. 만약에 모든 인간이 휘네인 같았다면 자신은 천계와의 싸움을 포기했을 것이다. 어쨌든 연구해 둘 가치는 있다.

세라픽 시스템의 작동이 끝나고 빛이 잦아들었다. 휘네인은 눈을 떴다.

"카피?"

언제나 정신을 잃고 나서 눈을 떠보면 그가 있다.

"당신이네요."

정신을 잃고 쓰러질 땐 이제 정말 끝일지도 모른다고 생각했는데. 다시 저 얼굴을 볼 수 있으니 반갑다. 분위기가 그래서 그런가. 지금은 유난히 멋있다.

"어떤가, 휘네인. 이 전쟁이 끝난 후 마계에서 높은 자리를 준다고 하면?"

"뭐예요? 갑자기 그런 말을 하고? 풋! 기운 북돋아주려는 농담인가요?"

하지만 덕분에 정말로 기운이 난다. 살아났다는 실감이 든다.

"타이밍이 안 좋았나. 하지만 지금 이 말, 진정으로 하는 제안이다. 진지하게 고려해 봐라."

"당연히 거절해야죠."

휘네인은 방긋 웃었다. 카피도 참. 이런 때 이런 말을.

"왜지? 지금의 사제 지위와는 비교할 수 없이 높은 지위를 얻을 텐데. 신성사제란 지위가 인간 사이에서는 높을지 몰라도 더 큰 차원에서 보면 아무것도 아니다."

"에이 참. 그런 거라면 이미 흑의 추기경이 한 번 보여줬어요. 하지만 내가 바라는 건 그런 가짜 천국이나 지옥에서 뭔가 되는 게 아닌걸요."

휘네인은 잠깐 말을 고른다고 고민하며 생긋 웃었다.

"그래요. 난 지옥에서 군림하느니 천국에서 봉사할 거예요."

"그런가. 거절이로군."

"네. 그런 거죠."

"할 수 없지. 알겠다."

카피틀리온은 일단 포기했다.

"밖에 나가서 그대가 깨어났음을 알리겠다. 힘은 없겠지만 병사와 민중들의 사기를 생각해서 손 정도는 흔들어줘라."

"아! 사람들은, 남은 사람들은 이제 괜찮은 거죠?"

"일단은 살아남은 것만으로 기뻐하겠지."

"그렇군요."

휘네인은 성표를 꼭 잡았다. 간신히 이겼지만 희생이 너무 많았다. 지난 일을 돌이킬 수는 없지만 모두에게 미안할 뿐이다.

'앞으로라도 더 잘하지 않으면……'

그리고 이제 더는 평화만 찾을 수 없다. 지금의 교단을 물리치지 않고는 미래란 없다. 이건 모두를 위해 피할 수 없는 싸움이다.

'그러니까 내가 더 힘내야 해. 그래야 한 명이라도 더.'

휘네인은 자리에서 일어났다. 힘겨운 사람들에게 그게 작은 위안이라도 된다면 부족한 몸으로 거짓 성녀 흉내라도 잠깐 낼 수 있다.

"같이 나가요, 카피. 적당한 축복의 말이 떠올랐어요."

"그러지. 호위하겠다."

Chapter 2

무너지는 교단

흑의 추기경 격파.

추정 사망자. 에일랜드 전 인구의 50%. 에일랜드 정규 병력의 85%. 예비 병력의 75%. 결사대에 나섰던 근위기사들과 마도사들 전멸. 다크 윙즈의 수장 알렉스, 근위기사단장 가리안 공작 사망.

에일랜드 국토 3/4 황폐화. 주요 도시 전부 파괴. 주요 요새 북부 제외 파괴. 중요 평야 지대의 파괴로 인한 절대적인 식량 부족. 주요 강의 오염으로 인한 식수 부족. 경제 구조 붕괴. 치안 붕괴. 행정 사법 조직 붕괴.

분명 전쟁의 승리를 알리는 승전보였으나 그 내용은 한 나라의 멸망이었다. 에일랜드는 이걸로 적어도 향후 몇백 년은 국제 정치에 명함을 내밀지 못하리라는 게 명백했다.

최종 결과에 대한 보고를 받은 태양왕 길베르가 한숨 내쉬었다.

"그리되었는가. 후우."

안 좋은 기색을 눈치챈 측근이 재빠르게 위안의 말을 늘어놓았다.

"폐하, 물론 흑의 추기경이 패배한 것은 안타까운 일이오나 내용상 그리 나쁘지 않습니다. 에일랜드는 나라의 목숨만 간신히 연명하게 되었을 뿐 실질적으로 끝난 것과 다름없을진대 너무 안타까워하실 필요는 없다고 사려되옵니다."

"자네는 짐이 흑의 추기경의 패배를 안타까워하는 거 같나?"

"네? 하오면……."

"아니다, 물러가도록. 짐이 혼자 생각할 게 있도다."

"알겠사옵니다."

측근을 모조리 물리치고 길베르는 홀로 뜰을 거닐었다. 이쯤에서 흑의 추기경이 사라져서 다행이라는 생각이 든 건 자기뿐인가. 분명 에일랜드는 적국이었다. 하지만 그 패망에 대한 기쁨을 느낄 여유가 없었다.

'적의 추기경 로사미어.'

신하들이 이상해졌다. 콜 오브 크루세이드가 영향을 미친 게 병사들만이 아니라는 걸 느꼈다. 하지만 입 밖에 내어 정식으로 항의할 엄두가 나지 않았다.

본래부터 교단의 영향을 강하게 받던 프렌즈지만 요즘은 허수아비가 되어가는 느낌이었다. 적과 청. 두 추기경이 금단의 힘을 보여준 후 전황 자체는 분명 불리에서 유리로 바뀌었지만. 그냥 깨끗이 지는 편이 이런 식으로 이기는 것보다 나았을지 모른다는 생각이 머리를 떠나지 않았다.

'그래, 그거지. 지금 이 불안은…….'

지금의 교단과 함께 승리자가 되느니 차라리 성녀 밑에서 패배자가 되는 게 더 나을지도. 하지만 이미 선택의 여지는 없다. 마력은 대등하고 기교적인 면은 더 노련하다고 내심 인정했던 하늘의 주시자 앙그리안조차 알휀스에게 죽었다. 지금 자기가 서툰 짓을 하다가는 제거될 거다.

나라가 에일랜드 짝이 나버릴지도 모른다. 대프렌즈의 영광을 위해서나 이단을 정벌하기 위해서가 아니라 자기와 자기 백성들의 생존을 위해서라도 교단을 따를 수밖에 없다.

정작 그 백성들은 로사미어에 의해 광전사로 만들어져 전장으로 내몰리고 있지만, 흑의 추기경만큼 무지막지하진 않으니 불행 중 다행이라고 할밖에.

어떻게 이기긴 했다라는 상처투성이의 승전보를 가지고서 반교황군의 수뇌부는 회담을 열었다. 하지만 축하와 덕담이 오가긴커녕 회담장 분위기는 스산하기만 했다.

"일단 흑의 추기경을 물리치고 나라를 지켜낸 것은 축하드립니다."

엘리자나 여왕의 조심스러운 축하에 휴르안 8세가 폭삭 늙은 얼굴로 힘없이 받았다.

"전투는 끝났으나 물자가 너무 부족하오. 당장 올해를 넘길 밀을 확보하지 못하면 1,200만 명은 더 굶어 죽을 상황이오. 부디 동맹의 정리를 보아 지원해 줄 수 없겠소?"

"그쪽에서 운반해 가기만 한다면 500만이 두 달 정도 지낼 식량을 지원해 드리지요."

"네프티알도 그 정도 분량을 지원하겠소이다."

차관 형태의 빚으로 묶어둘 수도 있을 테지만 이번만큼은 둘 다 아무 단서를 달지 않았다. 실무진 간의 협의에서는 어느 정도 조항을 달아도 좋겠지만, 이 자리에서 논하기에는 에일랜드가 당한 참상이 너무나도 지독했다.

"실로 고맙소. 정말 고맙소. 이번에 보여준 우의 결코 잊지 않겠소."

휴르안 8세도 체면이고 뭐고 잊고 마구 감사의 말을 했다.

"하지만 에일랜드 배가 올 때까지 우리 이스파나가 버틸 수 있을지 모르겠군요."

"이스파나 쪽도 전황이 많이 안 좋은 거요?"

"적의 추기경 로사미어가 전면에 등장해서는 프렌즈 민간인을 징집한 다음에 그 권능을 활용하여 광전사로 만든 후 돌격시키는 전술을 계속 구사하고 있다지요."

"그러면……."

"광전사라 하나 훈련받지 않은 민간인인 데다가 아군이 요새에서 방어 중이기 때문에 매번의 전투 자체는 적의 피해가 더 많지만."

"징집할 민간인은 많고 이스파나 정규병은 적다, 이것입니까?"

"그래요. 이건 전쟁이라기보다 광기라고밖에 할 수 없는 지경이에요. 이런 식이라면 이긴다 한들 프렌즈도 엉망이 되는 건 뻔한 일인데."

"일반인을 광전사로……."

휘네인은 현기증이 났다. 정말 상상을 초월하는 일을 교단에서 연이어 저질렀다. 지금 로사미어 추기경이 눈앞에 있다면 정말 사람 목숨을 뭐로 생각하냐고 묻고 싶었다.

"버틴다고 버티면서 최대한 신규 병력을 징집해 방어선을 만들고 있지만 아군의 피해도 엄청나게 누적되어 있어요. 이미 요새를 몇 개나 내주었고, 이런 식이라면 아마도 몇 달 안에 우리 이스파나도……."

엘리자나 여왕이 말끝을 흐렸다. 프렌즈 민간인의 시체로 길을 이어 적의 추기경은 이스파나 수도에 입성하게 될 것이다. 여왕으로서 자국의 패배를 입에 담고 싶진 않지만 밀리고 있다는 건 엄연한 현실이었다.

"그… 그런……."

휴르안 8세가 창백해졌다. 그나마 지금 기댈 곳이라면 두 동맹국밖에 없는데 이스파나도 앞날이 불투명하다면 에일랜드는 어찌 되는 것이란 말인가. 정녕 교단에 대항한 것 자체가 실수였단 말인가.

"네프티알 쪽은 어떤가요?"

"두 나라에야 어찌 비기려마는 이쪽도 사실 썩 좋지는 않소. 분명 방어를 하는 것은 우리 쪽인데 피해도 우리가 더 커서."

완벽하게 미래를 읽고 대응해 오니 손쓸 수가 없다.

"면목없소이다. 그나마 우리라도 잘해야 타개책이 설 터인데."

에테인 대공이 고개 숙였다.

"아니, 각자 능력 안에서는 최선을 다했다고 생각합니다. 단지 능력 차이가 뚜렷했던 것이 문제일 뿐."

카피가 마침내 입을 열자 모두의 시선이 쏠렸다. 결과적으로 모든 힘든 상대를 물리쳐 낸 건 카피였다. 이번에도 카피라면 무언가 대책이 있지 않을까?

"카플레스 공, 타개책은 있나요?"

"이스파나 쪽을 먼저 처리하겠습니다."

엘리자나 여왕의 얼굴이 환해졌다.

“이스파나의 전군 통솔권을 드리지요. 공을 믿겠어요.”

자존심 따위 따질 상황이 아니다.

“감사합니다. 그동안 힘들겠지만 네프티알 쪽은 더 방어에 치중해 주십시오. 로사미어까지만 쳐내고 나면 홀로 남은 알휀스를 상대하는 건 어렵지 않습니다.”

“정말인가요? 하지만 그는 미래를 보는데.”

“그가 그토록 무섭다면 왜 네프티알 전선이 현재로서 가장 피해가 적다고 생각하십니까?”

“그건…….”

“이전에도 한번 말씀드렸지만 결정되어 있는 미래를 읽을 뿐이라면 의미가 없고, 그게 아니라면 한계가 있다는 겁니다. 적의 추기경부터 처리하지요. 다행히 아직 이스파나 기마병은 거의 보존되어 있다고 알고 있습니다. 맞습니까?”

“네. 기동력 때문에 도주시키기 쉬웠던 게 다행이죠.”

요새 방어전에서는 내보내지를 않았다.

“그거면 충분합니다. 공간 전이를 준비해 주십시오.”

“물론이죠. 오실 분은 카플레스 공에 휘네인 예하, 그리고 대마도사 켈스 경인가요?”

“아니, 켈스까지 필요없습니다. 둘만 가겠습니다.”

“알겠어요. 그럼 휴르안 8세 폐하, 힘겨우시겠지만 에일랜드 마도사단의 힘을 빌려주시길.”

“허허. 우리 사이에 뭐. 곡물 운송용 배도 같이 출발하겠으니 부디 선처 부탁드리오.”

“적의 추기경만 죽여낸다면 그 정도 원조야 뭘 못해 드리겠어요?”

그 뒤 몇 가지 사소한 이야기가 더 오갔지만 시작시에 비해 회담 분위기는 상당히 좋게 끝났다.

회의가 끝나고 에일랜드 마도사들이 전이를 준비하는 동안 휘네인은 카피를 찾았다.

"카피."

"왜 그러나?"

"저 당신에게 하고 싶은 말이 있어요."

"말해봐라."

"어떻게 하면… 어떻게 하면 저들을 도울 수 있죠?"

휘네인이 자기 심장에 손을 올리며 절박하게 물었다.

"네 신성 마법은 강력하다. 지금도 전투에서 대활약해 주었다고 모두들 인정하고 있다."

"그런 게 다가 아니잖아요. 엘리자나 여왕과 에테인 대공께서 에일랜드에 곡물 지원을 하신다고 했을 때 조금은 안도했지만 부끄러웠어요."

"그랬나?"

"네. 정작 여신의 뜻을 받들어야 할 사제인 나는 아무것도 제대로 한 게 없는데. 각종 헌금을 폐지하고 십일조를 가난한 이를 돕는 데 쓰겠다고 했지만 이미 그런 걸로는 안 되잖아요?"

"안 되나?"

카피의 반응은 결코 열렬한 호응은 아니었지만 휘네인은 계속 말했다. 가슴속에 무언가가 뜨겁게 끓어올라서 멈출 수가 없었다.

"나 제대로 돕고 싶어요. 당장은 적과 청의 추기경을 물리치는 게 급하다는 건 알지만 그 다음, 상처 입은 이들과 황폐화된 대지를 다시 풍요롭게 만들려면 내가 뭘 해야 되죠? 지혜를 빌려줘요, 카피."

"흐음."

"내가 할 수 있는 건 뭐든 할 거예요. 그러니 말해줘요."

"그렇다면……."

카피틀리온이 휘네인을 바라보았다. 지고의 시선을 맞받고도 이 인간 사제는 흔들림이 없었다. 설령 죽음을 각오하여 두려움이 없어졌다 해도 맞받을 수 없는 자신의 시선. 그러나 여전히 겁 많고 걱정 많은 이 인간은 맞받는다.

"교황이 되어라."

"네? 그… 그런! 카피, 전 높은 지위나 권력을 바라는 게 아니라."

"힘에는 책무가 따르고 타락의 위험과 오용의 위험이 항상 뒤따른다. 감당할 자신이 없다면 물러서도 좋다. 하지만 보다 강한 힘을 가지지 않고 보다 많이 도울 수 있다고 생각하나?"

"……."

휘네인은 성표를 꽉 쥐었다. 카피의 말은 맞다. 겸손을 잊어버리고 높은 자리를 탐내어 변해 버린 자들의 이야기는 너무나 많이 들어왔지만 그래도 카피의 말은 맞다.

마음을 잊어버린 힘은 폭압이 되어버리지만, 힘이 없는 마음은 안타까울 뿐 돕진 못한다. 흑의 추기경 때도 자기가 조금 더 빨리 쓰러뜨렸다면, 조금 더 강했더라면 알렉스 씨가 죽지 않았을 텐데. 그 많은 병사들도 덜 죽었을 텐데.

그래, 다들 자신을 차기 교황으로 생각한다는 거 알고 있었다. 과한 기대라고 생각하며 부끄러워했지만 지금 이 마음은 오만이 아니다. 자기보다 뛰어난 분이 나타난다면 언제든 물러날 수 있다. 절대 현 교황처럼은 안 될 거다. 다만… 겸손을 이유로… 할 수 있는 바에서 도망치지 않겠다.

"그래요. 카피, 교황이 되겠어요. 나… 모르는 것도 많고 미숙한 것도 많지만 가르쳐 줄 거죠?"

"아니."

카피는 고개 저었다.

"엑? 뭐… 뭐예요!"

좋던 분위기 다 깨지고 휘네인은 항의했다.

"그건 네 스스로 익혀야 할 거다."

그때의 난 이 세계에 더 이상 없을 테니까.

"우웅. 너무하잖아요. 떠넘기려는 것도 아닌데 말로라도 도와준다 하면 어디가 덧나요?"

"계약 내용 밖이다. 애초에 이 조언조차…….'"

"조언조차 뭐요?"

"…내가 왜 해줬지?"

정말로 어리둥절하다는 듯 고개를 젓는 카피 때문에 휘네인은 거의 웃다가 뒤로 넘어갈 뻔했다.

"아하하! 아하하하!"

간신히 웃음을 멈추고 그녀는 카피를 바라보았다.

'이 인간이 정말이지.'

이런 식으로 망가지는 유머를 할 줄 알다니, 아니, 설마 진지하게 말한 건 아니겠지? 그건 그거대로 웃기지만. 그렇지만 덕분에 여유가 돌아왔다. 그래, 그래도 웃으면서 해 나가는 게 좋은 거다.

"호호. 알았어요. 그럼 이건 추가 수당."

휘네인은 카피의 뺨에 가볍게 키스했다. 그러고 나서 자기가 뭘 했는지 깨달아 버렸다.

'꺄… 꺄악! 난 몰라. 갑자기 왜 이 인간이 사랑스러워 보여서는.'

분위기에 휘말려 정숙하지 못하게.

"나… 나 가볼게요! 로사미어 추기경을 상대하기 위한 연습도 해야 하고, 에 또, 지금 신성력이 너무 안 돌아와서 곤란하니까 명상과 기도라도 해서 빨리 회복해야."

카피는 대답이 없었다. 휘네인은 그냥 도망쳤다. 그녀가 사라지고 나서 카피는 휘네인의 입술이 닿았던 자리를 살짝 만졌다.

"조언과 입맞춤이라. 으음. 손익계산이 애매하지만……."

기분상으로는 이익 본 느낌이다. 별로 합리적인 근거는 댈 수 없지만.

*　　　*　　　*

얼굴에 주름이 가득한 노파가 병사들에게 울며 매달렸다.

"나으리, 제발! 자식 넷 낳아 다 죽고 손자 하나 남은 게 마지막 핏줄입니다! 이 아이는 좀 봐주십시오!"

"허어! 자네 사정이 딱하긴 하나 위에서 명령이 떨어진 이상 우리도 어쩔 수 없다니까."

"하지만 나으리, 아무리 그래도 어떻게 좀."

"어떻게고 뭐고!"

"할머니."

병사들에게 붙잡힌 아직 어깨도 다 벌어지지 않은 소년이 울먹거렸다. 그걸 바라보는 노파의 눈에서는 이미 눈물이 뚝뚝 흘러내렸다.

"무슨 일이냐? 왜 이리 소란스러우냐?"

"추… 추기경 예하."

병사들이 무릎 꿇는 걸 보며 노파는 상대가 높은 사람이라는 걸 직감했다. 이 사람에게 부탁하면 잘하면 손자가 살 수 있을지도.

"나으리! 제발 우리 손자는 놓아주십시오. 저 어린것까지 전쟁에 끌려가 죽으면 이 늙은이 살 수가 없습니다."

"무엄하다! 감히 이분이 뉘신지 알고!"

더러운 손으로 깨끗한 추기경복을 잡는 노파를 병사들이 재빨리 발로 차버렸다. 로사미어가 그걸 보며 혀를 찼다.

"그만두어라. 무지한 노파가 그러는 것에 그리 혹독히 대해 무엇 하느냐."

"황공하옵니다."

"그대 이름이 무엇인가?"

로사미어 추기경에게 감복하며 노파는 고개를 조아렸다. 되었다. 이분이라면 자기 손자를 구해주실 거다.

"율겐이라 합니다."

"그래, 율겐. 잘 듣게. 이 지상의 짧은 삶은 중요한 게 아니라네. 중요한 건 구원을 얻느냐 못 얻느냐, 여신이 이기느냐 마황이 이기냐는 것. 지금 자네 손자는 여신을 받드는 성전에 불려 나가게 되었음이니 이로써 구원을 얻고 낙원을 초래할지라. 이보다 더 영광스럽고 복된 일이 또 어디 있겠는가? 자네는 울며 막을 게 아니라 이런 기회를 주신 여신께 감사 기도를 올려야 하네."

친절한 로사미어의 설명을 율겐은 하나도 알아들을 수 없었다.

"나으리, 하지만 제 하나 남은 손자입니다. 이 녀석만은 제발."

"허어. 그리 말해줘도 못 알아듣는가?"

"나으리, 제발."

"쯧쯧. 그래, 알겠네. 자네가 비록 무지하나 이리 간절히 매달리는 걸 보니 안타깝군."

아, 통했다. 율겐은 다시금 희망을 찾았다.

"여봐라."

"네, 나으리."

병사들이 로사미어 추기경이 저런 사람이었나 의아해하며 소년을 풀어줄 준비를 했다.

"저 노파도 성전에 데려가거라."

"네?"

"무지하여 성전에 나서는 손자를 막으려는 죄를 저질렀으니, 자기 손으로 죄를 씻고 구원을 얻게 해주어야 하지 않겠는가. 늙은 몸이라 하나 여신의 은혜를 얻으면 조금은 싸울 터. 끌고 가라."

"네."

병사들은 다급히 노파와 소년을 끌고 도망쳤다. 이 자리에 남아 있다가 무슨 명을 더 들을지 겁났다.

"허허. 추기경 예하의 마음 씀이 실로 자비롭습니다."

같이 수행해 왔던 귀족이 아부했다.

"저 이단의 무리를 쓸어버리는 그날까지, 모든 프렌즈의 사람들에게 성전에 나서는 은혜로운 기회를 하사할 것을 교황 성하께서 명하셨으니 진정 훌륭하신 건 그분이지요."

로사미어가 웃으며 말을 받았다.

"이대로 가면 필히 머지않아 이스파나는 항복할 것입니다. 요새가 차례대로 무너지는데 제놈들이 어쩌겠습니까?"

"물론 그리될 것이오. 이 많은 프렌즈 사람들이 모두 다 그를 위해 존재하는 것 아니겠소?"

로사미어가 즐겁게 웃었다. 금기를 푼 후 여신에 대한 믿음이 더욱 깊어지고 구원에 대한 한 점의 미혹도 없어졌음을 스스로도 느끼고 있었다. 프렌즈 국민 반 정도만 죽이면 이스파나는 몰락할 것이다. 그 다음에는 나머지를 다시 위로 올려보내면 네프티알도 멸망할 것이다. 정녕 여신은 위대했다.

*   *   *

엘리자나 여왕에게 군사 지휘권을 받자마자 카피가 기사들을 모아 놓고 내린 명령의 첫마디는 이것이었다.

"벗어라."

"네?"

어지간히 생각없이 명령대로 이행하는 데 익숙해진 기사들도 이 말에만은 주춤했다.

"갑옷을 벗고 말에 씌운 갑주도 벗긴다. 랜스는 버리고 무기는 장검 하나에 장궁만 든다."

'아, 그런 뜻이었군.'

스트립쇼는 아니라는 데 기사들은 잠깐 안도했다. 하지만 뒤이어 바로 반발이 터져 나왔다.

"아니, 강한 방어력과 돌진력이야말로 기사의 생명이거늘 그걸 버리라니 무슨 말씀입니까!"

"그 생명으로 광전사 부대를 돌파할 수 있나?"

"……."

"상황 타개에 의미없는 능력이다. 기동력만 저하할 뿐. 더 이상 명령에 이의를 제기하면 군령으로 다스리겠다. 벗어라."

이스파나가 자랑하는 정예 기사단을 활과 장검만 든 비적 떼로 바꿔버리는 카피를 보며 율렌 백작이 엘리자나 여왕에게 물었다.

"저대로 놔둬도 되겠습니까? 기사들의 표정이 가히 좋지 않은데. 물론 카플레스 공이 두 차례 전투를 승리로 이끈 것은 사실이나 싸우기도 전에 아군의 사기를 꺾어서야."

엘리자나 여왕이 살짝 웃으며 되물었다.

"하면 율렌 백작, 그대가 적의 추기경을 꺾어보시겠소?"

"그… 그것은."

"그리고 짐은 카플레스 경의 생각을 알 듯하오. 그러니 어떤 이의도 받아들이지 않겠소."

"황공하옵니다."

백작의 입을 닥치게 만들어놓고 엘리자나 여왕은 즐겁게 웃었다.

'과연 그렇군. 막상 보고 나니 내가 왜 저 생각을 못했을까 싶지만, 먼저 떠올리긴 힘든 한 수야.'

멋진 한 수다. 이제 자기가 해줄 일은 이 변경 사항이 첩자들에 의해 새나가지 않도록 철저하게 단속하는 것이었다.

"결계로서 이곳을 봉한 후 기사들의 시종은 물론 일체 외부인은 훈련장에 출입을 금한다. 알겠는가?"

"네, 폐하."

삼 일간의 훈련이 끝난 후 카피는 엘리자나 여왕을 다시 찾아갔다.
"최소한의 적응은 끝났습니다. 완성된 경궁기병이라 할 수는 없으나 이번 전투를 처리하는 데 문제는 없습니다."
"잘되었군요. 적의 추기경의 목숨은 제가 직접 끊어놓도록 하죠."
"그래야 하실 겁니다. 그럼 출전 명령을 하달하겠습니다."

프렌즈 민간인으로 구성된 성전사대, 혹은 광전사대에 계속 밀리기만 하던 이스파나 군이 처음으로 역습에 나섰다. 새로이 선택받은 이들을 모아놓고 성스러운 돌격을 명할 준비를 하던 로사미어 추기경은 그 소식에 크게 웃었다.
"크하하핫! 카플레스 놈이 합류했다더니 뭔가 발악해 보는 모양이구나. 하나 영광스런 성전사들에게는 일말의 두려움도 없나니, 어떤 인간의 군대가 이 하늘의 사도들 앞에 대항하랴."
아무리 광전사라 해도 성벽을 쪼개지는 못하는 법이라 요새를 조금씩 공략하는 데 짜증나 있던 로사미어는 즐거이 자리에서 일어났다. 제 발로 기어나왔으니 일격에 격멸하고 교단의 위세를 널리 알릴 기회였다.
"그래, 이스파나의 수도를 함락하고 나면 포로들을 모아서 네프티알 전선에 투입하는 게 좋겠군."
청의 추기경이 잘하고 있다지만 자기까지 가세하면 더욱 빨리 네프티알을 멸망시킬 수 있을 것이다.
이스파나 군과 마주치고 나서 적의 추기경은 또 한 번 웃었다. 갑옷도 입지 않은 자들이 갑주도 안 입힌 말을 타고 있는 꼴이라니.

"크하하! 빈궁함이 극에 달하여 갑옷까지 팔아치웠더냐. 가련하도다. 그리될 것을 어이하여 진리에 등을 돌리고 이단에 물들었더냐. 하나 때는 늦었으니 성스러운 여신의 이름 아래 이 땅은 피로 정화되리라. 자아, 형제들이여! 모두 영광된 돌격을 명합시다."

추기경들이 힘을 합쳐 콜 오브 크루세이드를 선언했다. 축복인지 저주인지 애매한 빛이 잡혀온 민간인들을 감싸고 잠시 뒤 그들은 인간의 것이 아닌 괴성과 함께 돌진했다.

그에 맞서 이스파나의 기사들은 용맹하게… 뒤로 돌진했다.

"저것들이 도망을?"

그렇다면 이대로 그냥 군대를 몰아 요새를 공략하면 그만이다. 그러나 도망가는 게 아니었다. 물러났던 기사들은 거리가 확보되자 활을 난사했다. 광란의 전사들은 자기들을 공격하는 존재가 있자 그곳만을 향해 계속 달렸다.

"이것들이!"

광전사 부대에 침착한 대응을 기대하거나, 지휘에 따르거나 하는 걸 기대하는 건 무리다. 로사미어는 이를 갈았다.

"제1대 후퇴. 제2대 응사. 제3대 거리 확보."

"제2대 후퇴. 제3대 응사. 제1대 거리 확보."

카피의 명령은 단조로울 정도로 간단했다. 세 개로 나뉜 경궁기병들 하나가 응사하는 사이 하나는 후퇴한다. 그사이 나머지 하나가 응사하는 부대보다 떨어진 곳에서 다음을 이어받을 준비를 한다. 절대로 광전사들과 정면으로 부딪치진 않는다.

무게 나가는 것은 다 버리고 오직 화살만으로 잔뜩 무장한 이스파나

기사들은 손이 아플 정도로 활을 연이어 당겼다.

"이… 이런……!"

로사미어는 실로 낭패스러웠다. 광전사들은 실로 용맹스러웠지만 닿지 않는 적을 죽일 길은 없었다. 다들 미쳐 날뛰기만 하지 정교하게 활이나 투석기 같은 걸 다루지는 못했다.

그러는 사이에 우왕좌왕하던 광전사들이 폭주하여 자기들끼리 살육을 시작했다. 광기가 머리를 완전히 잠식하자 멀리 있는 적을 인식하지 못하게 되어 옆이 적이 돼버린 탓이었다.

"이런 비겁한 놈들!"

성스러운 전사들을 저리 농락하다니 사악하기 그지없는 이단스러운 일이었다.

"과연 정확히 허를 찔렀군요. 보통의 군단이라면 병과가 균형있게 잡혀 있으니 경궁기병으로 상대하는 게 무의미한 일이지만 저들은 다르죠."

엘리자나 여왕이 전황을 보며 고개를 끄덕였다. 오직 미쳐 날뛰는 광전사는 활로 응사하거나 말을 달려 추적하거나 그런 건 생각도 못했다. 그저 달려나가며 막아서는 걸 죽이고 또 죽일 뿐. 달리 말해서 막아서지만 않으면 되는 일이었다.

'경궁기병이라.'

막상 만들고 나니 그걸로 광전사 부대를 상대한다는 게 너무나 손쉬운 일이었지만 지금껏 없었기에 새로이 만든다는 걸 상상 못한 허를 찌르는 발상이었다.

'궁수 대신에 응사라도 할 만한 추기경들은 이미 광전사 주문을 쓰

느라고 힘이 바닥이니.’

그런 상태에서 날아오는 주문 따위 마도기병들이 얼마든지 처리했다.

“오호호호. 궁기병에 마도기병이라니. 다시 볼 일은 없는 병과지만 역사에 남겠어요.”

엘리자나 여왕은 실로 오랜만에 시원하게 웃었다.

“아직 끝난 게 아닙니다.”

카피의 냉정한 말에도 그녀는 연신 웃음을 거두지 않았다.

“알고 있어요. 광전사 부대가 확실히 붕괴될 때쯤에 로사미어 추기경을 위시한 수뇌부는 도주를 시도할 터, 그걸 위해 여왕인 나도 말을 타고 있는 거잖아요?”

그녀는 가볍게 부채를 휘둘렀다. 허공에 수창이 생겨나 쏘아져 나가며 광전사 몇 명을 쓰러뜨렸다.

“이제 힘 낭비는 그만 하고 슬슬 적의 추기경의 최후를 내줄 준비를 해야겠군요.”

“콜 오브 크루세이드를 쓰고 지쳐 있겠지만 방심은 금물입니다.”

“물론이지요.”

치고 빠지기를 계속하며 마도기병과 경궁기병은 로사미어의 부대를 쓰러뜨렸고, 자멸 현상이 본격적으로 벌어지면서 프렌즈 수뇌부는 순식간에 고립되었다. 더 이상 머무르다가는 광전사들이 자기들에게 칼끝을 돌릴지도 모른다는 위기감까지 감돌았다.

“으으, 어쩔 수 없구나. 형제들이여, 모두 후퇴해서 다음을 기약합시다! 이번 한 번 저들의 간교한 술수가 우리를 이겼소!”

로사미어 추기경은 그리 외치고 앞장서서 말에 올라타 뒤로 달렸다.

일단의 무리들이 그 뒤를 따랐다.

"드디어 꼬리를 마는군. 전군! 추적하라! 광전사 무리는 신경 쓸 것 없다! 로사미어 추기경만 잡으면 승리는 우리의 것이다!"

카피의 명령에 이스파나 군은 함성으로 대답했다.

"와아!"

오만에 달하는 광전사 부대가 자기들끼리 죽이게 내버려 두고서 천밖에 안 되는 이스파나 기사들은 모두 다 로사미어를 쫓았다.

"물의 권능. 물의 분노. 몰아치고 내리치며 삼키는 강대한 힘. 걸리는 것 삼켜 찢어버리리니. 아쿠아 프렛서(Aqua Pressure)!"

엘리자나 여왕이 주문을 완성하자 고속 고압의 물줄기가 도망치는 추기경들의 머리 위로 쏟아 내렸다.

"크윽!"

비록 그 일격은 방어막을 만들어 막아내긴 했지만 추기경들은 점점 힘이 부쳤다. 그동안 꾹꾹 눌러 담았던 원한을 쏟아내는 이스파나 군의 공세가 너무나 매서웠다. 특하나 그 선두에 선 두 여자.

이스파나의 별 엘리자나 여왕과 신성사제 휘네인 아네시스. 한 명이야 본디 위명이 쟁쟁한 여장부였고 휘네인은 한 수 더 떠 흑의 추기경을 때려잡은 반교황군의 상징 아니었던가.

"천상의 경계를 지키는 거룩한 빛이여."

'샤이닝 포스! 온다!'

저건 혼자서 못 막는다. 추기경들은 일치 단결해서 방어 주문을 외었다. 여러 겹 펼쳐진 방어막 위로 금색 광휘가 강타했다.

"후우."

휘네인은 숨을 한 번 몰아쉬고 다시금 성표를 잡았다. 이길 수 있다.

저 가엾은 이들을 전쟁터에 몰아놓고 성전이라 주장하던 이들 따위 이
길 수 있다.

'흑의 추기경에 비하면 이 정도는 아무것도 아닌걸.'

휘네인이 성표를 하늘 높이 던졌다. 성표가 하늘에서 맴돌며 다시금
찬란한 금빛을 냈다.

"천상의 경계를 수호하는 거룩한 빛이여."

주문에 반응해 성표 주위로 빛의 결계가 생겨났다. 그와 동시에 휘
네인의 손 주위에도 마법진이 맴돌았다.

'서… 설마!'

추기경들의 머릿속에 똑같은 생각이 떠올랐다. 더블 샤이닝 포스.
흑의 추기경 유스켈을 때려잡을 때 그걸 썼다던가.

"로… 로사미어 추기경."

"모두 겁먹을 것 없소! 저것만 막아내면 곧 프렌즈의 요새요! 거기
가면 태양왕을 비롯한 우군이 많소이다! 자, 다 함께 방어 마법을."

콰앙! 쾅!

한바탕 광휘가 걷히고 나자 두 명의 추기경이 낙오되었다.

"모두 로사미어에게 집중하라! 그를 잡지 못하면 안 된다!"

"그럴 생각이라지요, 카플레스 경. 아쿠아 드래곤 샷(Aqua Dragon
Shot)!"

여왕이 풀어놓은 수룡이 뻗어나갔다.

"크으윽!"

로사미어는 이를 악물며 수룡을 중화했다. 여기서 질 리 없다. 이번
에는 실수했지만 다음번에는 광전사로 만들 이와 그렇지 않을 이를 구
분해서 조화롭게 군대를 짜면 된다. 그래서 기필코 저 이단의 무리들

을 다 죽일 것이다. 성스러운 사명을 지닌 자신이 질 리 없다.

'조금만 더. 조금만 더.'

그때 그의 시선에 지평선 앞에서 달려오는 군대가 보였다.

'매복인가! 이 로사미어 정녕 여기서 끝인가!'

아니다. 적군이 아니다. 조금씩 거리가 좁아짐에 따라 보이는 것은 프렌즈의 깃발이었다. 그 옆에 함께 나부끼는 것 또한 태양왕 길베르의 문장이었다.

'오오! 여신은 나를 버리지 않으셨도다!'

"역시… 쉽게는 안 되는군."

엘리자나 여왕이 부채를 탁 접었다.

"하지만 적의 지원군도 소수. 여기서 격파해 버리면 문제는 없다. 이스파나의 용사들이여! 나라의 명운이 이 싸움에 걸렸다. 전군 전투 준비! 기어코 로사미어의 목을 따자!"

착착착착.

추적을 일시 중지하고 이스파나 군은 전열을 가다듬었다. 그사이 로사미어는 환호하며 프렌즈 군의 앞으로 갔다. 태양왕 길베르가 그를 맞이했다.

"오오! 프렌즈 국왕 길베르 폐하! 때맞춰 나와주신 구원에 감사하오. 내 이번에는 실수하였으나 다음번에 같은 실수는 없을지니. 자, 저들이 더 추격해 오기 전에 요새로 돌아가십시다."

"허어. 몰골이 말이 아니시구려. 거기다가 몇몇 분은 그만 낙오되셨나 보오."

"안타까운 일이오. 적의 추격은 매섭고 우리는 모두 지쳐 역부족이었다오. 자, 그러니 어서 요새로."

"허! 지치셨단 말이오? 그렇다면."

"헛?"

태양왕 길베르가 손을 뻗자 불길이 로사미어 추기경을 휩쌌다.

"그대! 감히 반역을!"

"뭐가 반역이라는 거냐! 이 미친놈아! 네가 나의 프렌즈를 멸망시키기 전에 막는 거다!"

"크아아악!"

로사미어 추기경은 실로 허망하게 한 줌 재가 되어 사라졌다. 태양왕 길베르는 한숨을 내쉬었다.

"후우. 저쪽의 신성사제에게 가서 전하라. 우리 프렌즈는 더 이상 교단의 편에 서서 싸우기를 원치 않으니 그 증거로 로사미어를 우리 손으로 없앴다고."

"네, 폐하!"

전령이 부리나케 달렸다. 멀리서 그 광경을 지켜보고 돌아가는 상황을 이해한 휘네인이 그를 맞아들였다. 잠시 뒤 양군은 중간에서 만났다.

태양왕 길베르와 이스파나의 별 엘리자나가 서로 불편한 시선을 교환했다.

"크흠. 크흠."

"흥!"

길베르는 엘리자나를 애써 무시하며 휘네인에게 무릎 꿇었다. 신성사제에게 대하는 예가 아니었다. 교황으로 인정한다는 말.

"프렌즈의 왕 길베르가 삼가 여신의 신탁을 받아 만민을 인도하는 성녀 휘네인 아네시스 성하를 뵙습니다."

“가던 길을 돌아보며 다시금 바른길을 찾아 발걸음을 옮기신 그 지혜와 용기에 감사드립니다, 프렌즈의 국왕 길베르 폐하.”

“박대치 아니하시고 이리 따뜻한 환영의 말을 해주시니 몸 둘 바를 모르겠습니다.”

“여신께서는 돌아오는 이를 누구나 다 환영한다 하셨으니, 그 종인 제가 어찌 따르지 아니하오리까.”

둘의 대화에 엘리자나 여왕이 슬쩍 끼어들었다.

“하오나 성녀시여, 또한 여신께서는 너희가 흘린 피는 내일의 행복을 부르는 초석이 될지니 헛되다고 생각지 말지어다라고 하셨지요.”

프렌즈의 귀순은 반가운 일이나 이스파나가 당초 차지하게 되어 있던 프렌즈 남부 영토에 대해서 잊지 말라는 소리였다.

“엘리자나 여왕의 말씀대로 성경에 그런 구절이 있지요. 또한 너희는 한 형제요 동무일지니 서로 감싸줄지어다.”

길베르 국왕도 냉큼 받았다.

“그만 하세요. 지금 두 분이서 다투다가 이스파나나 프렌즈가 제2의 에일랜드가 될까 두렵습니다.”

잔잔히 미소 지으며 말하는 휘네인의 목소리에는 여태껏과 다른 힘이 있었다. 한 단계 더 성장한 성녀에서 교황으로 한걸음을 내디딘 이의 말에 두 나라의 왕은 입을 다물었다.

“카플레스 경이 흑의 추기경과 싸우기 전에 걱정했던 일이 있지요. 나오지 않은 백의 추기경은 무엇을 하고 있는가.”

적의 추기경이 사라지고 프렌즈가 돌아섰다는 데에 들떠 있던 사람들이 순식간에 가라앉았다. 그건 모두가 걱정하면서도 입 밖에 내기를 꺼렸던 이야기였다.

“저도 지금으로서는 모릅니다. 할 수 있는 건 다만 청의 추기경부터 상대해야 한다는 거지요. 그러니 나라의 이익과 손해를 떠나서 생존을 위해 지금만이라도 두 분 손잡아주지 않으시겠어요?”

“성녀의 말씀일진대 어찌 따르지 아니하오리까.”

길베르가 기다렸다는 듯 받자 이스파나 여왕이 실로 못마땅하다는 듯 손을 내밀었다.

“빚은 빚. 기억해서 받아내겠으나, 공동의 적을 두고 힘을 합치는 것까지 거부할 이유는 없겠지요.”

“허허. 잘 부탁드리오이다. 일단 자리를 옮깁시다.”

일행은 이스파나 진영 쪽으로 돌아가 본격적인 논의를 시작했다. 휘네인은 회의장에서 말 자체는 별로 하지 않았다. 하지만 그녀가 그 자리에 존재하는 것만으로 회의의 주제는 이스파나와 프렌즈 간의 전쟁 배상 협상이 아닌 교단의 남은 전력에 대한 대처 방안이 되었다.

“먼저 솔직히 말하지요. 내가 성녀를 따르기로 하였으나 이로써 프렌즈와 네프티알의 전쟁이 끝난 것은 아니외다. 이미 북부전선의 군대는 내 지휘를 벗어났소이다.”

“청의 추기경 알휀스에게 장악당했다는 말씀입니까?”

“그렇습니다. 이제 와 내가 그들에게 성녀 편으로 돌아서기로 하였으니 전투를 중지하라 명해도 소용없습니다. 왕으로서 부끄러운 일이나 이미 그들은 교단군입니다.”

“안 되었군요. 이것만은 진심으로 해드리는 말이에요.”

엘리자나 여왕이 그리 말하자 왠지 더 놀리는 것도 같았지만 길베르 국왕은 그냥 고개만 끄덕였다.

“그렇다는 건 결국 청의 추기경하고도 싸워야 한다는 건가요.”

교단과 싸울 각오는 예전에 했지만, 추기경 밑에 있는 일반 병사들은 어떻게 안 될까. 휘네인이 무슨 생각 하는지 모두 다 눈치챘다.

"흐음. 이쯤 되면 이스테리도 우리 편으로 돌아서게 할 수 있지 않겠습니까?"

에테인 대공이 말문을 열었다.

"만약에 그리만 된다면 교단은 완전히 고립됩니다. 청의 추기경이 북부 프렌즈 군을 장악했다 하나 이탈자도 나올 수 있고, 또 아니더라도 네프티알이 그를 상대하는 사이 나머지 나라가 잔여 병력이나마 합쳐서 성도 아뮤니엘린을 직접 공략해도 되지 않겠소이까?"

"이스테리 회유라. 충분히 실행해 볼 가치가 있는 의견이군요."

엘리자나 여왕도 찬성했다.

"그러면 이스테리 국왕 유토 2세께는 제가 친서를 보내겠습니다."

휘네인이 그 의견을 받아들이자 이제 카피가 군사 쪽으로 화제를 돌렸다.

"이스테리가 어느 쪽을 선택하든 간에 알휀스 추기경은 상대하지 않으면 안 됩니다. 성도의 직접 공략은 상징 이상의 의미가 없을 겁니다."

"교황이 성도를 버리고 도망쳐서라도 항전을 계속할 거란 뜻이오?"

"그렇습니다."

"하긴 여기까지 와버린 이상 그렇게 안 할 거라 기대하는 게 힘들겠소. 그렇다면 카플레스 공께서는 알휀스를 상대할 방안이 있으시오?"

"그의 한계가 드러난 지금 처리하는 건 어렵지 않습니다."

"어렵지 않다 하시었소?"

자신들이 어떤 작전을 하든 미리 내다보는 이를 상대로?

"하면 그의 한계는 무엇이며 어떤 식으로 공략하실 것이오?"

"그는 미래를 읽는 자이지 뜻하는 대로 조종하는 자는 아닙니다. 그게 가능했다면 애초에 여기까지 상황을 몰고 오지 않았을 겁니다."

그건 그렇다. 미래를 자유로이 정할 수 있다면 내일 반교황군은 다 죽는다라고 정해 버릴 수 있었을 테니까.

"그렇다 하나 미래를 읽는데 상대하기 껄끄럽지 않겠소이까?"

"흑의 추기경의 행동은 매우 단조로웠지만 가장 상대하기 힘들었습니다. 청의 추기경은 정공법으로 밀어버리겠습니다."

"자신… 있으신 것이오?"

"추가적인 변수만 없다면 장담합니다."

카피가 단언했다.

회의가 끝나고 연합군은 이스테리 회유와 알휀스 공략이라는 이중 과제를 동시 진행했다.

알휀스 공략을 담당한 카피가 가장 먼저 행한 것은 청의 추기경의 보급선을 끊는 것이었다. 비록 북부 프렌즈 군은 태양왕 길베르가 아닌 청의 추기경의 수하에 들어갔지만 나머지에는 왕의 명이 통했다.

그에 맞서 알휀스는 요새 점령에 박차를 가했지만 카피는 자신이 직접 지휘하며 막아냈다. 엘리자나 여왕과 길베르 국왕, 그리고 신성사제 휘네인까지 동원된 방어군은 선전했다. 알휀스가 두려워 단번에 강력한 주문은 쓰지 못해도 셋이 함께 하면서 차분히 주문을 전개함으로서 전술상의 열세를 만회했다. 아무리 가랑비가 어떻게 내릴지 완벽하게 읽는다 해도 뜰에 선 이상 몸이 젖는 걸 피할 수 없다. 카피는 알휀스의 그 한계를 정확히 추궁했다.

　그리고 정면 승부는 일찌감치 피하면서 알훼스의 먼 후방을 봉쇄해 버린 나머지 부대에 의해 최후의 교단군은 서서히 무너졌다. 내일 굶주리게 될 것이라는 걸 오늘 미리 알아도 배는 불러오지 않았다. 청의 추기경은 하늘에서 빵의 비를 내리지는 못했다.

　"슬슬 때가 된 듯합니다."
　작전 회의에서 카피가 말했다.
　"그래도 청의 추기경이 상대인데 조금 더 힘을 빼는 게 낫지 않을까요?"
　엘리자나 여왕이 신중론을 내세웠다. 알훼스가 연일 맹공을 퍼붓고 있긴 하지만 그뿐이다. '미래'를 예지해서 최선의 수를 뽑아내 봐야 애초에 이쪽이 선택지를 몇 개 안 남기게 철저한 데에는 별수없었다. 전력의 질과 양 모두에서 넘어서는 데다가 카피도 보통이 아니기에 가능한 대응이었지만 어쨌든 성공적이었다.
　"내 생각에도 좀 더 기다려도 될 거 같소만. 물론 그대의 판단을 의심하는 건 아니오. 애초에 여기까지 온 것도 그대의 능력이고."
　'적'이었던 사내이지만 태양왕 길베르는 카피에게 진심으로 감탄하고 있었다. 북부전선에 온 이래 카피는 아무리 예지해 보아도 삼 일이 걸리는 거리를 하루 만에 진군하는 법은 찾아낼 수 없다라는 말과 함께 알훼스의 본대와 멀찍이 거리를 두면서도 실질적으로 알훼스를 무너뜨리게 별동대를 지휘했다. 그 일련의 과정에서 보여준 솜씨는 가히 놀라웠다. 전투라면 알훼스가 우위이겠으나 전쟁이라면 카피가 더 두려웠다.
　"아니, 충분합니다. 지금 이 시점에서 끝내는 편이 가장 피해가 적을 겁니다."

"그렇게 말한다면야."

카피의 말이니까 믿어보자라는 분위기로 모두들 고개를 끄덕였다.

"거기다가 이스테리 쪽이 마음에 걸립니다."

"으음. 확실히."

휘네인이 친서를 써서 보내봤지만 소용이 없었다. 거절당했다거나 하는 문제가 아니었다. 직접 간 사자는 돌아오지 않았고, 마법적인 연락 시도는 상대가 받질 않았다. 거기다가 어떤 결계를 쳤는지 탐지도 안 되고 결정적으로 첩자들의 연락도 끊겼다.

"대체 무슨 짓을 벌이고 있는 건지 원."

"청의 추기경과 전투를 시작한 이래 성도에서 교황과 백의 추기경의 모습을 보았다는 보고가 올라오지 않았지요."

"에테인 대공께서도 역시 그 둘이 이스테리 수도에 가서 뭔가 일을 꾸미고 있다고 생각하시오?"

"단지 둘이서 뭘 할 수 있겠냐고 하기에는."

이만큼 당한 걸로 충분하지 않는가. 그 생략된 말에 모두들 동의했다. 에일랜드야 말할 것도 없고 프렌즈나 이스파나도 지금 사정이 엉망이었다.

교황과 백의 추기경이 대세를 바꾸지는 못할지 몰라도 나라 하나쯤은 더 말아먹을 수 있었다. 아니, 누가 아는가. 지금 돌아가는 정황으로 봐서는 이스테리는 이미 말아먹고 추가 주문을 하려는 중인지도.

"내일부터 본격적인 교전에 임하겠습니다. 모두 준비해 주십시오. 적은 요소에 타격을 가하며 아군의 지휘 체계를 혼란시키려 할 터, 사전에 자세하게 작전을 지시하겠습니다."

여러 가지 상황에 대한 대비책, 다중으로 중첩시킨 연락망, 노림수를 피하고 최대한 안정적으로 좁혀가는 정석적인 압박, 카피는 알휀스를 상대하기 위한 모든 준비를 마쳤다.

다음날 해가 뜸과 함께 전투는 시작되었다. 병력의 면에서도 상층부의 힘에서도 보급 상태에서도 전부 다 밀리는 알휀스 군은 그럼에도 불구하고 훌륭히 싸웠다. 카피가 지휘하지 않았다면 역전까지도 가능했을지 모른다는 생각을 한 건 한두 명이 아니었다.

하지만 아무리 상대방이 어떤 패를 지니고 있는지, 어떤 패를 받게 될지 모조리 다 예측한다 하여도 이길 수 없는 카드 게임이 있다. 양쪽이 사용하는 카드 뭉치 자체가 달랐다.

기막힌 대응을 보인 알휀스 군은 결국 무너졌다. 중심 방어선까지 무너지고 알휀스는 자신을 포위한 카피와 마주했다.

"나는 네가 지금 이렇게 올 줄 알고 있었지. 후후."

"그럴 거라 추정했다."

카피가 간단히 받아넘겼다.

"크하핫. 그렇다면 자신있나? 내가 무엇을 준비해 두었는지 모르면서 죽일 수 있겠나?"

"어차피 내가 한 모든 행동은 미래에 대한 확신이 아닌 예상 위에서 행해진 것이다. 그리고……."

눈 하나 깜짝하지 않고 카피는 알휀스의 심장에 검을 꽂아넣었다.

"어차피 오라클 아이 자체가 모든 걸 보는 건 아니지. 안 그렇나?"

"크크큭. 그래, 그렇지. 하지만 내가 왜 순순히 자네의 검을 받은지 아나?"

"도망쳐 봐야 죽게 될 걸 알고 있었을 테니까."

퇴로에는 로이가 숨어 있다. 그건 알아도 피할 수 없는 검이다. 카피의 대답에 알휀스가 소리쳐 웃었다.

"크하하핫! 물론 맞다. 하지만 지금 이 순간 난 진정한 미래의 비전을 보았다. 승리를 자신하는가, 어리석은 인간들이여? 이스테리의 수도에서 그대들은 진정한 멸망을 맞이할 것이다. 이는 평범한 예지가 아니다. 정해진 미래이자 운명이다."

알휀스의 마지막 저주에 둘러선 이들이 섬뜩해했지만 카피는 신경 쓰지 않고 검을 그었다.

전투는 끝났다.

하지만 승리를 축하하는 환호성은 없었다. 그러기에는 모두들 너무 지쳐 있었다. 거기다가 끝이 아니었다. 청의 추기경을 이겼다는 기쁨보다 백의 추기경이 남았다는 공포가 더 컸다.

불길한 예언은 순식간에 퍼졌다. 부상자 정리를 얼추 마친 휘네인은 카피를 찾았다.

"저기 카피, 알휀스의 예언 어떻게 생각해요?"

"무시해도 된다."

"그… 그야 저도 그 말을 다 믿을 생각은 없지만 그래도……."

"그의 힘은 하늘 아래 존재하는 것들의 운명의 결을 따라 읽어내는 것. 나는 하늘 밖에 있으니 이미 나로 인해 그의 예언은 빗나갈 수밖에 없다. 안심해라."

마황은 하늘에서 벗어나 홀로 아득하여 높아 그에 대적하니 그 그림자 드리운 것만으로도 오라클 아이는 무오류가 아니다.

담담한 표정으로 엄청 잘난 척하는 말을 해대는 카피 때문에 휘네인은 어안이 벙벙했다.

"자신감이 지나친 거 아녜요?"

"스스로는 조심스러운 편이라고 생각하는데."

"푸훗!"

그래도 카피가 그렇게 말하면 안심은 된다. 휘네인은 다시금 웃었다.

"지금 와서 교황을 용서할 수는 없겠지만 그래도 순순히 항복해 주면 좋겠어요."

이 마당에 무슨 미련이냐 할지라도 정말 이제라도 싸움은 그만 했으면 좋겠다. 청의 추기경을 상대하면서 또 얼마가 죽었는가.

"백의 추기경이 남아 있는 이상 간단하지는 않을 거다."

"그렇겠지요. 가르디엘 선생님의 비기는 뭘까요?"

그걸 상대하려면 또 누군가는 죽고 다쳐야겠지. 정말 마지막의 마지막까지 교황의 아집은 다른 이를 끌어들였다. 휘네인은 한숨 쉬었다. 아니면 그에 맞서는 자신도 똑같은 아집일지도.

다르다는 걸 보여주려면 이후의 행동으로 증명할 수밖에 없다.

"흠. 하나 떠오르는 것이 있긴 하지만 확신은 못하겠군."

"뭔데요?"

"지금 단계로서는 너무 막연한 추정일 뿐이니 좀 더 확실해지면 말해주겠다."

"피! 알았어요. 하아! 이 전쟁이 끝난다 해서 모든 게 끝나는 건 아니겠지요."

오히려 해야 할 일이 잔뜩 생기는 건 그때부터다. 이스파나와 프렌즈 사이의 문제도 해결해야 하고, 에일랜드도 재건해야 한다. 교단도 다시 세워야 한다. 그나마 형편이 좋은 편인 네프티알조차도 전쟁 후 유증인 국고 고갈과 노동력 부족에 시달릴 걸로 예측되는 판이니.

각 나라들을 조율해 가면서 세계를 평화로운 곳으로 만드려면 정말로 다음 대 교황은 헌신적이면서도 유능해야 할 것이다.

'잘할 수 있을까.'

아니, 잘해내야 한다. 이미 그러기로 결심했다.

"카피는 이 싸움이 끝나면 뭐 할 거예요?"

"나는 음……."

카피틀리온은 천천히 생각했다. 이 물질계에 더는 볼일이 없다. 애초에 여기서 벌인 일 자체가 그의 입장에서 보면 거대한 천마대전 속에서 작은 전투의 하나였을 뿐이다. 봉인된 몸이 아니었다면 결코 마황인 그가 직접 나섰을 리 없는 한 물질계의 일. 그렇지만… 무의미하진 않았다.

아니, 더 정확히 말하자면 그 와중에 하나 가지고 싶은 게 생겼다.

"일이 잘못된다면 지금 이 상태로도 남아 있을 수 없게 되겠지만, 잘 된다면 마계로 귀환하겠지."

'그러고 보니 잊고 있었는데, 이 인간 이번 전투 끝나면 정신병원에… 처넣을 수는 없잖아.'

명색이 신탁의 용사이자 전쟁의 영웅인데. 차기 네프티알 국왕인데.

"그렇게 된다면… 내 아내가 되어주지 않겠나?"

"네? 저… 저기 잘 못 들었어요."

잘 못 듣기는 똑똑히 들었다. 단지 스스로의 귀가 의심스러웠기에, 아니, 그 이전에 들은 걸 인정하자니 뭔가 부끄러워져서. 하지만 기쁘기도 하고. 아니, 확실히 기쁘고.

"내 아내가 되어달라고 했다."

"카… 카피? 아무리 그래도 이건 너무 갑작스러운… 아니, 물론 당신이… 뭔가 낭만적인 말을 할 거라고는 기대도 안 했지만. 그러니까… 제 말은."

내가 대체 지금 무슨 말을 하는 거지. 스스로 생각해도 횡설수설이다. 프로포즈… 이거 프로포즈란 거 맞지? 카피와 결혼을? 물론 카피가 싫은 건 아니지만. 아니, 확실히 그 정도라면 객관적으로도 나쁘지 않겠지만. 아니, 객관이니 뭐니 하는 건 핑계고 사실은 자기가 좋은 거지만.

"네게 '비'의 지위를 주겠다. 후궁 중에서 가장 높은 지위다. 또한 내 영지에서 가장 아름답다고 칭해지는 율그샤인을 네게 주겠다. 여신의 정원에 비해도 뒤지지 않게 관리한 곳이니 너도 직접 보게 되면 마음에 들 거다… 아니, 마음에 들어해 줬으면 좋겠군."

프로포즈. 프로포즈. 연애에 있어서만큼은 아직 쑥맥인 휘네인에게 이건 너무나 강렬했다. 비라니. 잠깐, 비? 그리고 후궁?

"카피… 지금 후궁이라고 했어요?"

"응? 그렇다. 신하들이 다소 반발하겠지만 그건 내가 누르겠다."

일개 인간에게 너무 과한 지위는 기강을 흐린다는 간언이 올라올 건 뻔했지만, 휘네인만 승낙해 준다면 그 다음부터는 자기가 책임지고 처리하겠다. 카피틀리온은 그렇게 생각했다. 그 정도 대가를 치르더라도 휘네인은 좀 더 옆에 두고 보고 싶다.

"이… 이… 이!"

왕자병은 아니다. 차기 국왕이 될 몸이긴 하니까. 하지만 자기를 뭘로 보고, 후궁이라니!

짜악!

휘네인이 따귀 때리는 소리가 경쾌하게 울려 퍼졌다.

"부귀영화를 탐내는 여자는 딴 데 가서 알아봐요!"

누군가의 여러 여자 중 하나가 될 생각은 눈곱만큼도 없다.

"거절이군."

"당연하죠! 누가 당신 같은 사람이랑 결혼한데요! 착각도 자유지 정말."

아예 얘기를 꺼내질 말던가. 있는 대로 기분이 붕 뜨게 해놓고 뭐, 후궁?

카피틀리온은 고개를 끄덕였다.

"알겠다."

예상했던 답이다. 아니, 어쩌면 처음부터 그가 보고 싶은 것은 그의 곁에 두고서는 볼 수 없는 것일지도 모른다. 빛의 영광된 영웅이었다가 마계로 전향한 이들은 드물지 않지만, 그들 중 누구도 전향 이전의 모습 그대로인 이는 없었다. 아니, 그대로라면 애초에 전향하지 않겠지만.

'마계의 정점인 나지만.'

아니, 마계의 정점이기에 이것은 가질 수 없는 것.

"교황을 쓰러뜨리고 그대에게 교단을 건네준 후 우리 사이의 계약은 끝을 내자."

보고 싶은 것은 보았고, 제8물질계는 충분히 황폐해졌다. 로이엘은 자신의 옆에 충실히 남아 있고 천마대전은 예정대로 진행 중이다. 아쉬울 것은 없다.

휘네인은 카피의 말을 조용히 듣고만 있었다. 흥분해서 따귀를 때렸지만 지금 이 말은 뭔가 이상하다. 언제부터인지 주위의 공기 자체가 조용해져 있다. 시간이 정지한 채 카피의 허락만을 기다리는 것 같다. 지금의 카피는 마치… 마치…….

"가지. 교황과의 싸움을 끝내야 하지 않겠나. 이스테리 수도까지 진격 방안도 짜야 하고."

놓쳐 버렸다. 이제는 그냥 카피다.

'에이, 몰라. 아무튼 이 인간 정말이지.'

대체 이딴 인간에게 뭐 볼 게 있다고 그렇게 가슴이 마구 뛰었던 거람.

Chapter 3

교단의 최후

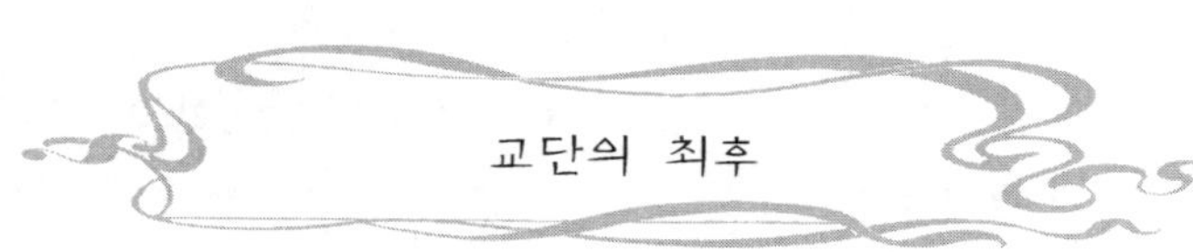

교단의 최후

에일랜드―이스파나―네프티알―프렌즈 및 그 외 각종 소국 연합 반교황군. 쉽게 말해 이스테리와 현 교단을 제외한 나머지 세계 전부를 합친 연합군은 명칭에 비해서는 규모가 좀 초라했다.

"흠. 전성기 때 나라 하나의 군대보다도 어째 작은 것 같지만……."

다리안 후작이 말하고 나서 실수라고 느꼈는지 재빨리 덧붙였다.

"하하. 모두 다 함께 뜻을 같이한다는 게 중요한 거지요. 아니 그렇습니까?"

엘리자나 여왕이 다리안 후작은 무시하며 같은 왕들을 보며 말했다.

"병력의 숫자는 다소 부족하지만 상층부가 탄탄하니 이 정도라면 백의 추기경을 상대하는 데는 문제없겠지요."

"그래야 하겠습니다만……."

길베르가 말끝을 흐렸다. 엘리자나 여왕의 말은 사실 반 희망 반이었다.

'나와 엘리자나 여왕만 해도 교황이야 상대할 수 있을 테고 다른 뛰어난 이들과 성녀가 함께 하니 분명 상당한 전력이지만.'

아직 항복하지 않고 있는 교황의 최후 저항이 단순한 오기일 것인가. 불안하기 그지없다.

"무엇보다 수비군을 전혀 배치하지 않고 수도까지 길을 열어놓다니, 이 무슨 꿍꿍이인지."

"소수의 수비군을 배치한다고 방어가 될 상황은 아니잖습니까."

에테인 대공의 지적에 길베르는 고개를 끄덕였다.

"그야 그렇습니다만, 이스테리 수도에서 첩자들의 보고가 끊겼다는 것이 영 불안하군요."

"어쩌겠습니까. 일단 가보면 드러나겠지요."

더 이상 막아설 힘이 없는 적국의 영토를 무혈행진하여 수도까지 입성한다. 분명 기분 좋은 개선이어야 하겠지만 모두 다 제발 별일없기만을 기도하며 나갔다.

그저 살아서 돌아가게만 하소서라는 기도를 하며 연합 점령군은 이스테리 수도 10㎞ 앞까지 진군했다.

갔다 온 정찰병들의 보고는 한결같이 수도에 아무도 없다였다.

"그 많은 이스테리 수도 인구가 다 사라졌다니, 대체 어디로 갔다는 건지."

에테인 대공이 답답하다는 듯 고개를 저었다.

"전쟁을 피해 피난 가거나 한 건 아닌가요?"

휘네인의 가설을 길베르가 부정했다.

"그랬으면 관측되지 않았을 리 없습니다. 말 그대로 어디론가 사라져 버린 듯합니다."

"아무 일 없어야 할 텐데… 하지만 희망사항이겠죠."

설마 그 많은 사람들을 다 죽인 건 아니겠지. 휘네인은 불안한 마음을 애써 눌렀다. 흑의 추기경도 깨웠던 교단이 이스테리라고 그렇게 못하란 법은 없지만 제발 아니길 그녀는 기도했다.

"선택할 수 있는 방안은 두 가지입니다. 이곳을 폐쇄하고 진입을 포기하는 것. 아니면 각오하고 들어가서 끝을 내는 것."

카피의 말에 엘리자나 여왕이 되물었다.

"카플레스 공은 어느 쪽을 권하고 싶으신가요?"

"후자입니다. 전자는 상대에게 시간만 벌어줄 뿐이라는 결과가 될 가능성이 큽니다."

"우리도 시간을 벌겠지만 상대도 시간을 번다, 이거군요. 하긴 끝을 내야겠죠."

이번이 지나면 언제 또 이렇게 뭉칠 수 있을지 기약이 없다. 이렇게 찝찝한 상대를 목덜미 뒤에 남겨둔 채 편히 잘 수 있을 것 같지가 않다.

"교황과 백의 추기경이 어떤 함정을 파고 기다리고 있는지 모르나 이 많은 사람이 몰려가는데 별수있겠소이까? 핫하!"

억지로 지어 보이는 휴르안 8세의 웃음이 끝이 떨렸다.

"반대가 없다면 진군하겠습니다."

카피의 말에 모두들 동의했다. 표정을 보면 전원 반대라 해도 이상하지 않을 상황이었지만 말이다.

끼이익.

수도의 성문이 불길한 마찰음을 내며 열렸다.

덜그럭.

쇠사슬 풀리는 소리가 지옥을 배회하는 망령의 소리 같았다.

"들어갑시다. 핫하하하."

웃을 상황도 아닌데 휴르안 8세는 웃었다.

"네."

정예들을 겹겹이 자기 주위에 포진하고 나머지 병력으로 하여금 뒤따르게 하면서 그들은 한 발 두 발 나아갔다. 도시는 실로 고요했다. 사람은커녕 쥐새끼 한 마리 벌레 한 마리 보이지 않았다.

"맙소사! 나무 한 그루 보이질 않는군요."

길베르의 지적이 아니더라도 병사들조차 겁에 질려 있었다. 빈민가야 몰라도 제대로 다듬어진 대로변에 가로수 하나 남아 있지 않다. 왕궁의 정원조차 싹 밀어내기라도 했는지 풀잎 하나 남아 있지 않다.

이건 그야말로 거대한 네크로폴리스에 온 느낌이다. 살아 있는 것이 범해서는 안 될 죽음의 성역에 잘못 발 디딘 건 아닌가.

"아무래도 전투를 각오해야겠군. 전군 기습에 주의하라."

카피의 명은 사실 불필요했다. 이미 모두 지나칠 정도로 경계하고 있었다.

그들이 국왕이 집무를 보는 홀의 앞에 다다라 문을 열자 마침내 산 사람이 있었다.

교황 알바트로 7세가 옥좌에 앉아 있고 그 옆에 백의 추기경 가르디엘이 서 있었다.

"마침내 여기까지 왔느냐, 마녀야."

초췌한 얼굴. 하지만 눈빛만은 더욱 형형하게 빛나며 알바트로 7세가 휘네인을 쏘아보았다.

"알바트로 7세 성하, 전쟁은 끝났습니다. 청의 추기경도 쓰러졌고 이제 더 이상 당신을 따르는 이는 아무도 없습니다. 그만 항복하시지요."

휘네인도 지지 않고 마주 보았다.

"하! 마녀야, 너는 지금 네가 이겼다고 생각하느냐? 천만에! 세상 모든 이가 이단의 힘에 굴복할지라도 나는 여신께 충실할지니 너 따위에게 항복하지 아니한다. 그리고 나와 뜻을 같이하는 이는 아직 남아 있다."

"흥! 백의 추기경 가르디엘 한 명을 믿고 큰소리신가요?"

엘리자나 여왕이 비웃자 알바트로 7세는 더 크게 웃었다.

"크하하! 너희가 무엇을 아느냐. 가르디엘, 그를 이제 그만 등장시키게나."

"네, 성하."

가르디엘이 억양없는 어조로 대답했다.

'그?'

모두가 의아해하는 가운데 카피가 순간 반응해 외쳤다.

"전군 전력 후퇴! 밖의 병사들에게 수도 밖으로 도망치라 전하라!"

"늦었다고 생각하지 않아?"

그 외침을 웃음으로 받으며 교황과 가르디엘 추기경 뒤에 나타난 소년을 보는 순간 모두는 공포로 얼어붙었다.

천진한 미소를 지으며 혼자서 에일랜드를 멸망으로 몰고 간 죽음의 천사. 흑의 추기경 유스켈. 분명 휘네인에게 죽었다고 알려진 그였다.

"어… 어떻게! 너는 그때……?"

“죽었지. 하지만 이렇게 돌아왔어. 반가워.”

“백의 추기경의 히든카드가 이거였군.”

카피가 변함없이 무표정하게 고개를 끄덕였다. 그건 마치 예상하고 있었다는 느낌이었다.

“이거라니… 설마 부활(Resurrection)?”

하지만 그 이외의 어떤 인간도 그러지 못했다. 모두 다시 한 번 나타난 이 강대한 적에 대한 두려움에 굳어 있었다.

“그래, 부활. 그것이야말로 백에 의해 봉인되어 온 교단의 마지막 비전이다.”

가르디엘이 대답했다.

“그럴 수가. 죽은 자에 대한 안타까움과 자연의 섭리를 거슬러 부활시키는 것은 별개. 생사는 오직 여신의 손에만 있으니 어떠한 마법으로도 진정한 부활은 불가능하다 하신 건 선생님이었잖아요!”

“그 여신의 손을 빌려 행함이니 불가능할 게 무엇이겠느냐, 휘네인아.”

해선 안 될 일은 많지만. 어쩌랴. 그에게 있어서 그 기준은 여신인 것을. 천계이냐 마계이냐. 아군이냐 적이냐.

“그럴 수가… 그럴 수가.”

“으음. 아무래도 서로 하고 싶은 이야기는 많은 거 같지만 더 기다리기는 곤란한데. 성하, 저들이 도망가고 있으니 그만 제가 미사를 시작해야 하지 않을까요?”

유스켈이 눈을 반짝이며 물었다.

“시작하라.”

알바트로 7세의 대답이 사형 선고가 되어 홀에 퍼졌다.

“네.”

“막아!”

“물의 근원. 심해의 힘. 그 이름으로 떨쳐 울려 맞서는 것을 휩쓸어 내는 도도한 흐름. 나아가라. 아쿠아 드래곤.”

“불의 근원. 태양의 명예. 그 높음으로 아래를 밝혀 마주하는 것을 태워 버리는 작렬의 불길. 뻗으라. 파이어 드래곤.”

불과 물의 컴비네이션. 엘리자나 여왕과 길베르 국왕의 힘이 동시에 작렬했다.

“홀리 배리어.”

가르디엘 추기경이 수인을 맺자 빛의 막이 셋을 감쌌다. 두 마리 용이 광막에 몇 번이고 부딪쳤다가 함께 사라졌다.

“자아, 형제들이여. 깨어나서 전도받지 못한 이들에게 축복을 나누어요.”

유스켈의 힘을 지닌 말이 온 수도에 퍼지자 땅속에서 악령들이 솟구쳤다. 그들은 삽시간에 수도를 가득 매우고 살아 있는 인간을 사냥하기 시작했다.

“홀리 라이트!”

휘네인이 빛을 밝히자 왕실에 나타난 악령들은 비명을 지르며 도망쳤다. 그녀는 유스켈을 가리키며 분노로 손을 떨었다.

“수도에 살아 있는 게 하나도 없었던 것은… 설마! 여기에 있는 이들 전부를!”

“응, 모두 구원받았어.”

유스켈이 손뼉을 치며 정답을 맞힌 걸 축하해 줬다. 그사이에도 쓰러진 병사들이 새로이 교황의 사령군에 합세했다.

“침착합시다. 흑의 추기경만 쓰러뜨리면 저 시체는 멈출 거요.”

길베르의 머리 위로 여덟 개의 불덩어리가 맺혀 날아갔다. 이번에는 교황이 그걸 막았다.

“힘내보라고.”

유스켈이 방긋 웃었다.

“모두 힘을 합쳐 동시에 공격해요.”

휘네인의 말에 다른 이들이 박자를 맞추었다. 비록 흑의 추기경에다가 교황과 백의 추기경이 함께이기는 하나, 이번에는 휘네인 혼자서만 맞서는 게 아니다. 지금 휘네인과 함께 하는 이들은 전체적인 양과 질에서 세 명뿐이던 다크 윙즈를 압도했다.

못 이길 게 무엇일까. 그들은 그렇게 믿었다. 잠깐 동안은.

유스켈이 검은 날개를 꺼내 들 때도 괜찮았다. 하지만 뒤이어 가르디엘이 흰 날개를 꺼내 들었을 때 그들은 하얀 절망이란 무엇인지 깨달았다.

“더블 샤이닝 포스!”

“아쿠아 드래곤 스트라이크!”

“플레임 드래곤 스트라이크!”

휘네인과 두 국왕의 협공에 뒤이어 홀을 가득 메운 내로라하는 각국 강자들의 공격이 쏟아졌다. 마법과 검기의 난무. 하나같이 그 위력을 인정받는 수법들이었으나.

가르디엘의 머리 위에 빛의 룬이 돌았다. 양 날개가 빛을 발하며 퍼덕였다. 입에서 성창이 울리고 손은 거룩한 문장을 그렸다.

“펜타 홀리 배리어(Penta Holy Barrier).”

다섯 겹의 광막이 그 쏟아지는 공격 전부를 막아냈다.

"한 번 더!"

어떻게든 틈을 주지 않고 몰아칠 수밖에 없다.

"크하하핫! 한 번 더라고? 이제 더 이상 너희에게 기회는 없다. 거룩한 천사여. 이제 내 생명과 영혼을 성배에 받아 저들에게 심판을 내려라."

알바트로 7세가 당황하는 그들을 한껏 비웃으며 가르디엘에게 명했다.

"그리될지어다."

가르디엘이 알바트로 7세의 이마에 손을 얹었다. 순간 교황이 강렬한 빛으로 화하더니 작은 빛의 구슬이 되어 가르디엘의 손에 들렸다. 가르디엘이 인간을 내려다보며 말했다.

"본디 저스티카는 고귀한 혼의 인간이 모두 모여 발동하도록 받은 주문이나, 이런 방법도 있지."

화르륵.

그의 손에 들린 빛의 구슬이 타오르며 하늘로 솟구쳤다.

"모… 모두 방어하라!"

"소용없다."

하늘에서 빛이 내리치며 왕실 지붕을 부수고 들어왔다. 천공을 가득 메운 무수한 성스러운 문장들. 그 가운데 가장 드높은 여신의 상징. 빛의 바다 속에 이스테리 왕실은 빠져들었다.

빛이 걷혔을 때 홀 안에 제대로 서 있는 자는 몇 명 없었다. 유스켈이 방긋 웃었다.

"에헤헤. 하나, 둘, 셋, 넷, 다섯, 여섯, 일곱, 여덟. 그럼 나도 하나둘 정도는 추가해 볼까."

그의 검은 날개가 퍼덕였다. 검은 깃털 화살이 서늘한 죽음의 기운을 담아 비산했다.

"홀리 배리어!"

"보이드 시(Void Sea)!"

"플레임 익스팅션(Flame Extinction)!"

인간의 저항이 간신히 사천사의 힘을 막았다. 가르디엘이 유스켈을 향해 나지막이 말했다.

"이들은 그냥 나에게 맡기고 그대는 바깥의 인간들을 먼저 다 정리하게."

"안 도와줘도 된다는 거야? 좋아. 하지만 바깥의 녀석들이 죽으면서 계속계속 힘이 쌓이고 있으니까, 오래 끈다 싶으면 끼어들 거야."

"좋을 대로."

가르디엘이 다시금 손을 들었다. 환한 금빛이 여기저기 모여들었다. 살아남은 자 중에서 유일하게 약한 켈스가 비명을 질렀다. 휘네인 옆에 찰싹 붙어 살아남은 그였지만 상대가 뭘 하는지는 너무나 잘 보였다.

"테… 테트라 샤이닝 포스!"

4중의 최강 신성 공격 주문. 모두 있는 힘을 다 쥐어짜 내 방어막을 펼쳤다. 빛의 연이은 폭격이 차례차례 저항을 부수다가 힘이 다해 사라졌다.

"이 정도… 힘이 있다면 왜 이제야?"

엘리자나 여왕의 의문에 대답해 준 건 가르디엘이 아닌 카피틀리온이었다.

"하지 않았던 게 아니라 없었던 거지. '죽은 자'는 사천사가 부리지만 '죽음' 자체는 어디로 갔나 했더니 네가 가진 거군."

"그래, 너희 마계 놈들이 즐겨 쓰던 방식이지."

"무슨 말 하는 거예요, 카피?"

"지상에 떨어진 가르디엘이 제 힘을 발휘하기 위한 성배로서 그들이 바쳐졌단 얘기야."

유스켈이 방긋 웃으며 대신 대답해 줬다.

"그런… 그런!"

휘네인이 성표를 꽉 잡았다. 겉모습 따위 의미없다.

"너희는 가짜 천사야! 가짜 빛이야! 진정 옳은 이라면 절대 그런 짓을 하지 않아! 더블 샤이닝 포스!"

"소용없다."

휘네인의 일격은 간단히 막혔다. 뒤이어 다시 한 번 가르디엘의 역습이 들어왔다. 인간들은 간신히 버티었으나 승패가 어느 쪽인지는 명백해 보였다. 여유가 넘치는 유스켈은 말 그대로 구경만 하고 있었다.

"여신이 정의이며 행하는 우리가 곧 정의이다. 너희는 그걸 받드는 것이 주어진 역할. 너희 오만하여 스스로 정의를 재단하려 하였으니 심판받을지어다."

"오만한 건 너희잖아! 이 가짜 천사들아!"

"테트라 샤이닝 포스!"

또 한 번 빛이 휩쓸고 지나갔다. 이번에는 에테인 대공과 휴르안 8세가 나가떨어졌다. 숨은 붙어 있는지 몰라도 전투 불능인 건 확실했다.

아니, 간신히 서 있는 엘리자나 여왕이나 길베르 국왕도 한계에 몰려 있었다.

“그만 끝인 거 같구나, 인간들아.”

“맞아. 힘들어 보여. 밖의 인간들은 벌써 다 안식을 얻었는데, 너희도 그만 쉬고 싶지 않아?”

유스켈이 따뜻하게 걱정해 주었다. 그 고마운 배려에 휘네인은 아주 눈물이 났다.

“아직… 아직 포기 안 해!”

이런 미치광이들에게 이 세상을 넘길 수는 없어. 하지만 어떻게 대적하지? 샤이닝 포스를 몇 겹으로 날린다 해도 안 될 텐데. 그걸 능가하는 힘이라면.

하나 있다. 바로 조금 전 가르디엘이 보여주지 않았는가. 교황의 혼은 저스티카가 되었다. 그렇다면 나의 혼도 되지 않을까.

그러나 가르디엘이 해줄 리는 없고, 누가 내 혼이 타올라 저스티카가 되도록 인도해 주지? 누가…….

“무슨 걱정 하는 거야.”

누구긴 누가 달리 있단 말인가. 자신은 사제. 인도해 주는 건 사이비 천사들보다 훨씬 드높은 분.

“여신이여, 자애로운 분이시여, 굽어 살피는 분이시여. 내 기도를 받으시고 내 혼을 받으소서.”

이런 주문 없다. 하지만 이렇게 기도하면 정말로 저스티카가 될 거다. 휘네인은 느꼈다. ‘믿는’ 영역을 넘어 ‘알았다’. 언제나 안타까이 지상을 굽어보는 이는 이 간절함을 외면하지 않으실 거다.

“무슨?”

가르디엘이 이 비상식적인 행동의 무의미함을 지적하기도 전에 성표가 공명했다. 세라픽 시스템이 본격 가동되기 시작했다.

"강대한 힘 앞에 스러질 수밖에 없는 연약함들 있으나 아름답고 고귀하니 소중하나이다. 이제 나 그들을 진정으로 지킬 힘을 원하니 부디 내리소서. 이에 나를 바치느니."

빛이 복잡하게 얽히고설키며 휘네인의 주위에 마법진을 이루었다.

"내 혼이 사그라들지라도 나 끝까지 이 기도를 멈추지 않으리오다."

"멈추어라!"

가르디엘의 손에서 샤이닝 포스가 연타로 쏟아졌다. 하지만 휘네인을 감싼 빛의 마법진이 침범을 허용하지 않았다.

"이, 이런. 이럴 리가. 인간이 단일로 세라픽 시스템을 가동시키다니 그런 게 가능할 리가. 무엇보다 저건 에프티온 시대의 것! 지금 와서 아뮤니엘의 사제가 재충전 가능할 리가 없다!"

"당하는 우리도 익숙해진 일에 이용하던 너희들이 놀라냐?"

당황한 가르디엘에게 돌아온 건 차가운 카피의 한마디였다.

"내 형제자매들이여. 나를 위해 슬퍼하지 마소서. 이는 그대들을 위함이 아니라 후회하지 않을 내 마음을 따름이니 이는 바라는 바. 여신이여, 제 기도를 들으시어 이적을 내리소서! 수호하고 싶은 이들을 위협하는 자들을 멸하소서! 저스티카(Justicar)!"

아득해진다. 무언가 거대한 것에 휩쓸려 머나먼 곳으로 빨려간다. 하지만 상관없다. 이로써 지상은 구원된다. 진실로 후회는 없다. 휘네인은 미소 지었다.

다시 한 번 빛이 내리친다. 쏟아지는 빛의 물결. 두 거짓된 천사가 놀란다. 교황을 태웠을 때와는 전혀 다르다. 힘은 비슷할지 몰라도 훨씬 더 맑고 깨끗한 빛. 이쪽이야말로 진짜다. 살아남은 몇 안 되는 인간들은 확연히 느꼈다.

"곤란하군. 이대로라면 그대는 정말로 소멸한다."

카피가 한 발 앞으로 내밀었다. 이미 확인은 했으니까 여기서 관찰이 끝나는 건 아쉽다. 아니, 그게 아닌가?

"그건 곤란하군."

그냥 휘네인의 소멸 자체가 싫은 건가. 어느 쪽이든 간에 일단은 해야 하겠다고 느끼는 쪽으로.

카피가 빛을 뚫고 걸어 들어가 돌아가는 성표를 손으로 잡았다.

치직.

어둠이 빛과 반응하며 성표를 꺼뜨렸다. 주입된 이물질이 정교한 시스템을 망가뜨려 버렸다.

"카… 피?"

의식이 몸으로 돌아온다.

"어째서 막은 거예요! 이렇게 하지 않으면!"

"기적은 여기까지로 충분하다."

카피가 낮게 중얼거리고는 휘네인의 어깨를 잡았다. 신기하리만치 그만은 여유가 있었다.

"휘네인."

"네?"

"이 성표 내게 선물해 주지 않겠나?"

"지금 이 마당에 무슨 소리예요!"

아무리 엉뚱한 소리를 잘해도 정도가 있지. 어떻게 간신히 뭔가를 해냈는데 그걸 망쳐 놓고. 자기를 구하기 위해서 그런 거겠지만 지금 바라는 건 그런 게 아닌데.

"안 되나?"

하지만 뭘까. 이 느낌. 휘네인은 가슴이 옥죄어왔다. 생사가 오고 가는, 아니, 세계의 운명이 왔다 갔다 하는 순간이었지만 그랬다. 이 남자를 만난 이래 처음으로 그의 말에서 '간절함' 같은 것이 희미하게 비친 거 같다. 착각인지도 모르지만.

"안 된다는 건 아니지만… 저스티카는……."

"날 믿어라."

"여기 있어요."

그래. 그가 그렇게 말한다면. 그를 믿는다.

여신도 믿는다. 저 특별한 성표가 없어도 다시 한 번 기도하자. 또 한 번 저스티카를. 이번에야말로 누가 끼어들어 막을 수 없게 순수한 자신만의 저스티카를 하면 된다.

휘네인은 성표를 목에서 벗어 카피에게 걸어주었다.

"고맙군. 대가를 치르고 사는 게 정당하겠지만 '선물' 이라는 걸 그대에게서 마지막으로 받고 싶었다."

카피가 로이엘에게 명했다.

"이들을 지켜라."

"폐하, 그러실 생각이라면 그냥 제가!"

"매듭짓기 위해서다. 명만 수행해라."

"네."

가르디엘과 유스켈이 휘네인의 저스티카에 눌릴 때보다 훨씬 더 긴장했다. 인간이 구시대의 세라픽 시스템을 발동시킬 수도 없지만 그걸 정지시킬 수도 없다. 그들은 조용히 발걸음을 떼어 한 발 앞으로 다가오는 카피를 보며 외쳤다.

"너는!"

카피가 선언했다.

"나 여기 서노라."

주위의 빛이 사라진다. 절대적인 어둠이 모든 사물의 빛을 그대로 먹어치웠다. 죽음에 이끌려 날뛰던 악령들조차 그 아래에서 침묵했다.

하나의 세상이 감당하기에 너무나 큰 어둠. 지금 여기 선 것이 단지 그 조각에 불과하지 않았다면 그 강림의 여파만으로도 이스테리는 멸망했을 것이다.

멀리 떨어진 자들의 눈에도 보이는 거대한 어둠이 이스테리 수도 전부를 뒤덮었다가 서서히 걷혔다. 병사들의 시체도, 악령도, 영화를 아로새긴 건물들도 다 없었다. 아니, 땅 자체가 무언가에 먹혀 사라진 듯 깊고 거대한 구멍이 파여 있었다. 훗날 물이 채워지면 호수가 될 크기였다. 마치 애초부터 존재하지 않았다는 듯이 그냥 모든 것이 깨끗하게 사라졌다.

남은 것은 온몸이 희미해져서 피 같은 빛을 흘리는 가르디엘과 여섯 장의 흰 날개를 펼친 로이엘이었다. 그리고 로이엘이 만들어낸 빛의 진 안에 있는 휘네인, 엘리자나, 에테인, 켈스, 길베르, 휴르안, 그리고 '카플레스' 가 전부였다. 유스켈조차 흔적이 없었다.

가르디엘이 카플레스의 육신을 버리고 나와 자기 앞에 선 마의 절대자를 보았다. 어둠의 머리, 어둠의 눈. 강림의 여파만으로 일대를 날려 버린 마황 카피틀리온.

"봉인되었다 들었는데. 한 조각 따로 있었나? 하긴 그러니 이 정도겠지. 고위 마족이라고 생각했건만 그대였을 줄이야."

"유언은 그게 다인가?"

카피의 오른손에 작은 어둠의 화살이 생겨났다. 작지만 끝나 버린

자를 마저 처리하기에는 충분한 힘이 맴돌았다.

"조금 기다려 주지 않겠나. 손쓰지 않아도 어차피 소멸할 테니."

가르디엘이 희미한 떨림을 하며 로이엘의 보호 하에 있는 인간들을 보았다.

"그대들 이제 어느 쪽에 여신이 있고 어느 쪽에 마가 있는지 깨달았나? 너희가 카플레스라고 믿고 있던 이는 바로 저 마황, 카피틀리온의 화신이다."

갑자기 급변하는 사태에 넋이 나간 인간들은 아무도 대답하지 못했다. 대체 뭐가 어떻게 된 거란 말인가. 카플레스가 마황의 화신이라니. 그렇다면 가르디엘은 겉모습만이 아니라 진짜 천사란 말인가?

"나는 가르디엘, 이 물질계를 관리하기 위해 천계에서 파견된."

혹은 좌천된.

"천사. 여신은 공의로운 분이시니."

혹은 잔혹하시니.

"이제 너희는 심판 아래 멸망하리라."

그분은 스스로 정의롭고 강대하시니 너희가 저항치 못하리라. 내가 왜 그런 짓을 교황에게 시켜가면서도 마를 제거하려 하였는지 아느냐. 그 길만이 그분의 분노로부터 이 세계를 지킬 수 있기 때문이었다. 하나 이제 다 틀렸다.

"용서를 구해도 늦었다."

"거짓말이야!"

휘네인이 절규했다. 가르디엘은 그런 그녀를 동정의 눈빛으로 바라보며 흩어졌다.

"여신께서 그럴 리 없어!"

그녀는 카피틀리온을 홱 돌아보았다.

"당신… 누구지? 당신 정말로… 설마, 정말로……."

"네가 나를 얼마나 믿었는지는 모르나 난 네게 거짓을 말한 적 없다."

억양없고 감정없지만 묘하게 진실이 담겨 있음을 알 수 있는 말투. 그다. 카피다.

모습이 달라졌지만 그녀가 알고 있는 '카피' 는 바로 그가 맞았다.

그렇다는 건…….

"카피… 당신의 진짜 이름… 정말로 카피틀리온인가요?"

"그렇다."

"그러면 지금까지 있었던 일들은… 아니, 여신께서는……."

휘네인은 무너졌다. 뭐가 옳고 뭐가 그른지 하나도 알 수가 없다.

저들이 진짜 천사들인가? 그럼 유스켈이 에일랜드에서 행한 학살은 정의였나? 그걸 막은 자신들이 죄인들인가? 그럼 여신께서는 정말로 에일랜드 인을 다 죽이려고 하셨던 건가?

하지만 어떻게 그런 게 정의가 될 수 있지? 자애로운 여신께서 정말로 그런 걸 명하셨을 리가? 만약에 여신의 뜻이 정녕 그러했다면… 그러했다면? 그걸 따랐어야 하나? 어떻게 그런 게 정의이고 여신의 뜻일 수 있지?

대체 뭐가 어떻게 된 거란 말인가. 믿어왔던 모든 게 무너지고 전부 다 혼란스러웠다.

Chapter 4
마황재림

아뮤니엘은 승리의 미소를 지었다.

"무슨 속셈인지 궁금해서 귀엽게 봐주고 있었는데 여기까지 오면 차마 더는 못하겠군. 하긴 슬슬 마무리 지을 때도 되었지. 그렇게 생각하지 않나?"

"네?"

얼빵하게 되물어오는 수행천사를 가리키며 아뮤니엘은 외쳤다.

"체포하라!"

"여신이시여, 제가 무슨 잘못을?"

"시치미 뗄 것 없다. 마계 서열 8위 천면공작 나에스."

"……!"

수행천사가 그대로 뒤로 물러섰다. 그러나 다음 순간 아뮤니엘이 손짓하자 빛의 그물이 생겨나 그를 붙잡았다. 그물이 조여오자 천사의 모습이 사라지고 무릎 꿇은 마계 공작이 나타났다.

"어떻게……."

"호호. 궁금하냐? 그래, 어떻게든 틈을 노려 마황의 봉인을 해제해볼 생각이었겠지만."

아뮤니엘은 손짓했다. 주위에서 근위천사들이 몰려들어 나에스를 압송했다.

"처음부터 너희들의 계획 따위 알고 있었다."

"제8물질계를 그냥 놔둔 진짜 이유도……."

"눈에 잘 띄는 곳에 두고 뭘 하는지 감시하는 게 나으니까이지 물론. 정말로 내가 마냥 방심만 하고 있는 줄 알았더냐?"

나에스는 머리 숙였다. 죄송합니다, 폐하. 실패했습니다. 아무래도 우린 너무나 오랫동안 꾸준히 보여온 여신의 모습에 속아버렸나 봅니다.

"그래, 너희들의 작전 따위 알고 있다. 그리고 이제 내가 전장에 직접 나서기로 한 이상 이 전쟁은 나의 완전한 승리다! 오호호홋!"

"크윽!"

나에스는 반박하지 못했다. 틀린 말이 아니다. 지금은 마계군의 수비에 막혀 천계군이 바닥 없는 늪에 가라앉는 양상이지만 여신이 직접 나선다면 단숨에 돌파해 버릴 것이다. 마황이 아니고서는 삼신기에 대적할 수 없다.

여신이 직접 나서지 못했던 건 마황의 봉인이 약해질 걸 우려했기 때문. 그러나 이 모든 걸 정리할 기회만 기다리고 있었다면 마계의 전략은 처음부터 틀렸다.

최강의 마황이라 칭송하는 카피틀리온이지만 사실은 그 개인의 힘은 역대 최약의 마황이었다. 그럼에도 그가 최강이라 불린 건 자신을 제외한 마계 전체의 전력을 최고로 끌어올린 통치 능력 때문이었다.

그래서 처음부터 여신에게 봉인당해 준 후 그 봉인을 지키느라 여신이 전장에 못 나서게 된다면 오히려 마계에 유리하다는 게 전체 전략의 핵심이었는데. 실제로 수하들만의 싸움에서 마계는 거의 승기를 잡아냈는데.

그러나 참다못한 여신이 나섰을 때 봉인을 파괴한다라는 부분이 엇나가 버린다면 최후에 웃는 건… 천계다.

'폐하.'

역시 너무 위험한 전략이라고 페르나실이 반대할 때 말렸어야 했는데. 분명 여신도 눈치채지 못할 완벽한 변신이라 생각했는데 어디서 엇나간 걸까.

"끌고 가겠습니다, 여신이시여."

"아니, 잠깐."

아뮤니엘은 득의만만하게 웃으며 근위천사를 제지했다.

"그래도 마계 공작인데 마지막으로 좋은 구경쯤은 시켜줘야지. 궁금하겠지, 어찌 내가 네 계획을 알았는지? 자, 알려주마. 루시엘! 빛을 밝히기 위해 스스로 어둠에 떨어진 자여! 이제 내가 너의 잠든 이름을 부르니 다시금 솟아오르라!"

아뮤니엘의 손에서 신성 문자들이 떠돌며 빛을 발했다. 그와 동시에 저 지상에서 로이엘의 이마에서 같은 빛이 새어 나왔다.

＊　　　＊　　　＊

“죽어라.”

로이엘의 앞으로 내민 손에서 찬란하게 빛나는 검이 튀어나왔다. 빛의 검보다도 더 강렬하게 작렬하는 검은 그대로 카피틀리온의 몸을 꿰뚫었다. 뒤이어 로이엘의 등 뒤에 달린 흰 날개가 찬란히 빛나기 시작했다. 그건 마계에 있을 때처럼 단순히 백색이 아니라 주위를 환히 밝히는 찬란한 빛을 내뿜었다.

“로이엘, 너였나?”

치명상을 입었으면서도 카피틀리온은 담담하게 물었다.

“타천사 로이엘은 더 이상 없다. 나는 루시엘. 천계 서열 8위 스스로 어둠에 내려가는 자다.”

한마디 한마디가 머릿속에 울린다. 가르디엘도 나름대로 거룩했지만 루시엘의 광휘는 그와 비교할 수 없었다. 인간들은 자기도 모르게 전부 엎드렸다. 지상의 지배자로서 지녔던 오만을 내세우기에 이 존재는 너무나 존귀했다.

타오르는 신성한 오라 앞에 자신의 추함이 비쳐 보이며 한순간에 부정한 스스로가 타버릴 것 같은 두려움을 느낀다. 감히 한마디 말도 하지 못한 채 그저 들어야만 했다.

“그렇군. 가릴 수 없는 위선을 두른 자 나에스의 대항인가.”

“이제 첩보원으로서 임무를 끝내고 천계로 귀환한다. 너의 패배다, 마황이여.”

“그런가. 임무가 끝났다면 그만 네 존재감을 지워주지 그러나. 인간들이 무척 떨고 있군.”

초연한 자의 여유라고 하기에는 너무나도 카피는 담담했다. 루시엘이 살짝 눈을 찌푸렸다.

“여유있는 척하는 건가?”

“글쎄. 어떤가, 아뮤니엘. 이걸로 안심하고 전장에 나설 수 있겠나?”

―쓸데없는 허세. 제거해 버려라.

여신의 명을 받은 루시엘은 한층 힘을 가했다.

“그만 사라져라.”

루시엘의 검에서 빛이 뻗어 나오며 카피틀리온의 영체가 흩어졌다.

＊　　　　＊　　　　＊

“설마 로이엘의 일족 전부를 멸망시킨 것도 그의 타천을 자연스럽게 보이기 위한 포석이었나?”

“최후의 승리를 얻기 위한 대가로는 싸지. 안 그러냐?”

무릎 꿇은 나에스의 턱을 아뮤니엘은 손으로 잡아 강제로 들어올렸다.

“너무 통한해하지 말거라. ‘로이엘’에게는 어떠한 허점도 없었을 테니 알아채지 못했다 하여 네 잘못은 아니다. 애초에 빛과 어둠에는 그런 차이가 있는 것이니. 완전한 나의 계획을 너희가 어찌 다 알았으리오. 오호호!”

“크윽!”

“이제 그만 끌고 가거라.”

“여신의 명을 받듭니다.”

아뮤니엘은 실로 만족하며 카피틀리온의 봉인을 바라보았다. 이제 마황은 그녀의 통치가 끝나는 날까지 여기에 잠들어 있을 것이었다.

“자, 이제 제8물질계를 어찌 처분하느냐가 문제인데.”

루시엘이 귀환에 앞서 명을 기다리고 있었다. 천계 12별의 하나인 그라면 최종 봉인을 발동시켜서 세계를 멸망시킬 수도 있을 것이다.

"좋아. 내게 거역한 자들에게 본보기를 보여주기 위해서라도 처벌해야겠지. 루시엘, 최종 봉인을 발동해라. 제8물질계를 멸망시키겠다."

*　　　　*　　　　*

"예, 여신이시여."

루시엘이 검을 높이 들고 선고했다.

"대지를 떠받치는 심연의 아래에 잠재워 둔 멸망의 인이여. 이제 여신의 지엄한 명을 받아 하늘에서 다스리는 내가 내려와 말하나니 깨어나 모든 것을 삼킬지어다."

웅웅웅웅.

바다가 울린다. 거대한 물의 분노가 깨어나 모든 것을 집어삼킬 준비를 했다. 하늘이 어두워지며 빗방울이 떨어지기 시작했다.

"어리석은 무리들아! 이제 멸망이 내릴지니 무엇도 너희를 지켜주지 못하리라! 계속되는 빗속에서 물에 의해 너희 멸망하리라."

멸망… 그 단어가 가져오는 두려움에 휘네인은 울부짖었다.

"천사시여! 어이하여 여신께서 이 세계를 멸망시킨다는 건가요! 그분은 자애로운 분이 아니신가요!"

"온 우주에서 가장 자애로운 분이시다."

"그런 분이 어째서 세계 멸망을……."

"그분의 자애 끝이 없으시나 너희의 죄 너무나도 크니 멸망이야말로 가장 큰 자비인 것이다."

"그런… 그저 아무것도 모른 채 하루하루 살기가 버거운 이가 많습니다. 여신께서 그들도 멸망해야 한다고 판결하신 건가요? 그게 정의인가요?"

"어리석은 인간아. 너는 선과 악의 구분을 따로이 가지고 있구나. 그분이 곧 절대선이시다. 그분이 선을 행하시는 게 아니라 그분이 행하시는 것이 선인 것. 그것을 따로이 기준을 두어 판단하니 네가 이단이니라."

"하지만… 혹의 추기경 유스켈은!"

"따로이 선을 찾는 이단이여, 그분의 자비 한량없으나 이미 심판이 내려졌나니 이제 어떠한 회개로도 구원을 얻지 못하리라. 멸망하거라."

"웃기지 마라!"

엘리자나 여왕이 버럭 소리 질렀다.

"뭐가 절대선이냐! 자비롭다면 우리를 용서하던가, 그게 아니라면 기회라도 주던가! 에일랜드가 그 짝이 나고 프렌즈 인이 그 지경이 되며 이스테리가 이리되도록 내버려 둔 주제에! 그냥 우리끼리 알아서 하게 내버려나 두던지! 뭐 해준 게 있다고 멸망시키겠다는 거냐!"

"모든 것은 그분의 뜻일지니 그렇게 내버려 둠이 절대선인 것이오. 지금은 여기서 너희가 멸망함이 절대선이노라. 이제 더 해줄 말도 없구나. 멸망 속에서 회개하라."

그 말을 끝으로 루시엘은 하늘로 날아가 버렸다. 엄청나게 굵은 비만이 연이어 쏟아졌다.

"여신이… 여신이 정말로 홍수로 우리를?"

여전히 충격에 빠져 있는 휘네인을 엘리자나 여왕이 흔들었다.

"정신 차리시지요, 예하. 대체 여신과 마황 사이에 무슨 일이 있었는지 모르지만 이대로 순순히 멸망할 건가요?"

"하지만 여신의 뜻이라는데."

이렇게 멸망하는 게 정의라는데.

"알겠습니다. 그러면 예하 마음대로 하시지요. 저는 지금 당장 배를 찾아 움직이겠습니다."

어느덧 발밑이 잠겨오는 가운데 엘리자나 여왕은 돌아섰다. 그 서슬에 넋을 놓고 있던 다른 인간들도 뒤이어 합류했다. 뭐가 어찌 돌아가는지 모르겠지만 물에 빠져 죽을 수는 없었다.

＊　　　＊　　　＊

"대천사장님, 더 이상 버티는 건 무리입니다."

"안 돼. 여기서 밀리면 퇴로조차 끊긴다. 버텨야 한다."

"하지만 마계의 반격이 너무 거셉니다. 이대로 간다면……."

"A34569좌표는 공방의 핵심이다. 어떻게든 지켜라."

"대천사장님, 긴급 보고입니다!"

"뭔가?"

"D34568쪽에서 추가적인 적의 등장입니다. 반응 개체는 12기. 추정 등급은… 맙소사! S… S입니다."

검색 담당 천사가 비명에 가까운 보고를 외쳤다. 대천사장 마르시엘의 안색도 급변했다.

"말도 안 된다. S급이라니. 화면을 비춰봐라."

촤르륵.

마법진이 돌아가고 적의 영상이 그의 앞에 떠올랐다.

웅장한 날개를 펼치고 거대한 덩치와 위압적인 뿔을 지닌 존재들이 나란히 날았다. 그 눈만도 인간보다 큰 거대하고도 거대한 존재.

"블랙 드래곤⋯ 12기나."

마계 녀석들. 어떻게 지금 와서 저런 걸 추가로 동원할 여력이 있단 말인가. 지금까지 전투를 거듭하면서 양쪽 다 물량 소모가 극심했을 텐데 어떻게 또.

"카피틀리온⋯⋯."

그의 재위 이래 마계의 생산력이 실로 눈부시게 발전했다는 건 알았지만 이건 도가 지나쳤다.

"어쩔 수 없군. 이렇게 된 이상."

마르시엘이 작전을 변경하기도 전에 하급천사가 또다시 급박하게 외쳤다.

"F12849에 AAA급 적 객체 추가 등장입니다. 추정 규모는⋯ 100여 기입니다."

"뭐!"

"A29309에서 A급 720기 추가 반응!"

"C19309에서 AA급 250기 추가 반응!"

"D19309에서 19320에 걸쳐 S급 4기와 AAA급 60기, BAA급 2천 기 전송 반응!"

담당 보고관들의 비명에 가까운 보고가 끝도 없이 울려 퍼졌다.

포위당했다⋯ 그것도 두 배에 가까운 적군에게.

마르시엘의 머릿속에 떠오른 단어는 그 하나였다.

마계 대장군 엘크리크는 즐겁게 휘파람을 불며 병단 배치를 지시했다.

"전력을 소모하고 또 소모해도 재생산되어서 나온다는 건 즐거운 일이야. 안 그래?"

"애초에 소모하지 않는 편이 더 낫다고 생각합니다."

부관이 딱딱하게 대답했다.

"훗! 쌓아놓은 자원을 써주지 않으면 예의가 아니지."

"전쟁이 끝난 후에도 소모될 곳은 얼마든지 있습니다."

부관이 역시나 딱딱하게 대답했다.

"제아무리 역전의 노장 마르시엘이라 해도 마탄도 다 떨어져 가는 부대로 이 숫자를 감당하진 못하겠지."

"방심은 금물입니다."

엘크리크가 들고 있던 말 조각 하나를 들어서 부관에게 집어 던졌다.

"닥치고 일제 포격 명령이나 전달하도록. 목표 지점은 A34569. 여기서 단숨에 중추를 궤멸하고 적을 섬멸한다."

"알겠습니다."

드래곤들이 동시에 입을 벌렸다. 그 입에 에너지들이 응축되며 검은 마력탄이 생성되었다.

콰앙!

직선으로 뻗어나간 흑색 선이 앞을 막던 천사들을 지워 버렸다.

"대천사장님, 제3사단 5연대 반파입니다!"

"제4사단 2연대 궤멸되었습니다!"

"제2사단……."

“대천사장님, 지시를.”

“끝이다. 재주껏 살아남아 도망쳐라.”

지금까지 양측의 피해를 집계 내보면 작은 차이나마 천계가 작았다. 마계 측 피해는 추정치에 의존한 것이긴 해도 분명 천계는 전 전투를 연승해 왔다. 무수한 거점을 계속해서 뺏어냈다.

그러나…….

천 번의 승리 끝에 단 한 번의 패배. 그걸로 끝이다. 그 격전 속에서도 마계의 병력은 조금도 줄지 않았다. 그 정도로 여유 마력이 많았던가.

일거에 적을 궤멸해서 밀어붙이지 못하고 조금씩 밀고 들어간 시점에서 이건 결정된 운명이었을 것이다. 지금 와서는 돌이킬 수 없다.

“믿었던 그대 입에서 그런 말이 나오다니 실망이군.”

“여신이시여?”

자신의 앞에 나타난 아뮤니엘을 보며 마르시엘은 무릎 꿇었다.

“하오나…….”

“긴말은 않겠다. 지금 그곳으로 가겠다.”

“핫! 명을 받듭니다.”

마계의 집중 포격이 한 지점으로 모였다. 천계의 빈약한 방어막으로는 견딜 수 없는 어마어마한 용량. 돌파는 시간문제라 해야 할 그 순간 그걸 능가하는 에너지 반응이 일어났다.

황금빛 원막이 나타나 눈 깜짝할 사이에 크기를 넓혀가며 모든 공격을 받아 삼켰다.

전장을 뒤덮어 버린 초광역 결계. 자비의 방패가 무적의 방어를 자랑했다.

"오호호호! 감히 너희들 따위가 수를 믿고 내게 덤비느냐."

아뮤니엘이 이번에는 검을 들어올렸다. 심판의 검 주위로 빛이 뻗어나가며 허공에 하나하나가 거대한 마법진을 이루었다. 전면을 가득 메운 수많은 마법진들이 초강력한 광선을 내뻗었다.

"밀레니아 저스티카(Millenia Justica:백만의 저스티카)!"

여신의 심판이 내리쳤다. 몰아치는 빛의 광선들이 드래곤조차 가볍게 집어삼켰다.

"엘크리크님, 추정불능의 에너지가!"

"피해 상황이나 보고해!"

"제17연대 전멸, 제19연대 전멸, 제22연대 50% 이상 궤멸, 제24연대 전멸, 제25연대……."

"망할. 강해도 정도가 있지."

엘크리크는 욕설을 퍼부었다. 나머지 천계군 전부를 합친 것보다도 여신이 퍼붓는 공격의 화력이 더 강했다. 알고는 있었지만 당해보니 정말 심했다.

"모두 침착하라! 삼신기의 힘이 강대하다 하나 무한하진 않아. 아뮤니엘이 신이라 하나 한계는 있다. 예정대로 대항한다."

보급이 바닥난 부대를 두 배의 군대로 포위해 놓고 쉽사리 승부를 내줄 수는 없다. 아무리 여신이 강림했기로서니 말이다.

"호호! 제법 버티는구나. 하나 내 힘은 이게 끝이 아니나니."

여신의 이마에 쓴 율법의 서클렛이 이번에는 빛을 발했다.

이번에는 수천 개의 마법진 대신에 단 한 개의, 그러나 터무니없는 규모의 빛의 구가 떠올랐다. 광구는 점점 더 빛이 짙어지며 최후에는 작렬하는 별에 가까워졌다.

"디바인 스텔라 져지먼트(Divine Stella Judgement)!"

마계군의 포위망 한가운데 거대한 광구가 엄청난 기세로 커졌다. 지도상의 일정 구역에 빛나던 점들이 깨끗이 소거되었다. 빽빽하게 군대가 들어찼던 곳이 완벽하게 텅텅 비었다.

"엘크리크님!"

"보고 안 해도 돼! 3사단, 4사단, 17사단! 공백 지대로 이동한다."

엘크리크는 빠르게 부대를 재편성했다. 어차피 삼신기의 등장은 예상하고 있었다. 이런 피해를 감수해 가며 싸울 수밖에 없었다.

"오홋호호호. 이제야 알겠느냐. 너희 따위가 감히 나를 포위한다고? 내가 너희를 포위했음이다."

아뮤니엘은 즐거이 웃으며 마지막 네 번째를 꺼냈다. 삼신기에 이어 자신에게 대항하는 어리석은 무리들에게 멸망을 내려줄 네 번째 절대 병기.

오직 마성의 절대자만이 다룰 수 있는 초병기.

오만의 왕관.

허공에 수만 개의 검은 구가 생겨났다.

홀 오브 제로 다크니스. 하나하나는 일정 수준 이상의 마족이라면 행할 수도 있는 주문이지만 그 개수가 너무나 많았다.

"다 죽어 버리리라. 엔드리스 헬 레이드(Endless Hell Raid)!"

"저… 저건!"

천계군과 마계군, 양쪽 모두에서 경악성이 터졌다. 이건 삼신기가 아니다.

"엘크리크님! 적진에서 암흑의 힘이 일어납니다. 그리고 그 종류와 크기로 보건대… 추정되는 바는."

"오만의 왕관. 삼마기의 하나가 폐하가 아닌 여신의 손에 있었나. 그렇다 해도 그걸 발동시키다니 대체 아뮤니엘은."

엘크리크가 주먹을 꽉 쥐었다. 삼신기까지만이라면 어떻게 해볼 수도 있다. 그러나 삼마기의 하나까지 여신에게 넘어가 있다면 얘기가 다르다.

어째서 카피틀리온이 아닌 아뮤니엘에게 그게 넘어갔는지는 차후에 밝힐 문제지만 아무래도 이 전투 힘들 듯했다. 치열한 전투가 이어지길 몇 날 며칠, 마침내 마계군은 후퇴하기 시작했다.

마르시엘은 감격하며 아뮤니엘에게 무릎 꿇었다.

"승리를 감축드리옵니다."

"내가 어떠한가."

"여신이시야말로 절대정의 절대자비이십니다."

마르시엘은 진심으로 찬사를 올렸다. 절대적인 신력. 그 많은 문제에도 불구하고 아뮤니엘이 여신인 이유였다. 오늘 이 전투는 아뮤니엘 혼자서 이겼다 해도 과언이 아니었다.

"오호호홋. 언제나 사실만을 말하는 그대의 현명함이 나를 기쁘게 하는구나."

아뮤니엘은 득의양양하게 실컷 웃었다.

"양측의 추정 피해는 어떠한가?"

"지금 집계 중입니다만 아군은 대략 35%, 적은 50%입니다."

"아군의 피해도 작지 않군."

"하오나 적군의 규모가 아군의 두 배였으니, 절대 사상자 수를 따지면 적은 세 배의 피해를 입은 것입니다. 이 모두 여신님의 힘이십니다."

"좋아. 이대로 쓸어버린다. 내게 거역하는 무리들의 씨를 말려 버려라."

"넷!"

마르시엘은 힘차게 대답했다. 아뮤니엘의 힘이 이 정도라면 가능하다. 고속으로 진격해서 수도를 떨어뜨리고 주요 시설을 다 파괴하면 전쟁은 천계의 승리로 끝난다.

그것도 마황의 봉인이라는 지금까지의 어떤 천마대전에도 없었던 최고의 전리품과 함께 말이다. 4차례의 우세승과 비교할 수 없는 완승이었다.

"여신은 절대적이다. 이 전쟁 끝났어."

아뮤니엘은 잠시 눈을 감았다. 수하들 앞에서는 오만하게 웃긴 했지만 피곤했다. 그 많은 마계군을 상대로 삼신기에다가 삼마기의 하나까지 100% 가동시키며 연이어 싸운 건 그녀로서도 바닥을 드러내는 일이었다.

적이 두 배 정도니까 이길 수 있었던 거지, 만약 세 배, 네 배였다면 이야기가 달랐으리라.

'마황 녀석. 주제에 쓸 만한 부하들은 정말 많이도 배출했군.'

조금은 그래도 적수였다고 인정해 줄 만하다. 마계를 완전히 멸망시키고 나면 봉인을 풀고 노예로 부려볼까?

즐거운 상상을 하며 그녀가 휴식을 취하는 순간 불쾌한 느낌이 온몸을 휘감았다.

"감히… 누가!"

"여신이시여?"

옆에서 경계 서던 루시엘이 의아한 듯 불렀다.

“지금 당장 내 정원을 연결하라!”

“네? 알겠습니다.”

급박한 아뮤니엘의 외침에 루시엘은 이유를 묻지 않고 영상을 연결했다. 뒤이어 지고천의 정원에 결코 있을 수 없는 마족의 모습이 떠올랐다. 검은 눈에 검은 머리칼. 지적이면서도 강렬한 느낌. 표정이 풍부하다는 것만 제외하면 카피와 똑같이 생긴 마족이 웃으면서 허리를 숙였다.

“이미 늦었습니다, 여신이시여. 인사드리지요. 마계 서열 9위. 제1근위기사 그림자 속의 그림자, 컴페티온입니다.”

“감히 네가!”

컴페티온의 손에서 뻗어나간 어둠이 카피틀리온을 둘러싼 결계 마법진을 끊어갔다. 견고하던 수정이 부서져 흩어졌다.

“조금만 더 힘이 남아 있었다면 감히 제가 부술 수 없을 봉인입니다만 지금의 여신께서는 지쳐 계시군요.”

“정원 경비천사들은 뭣들 하느냐! 저놈을 쳐라!”

“이런이런. 이 마당에도 미련을 가지시다니 천계의 주인다운 풍모가 모자라십니다.”

변고를 눈치채고 달려온 천사들이 일제히 컴페티온을 향했다. 그러나 동시에 수정이 부서지며 어둠이 갈래갈래 뻗었다. 달려들던 천사들은 그에 휘말려 소멸했다.

그리고 여신의 힘에 갇혀 있던 마황 카피틀리온. 그가 다시 눈을 떴다.

천계와 마계의 균형은 또 한 번 요동쳤다. 마의 정점에 선 마황은 봉인을 걸어나와 지고천의 정원을 밟으며 섰다. 하지만 이번에는 청혼과 평화를 위해서가 아니었다. 어둠의 왕이 빛의 세계에 절망을 드리웠다.

"수고했다, 나의 분신이여."

"그림자, 주군을 뵙습니다."

컴페티온이 공손히 무릎 꿇으며 한 발 비켜섰다. 마황과 여신의 눈이 비록 중계 장치를 거쳐서긴 하나 그날의 회담 이후 처음으로 마주쳤다.

"카피틀리온! 네놈! 로이엘의 정체를 알고 있었더냐! 그래서 나에스를 미끼로 던지고 컴페티온을 숨겼던 거냐!"

분노하는 아뮤니엘에게 카피틀리온은 침착하게 고개 저어 보였다. 그렇게 길게 봉인되어 있었건만 그는 조금도 변화없었다.

"아니. 확신하지 못했다. 단지 이중으로 하는 편이 더 철저하다고 생각했을 뿐이다. 로이엘을 내 감시만 하도록 제8물질계에 묶어둔 건 진실을 알아서가 아니라 가능성을 대비해서였다."

별 힘도 없는 화신을 감시하는 데 시간을 낭비하도록 천계 최고급 스파이를 묶어둘 수 있었으니 지상행은 여러모로 유익했다.

"네, 네놈……."

"이제 전장에서 보지, 아뮤니엘. 그리고 내 부하들이 삼신기에 당한 응보로 여기를 부수겠다."

감정없는 듯한 목소리 사이에 희미하게 분노가 새어 나왔다. 어둠이 한 번 더 주위로 퍼지고 그걸로 여신과 정원의 연결은 끊어졌다.

"이놈을 내 당장!"

씩씩거리면서도 아뮤니엘은 말을 잇지는 못했다. 지금 당장은 어떻게 할 수 없다. 마황도 그녀도 그 사실을 알았다.

여신의 기적이라 할 수밖에 없는 역전승에 들떠 있던 천계군에게 마황 봉인 파괴. 지고천 50% 이상 대파 후 탈주라는 보고가 들어온 건 마계군 퇴각 시작 이후 한 시간도 지나지 않아서였다.

＊　　　＊　　　＊

"귀환을 경하드립니다, 마황 폐하."

"내가 없는 동안 모두 수고했다. 이 모든 것에 대한 논공행상은 전쟁이 끝난 후 정확히 하겠다."

2차 저지선의 임시 지휘본부에서 카피틀리온은 4대 마왕과 다른 고위 마족의 인사를 받으며 옥좌에 앉았다. 오랫동안 비워져 있던 자리가 다시 차는 것을 보며 마족들은 미소 지었다. 마황이 봉인당해 준다는 도박적 전략은 성공으로 끝났다.

여신의 힘이 예상했던 것 이상이긴 했지만, 그건 이 전략이 아니더라도 당했어야 할 일. 오히려 결과론으로만 말한다면 더욱 이 전략이 성공적이었음을 입증하는 일이었다.

"전황을 보고하라, 엘크리크."

"네, 폐하. 이쪽을 봐주십시오."

입체 다차원 지도에 빽빽하게 선과 점이 들어찼다.

"당초 전략대로 아군은 천계군을 깊숙이 끌어들이는 데 성공했습니다. 또한 그간의 전투를 통해 양측 모두 막대한 물량을 소모하였습니다."

처음부터 정면 격돌을 벌였다면 천계는 여신을 중심으로 방어전을 펼쳤을 테고 그랬다면 마계는 지지는 않았겠지만 대승을 거두지도 못했을 것이다. 물론 그것만으로도 지난 전쟁을 생각하면 실로 큰 전과이지만, 싸운다면 그 이상을 카피틀리온은 바랐다.

"하지만 재보급률에 있어서는 아군과 천계군은 상대가 안 됩니다. 비록 가장 최근의 전투에서 아뮤니엘에게 많은 손실을 입은 것은 사실이나 폐하가 돌아온 지금 삼마기만 발동한다면 승리는 우리의 것이라고 감히 확신드립니다."

"문제는 어느 정도냐겠지. 천계 자체를 함락시키지 못한다면 이번 전략을 채택한 이유가 없어진다."

"네, 폐하. 그래서 이후 공략에 대한 방안입니다. 천계군의 이후 행동은 두 가지로 예상됩니다. 첫째는 모든 것을 걸고 재전투에 나서는 것입니다. 최종 저지선만 돌파하면 마계 중심부가 떨어지니 유혹을 느낄 것입니다. 하지만 이 경우에는."

엘크리크가 잠깐 한 호흡 쉬고 현 방어선이 펼쳐진 곳을 가리켰다.

"역사는 이곳을 천계군이 전멸한 곳으로 기록할 것입니다."

"두 번째는?"

"이대로 퇴각. 다른 곳을 포기한 채 천계만을 중심으로 방어전을 펼치는 것입니다. 이 경우에는 우리 측이 역으로 길어진 보급로의 부담을 안게 되며 차원 지형적 요건 또한 불리하므로 장기전으로 빠질 우려가 있습니다. 이를 막기 위해서는 퇴각 와중의 격멸이 필수적인 바……."

엘크리크의 설명이 이어지고 카피틀리온은 고개를 끄덕였다. 부하들의 뛰어남은 그대로 받아들여 활용한다. 그게 그의 통치 방식이었고 엘크리크는 자신 이상 가는 전략 전술의 달인이었다. 마장군의 의견을 카피틀리온은 수정없이 승인했다.

“좋아. 완벽하군.”

한 가지 마음에 걸리는 점만 제외하고.

“다만 제8물질계에 대해서는.”

“8물질계 말씀입니까?”

“아니… 내가 직접 처리하겠다.”

이건 무슨 의미인가. 고위 마족들 간에 서로 시선을 교환했다. 비록 승기가 넘어온 건 사실이지만 아직 축배를 들기는 이르다. 천계의 최종 봉인 진행을 못 막아줄 건 없겠지만 아뮤니엘의 힘이 예상 이상인 이상 약간은 사치하는 기분이 드는 것도 사실이다.

엘크리크의 안은 천계가 후퇴 중 전 물질계를 파괴해 버리더라도 그냥 무시한다였다. 일단 천계를 함락하고 나면 물질계야 천천히 재건해도 안 늦다. 하지만 그러기에는 지금의 발달 상태가 아까우니 보존해 보자는 쪽으로 마황이 결단 내릴 수도 있다. 그거야 ‘최고통수권자’의 권한이었다.

하지만 왜 꼭 집어 제8물질계만인가? 마황이 봉인된 동안 화신이 돌아다녔던 곳이기도 한 그곳에 남은 볼일이 더 있었나? 그러나 마황이 하겠다는데 어느 마족이 이의를 제기하겠는가.

“알겠습니다.”

모두 고개 숙였다.

“하온데 폐하. 삼마기는…….”

고위 마족들이 말을 꺼내놓고도 잇지를 못했다. 이건 너무나 민감한 문제였다.

“모두 내 지배 하에 있냐를 묻는 것이겠지? 그대들이 예상하는 대로다. 오만의 왕관은 그녀에게 넘어갔다.”

“하면!”

“파괴의 검과 공허의 보주만이 내게 남아 있다.”

“그럴 수가…….”

빛은 여신의 권능. 어둠은 마황의 권능. 그건 지금껏 누구나 당연시 여기는 것이었는데.

최강의 마황이란 건 예의상 바치는 칭호고 그가 역대 최약이란 건 공공연한 비밀이었다. 하지만 그렇다고 삼마기의 하나를 여신이 차지할 줄이야.

오만의 왕관이 카피틀리온이 아닌 아뮤니엘을 어둠의 지배자로 인정했단 말인가. 전장에서 엔드리스 헬 레이드를 볼 때만 해도 설마 했건만.

“페르나실, 묻겠다.”

엄청난 일을 간단히 인정한 카피틀리온에게는 일말의 흔들림도 없었다.

“하명하십시오, 폐하.”

“세 신기와 한 마기. 두 마기. 그 차이는 분명하다. 그걸 메울 만큼의 일반 병력을 생성할 수 있나?”

고위 마족들의 안색이 돌아왔다.

“물론입니다, 폐하. 자신합니다.”

그렇다. 무슨 상관인가. 카피틀리온이 역대 최강의 마황이라는 건 예의상의 칭호였지만 동시에 진실이기도 하지 않았던가.

“엘크리크, 이길 수 있겠나?”

“제 목을 걸고 장담합니다. 두 개의 마기만 있어줘도 충분합니다.”

고위 마족의 제어 한계에 달해서 있는데도 잠들게 해놨던 환수들은 얼마든지 더 있다. 이전의 패배에도 불구하고 마계와 천계의 전력 차이는 이미 다시 두 배 가까이로 돌아갔다. 이번에는 두 개의 마기가 어느 정도만 아뮤니엘을 견제해 준다면.

"승리는 폐하의 것입니다."

"좋아. 각자의 역할에 충실하라."

"아뮤니엘이 그 교만함을 버리지 못하고 무덤을 찾아들었습니다. 적은 단기 결전의 태세로 나오고 있습니다."

"그 최종 공세를 막아내지 못하면 무덤에 들게 되는 건 아군이다. 준비는 완벽한가?"

카피틀리온의 최종 확인에 엘크리크가 자신있게 대답했다.

"완벽합니다. 삼신기가 강대하다 하나 그 한계가 여기서 드러날 것입니다."

"좋다. 내가 직접 전면에 나서서 막겠다."

카피틀리온은 쏟아지는 정보들을 보았다. 종심형 포진에 돌격으로 중앙 돌파. 천계가 노리는 수는 훤하게 보였다. 아뮤니엘의 힘이 가세된 이상 무서운 수임에는 분명하였으나.

'한계가 부딪쳐 포위되어 궤멸당하는 건 그쪽이다.'

이건 자만이 아니다. 객관적인 수치에 의거한 판단이다. 변수라면 '기적' 이겠지만. 그건 전황을 뒤집을 만큼의 양이 벌어지지는 않는다. 제8물질계에서의 기간이 그 확신을 주었다.

"하지만 조금 의외이긴 하군. 현 천계의 전력으로는 퇴각해서 방어선을 구축하는 편이 유리할 텐데. 이것이 적의 기만전술일 가능성과 예상하지 못한 전력이 숨어 있을 가능성은?"

"모두 검토해 보았습니다. 현재까지의 정보로는 기만전술이라 추정할 근거는 없습니다. 현 시점에서 적이 최종 승부에 나섰다면 방어전을 대비하지 않고 추적을 행하는 건 무리입니다."

"그래. 여신이 있는 이상 이쪽도 다른 수를 쓸 수는 없겠지."

"또한 예상하지 못한 전력이 더 있을 경우인데."

엘크리크의 보고를 들으며 카피는 여신이 다루던 어둠의 힘을 떠올렸다. 어쩌면 아직도 숨겨진 패가 더 있을지도. '기적'이 한 종류라는 법은 없다. 휘네인과는 다른 방식으로 가능할지도 모른다.

"어쩔 수 없습니다. 최대한 튼튼한 방어선을 구축하는 것이 최선입니다."

"그대의 판단이 옳다. 승인하지."

카피틀리온은 엘크리크의 말을 받아들였다. 마장군의 말대로다. 현재의 주어진 패와 조건으로는 이게 최선이다.

모든 준비를 다 마치고서 마계군은 천계군의 침공을 기다렸다. 기다림에 초조함은 없었다. 시간이 지날수록 유리해지는 건 이 편이다. 보급 능력은 달리면서 보급선은 더 긴 건 천계였다.

하지만 그런 상황임에도 천계군은 움직이지 않았다.

아니, 움직이고 있었다.

"이 내가. 이 내가 저딴 마황에게 밀려 도망쳐야 하다니!"

후퇴하는 부대 사이에서 아뮤니엘은 있는 대로 신경질 부렸다.

"여신이시여, 작전상 퇴각입니다. 전쟁의 승패는 오고 가는 것. 너무 개의치 마십시오."

"닥치고 있어라! 그걸 위로라고 하느냐."

“송구하옵니다.”

자기 분을 못 이기고 주위 물건을 닥치는 대로 부수던 아뮤니엘은 한참 뒤에 겨우 진정했다.

“이렇게 된 이상 천계 바깥은 넘겨줄 수밖에 없겠지. 하지만 그냥은 못 넘겨준다.”

아뮤니엘은 이를 갈며 주위를 쏘아보았다. 천사들이 겁에 질려 움찔했다.

“각 물질계 담당 천사들에게 명하라! 모두 최종 봉인을 발동해 파괴한다!”

“파괴입니까, 여신이시여? 하지만 그렇게 되면 인간들은 전부…….”

“내가 아닌 마황을 섬기게 될 인간들 따위 살아남아 무엇 하겠느냐! 모조리 다 죽여 버려라!”

“알겠습니다.”

제8물질계의 운명은 다른 세계에 그대로 확대되었다. 여신의 계시에 따라 마족과 싸우기 위한 용사를 뽑아놓고 기다리던 인간들은 갑자기 닥쳐온 심판에 구원을 바라며 울부짖었다.

엘크리크는 새로운 정보를 들고서 마황의 앞에 부복했다.

“제 불찰입니다, 폐하. 적의 기만전술에 그대로 넘어가고 말았습니다. 결정적인 승리의 기회를 오판으로 놓친 죄 어떤 벌이라도 달게 받겠습니다.”

“분명히 적군은 응전 태세를 보이고 있다고 판단했었지.”

“그렇습니다. 하지만 지금 확인된 결과에 따르면 그것은 환상이었고 실제 적은 이미 상당한 거리를 둔 채 도주 중입니다.”

"일어나라, 엘크리크. 오판을 했기는 나도 마찬가지. 승기를 잡은 우리 쪽에서 안정적인 선택을 할 수밖에 없었던 건 필연이었다. 이번 일에 대해서 네 책임을 묻지 않겠다."

카피틀리온은 간단히 엘크리크를 사면했다.

"황공하옵니다."

"다소 늦긴 하였으나 지금부터라도 추격전을 펼쳐야겠지. 새로 작전을 짜 올려라."

"즉각 시작하겠습니다."

모처럼 진지한 얼굴로 물러서는 엘크리크를 보내며 카피틀리온은 생각에 잠겼다. 단순히 전술적 차원에서 당한 건 아니었다. 속아 넘어갈 수밖에 없도록 아뮤니엘이 남긴 환상은 정교했다. 간파할 수 없었다. 그리고 도망치는 적의 움직임도 검색되지 않았다. 둘 중 하나만 되었다면 지금쯤 적을 추격해서 궤멸시킬 수 있었겠지만 결국 못했다.

'여기까지 궁지에 몰아넣었건만 아직은 저력이 남아 있다는 건가.'

역시 아뮤니엘은 역대 최강의 여신답다. 그토록 피폐해진 천계가 버틸 수 있었던 건 그녀 혼자의 힘이라 해도 과언이 아니다. 천계가 피폐해진 원인이 그녀의 통치 방식이라는 건 아이러니였지만.

"아직 방심하긴 이르겠지. 그래도 물질계에 있던 시간이 참고는 많이 되었군."

놓고 온 한 가지가 아쉽긴 하지만 어쩔 수 없다. 힘으로 가져올 수 있는 것도 아니었으니까.

'잘 있으려나.'

이겼다고 생각한 여신이 여유가 있다 믿으며 특유의 잔혹함을 드러내었다면 무사하지 못할지도 모른다. 그렇다 해도 그 당시에는 손써줄 수 없었지만.

'이제는 한 번 확인만 해볼까.'

명백하게 거절당하긴 했지만 확인 정도 해보는 건 나쁘지 않겠지. 이러니저러니해도 다른 인간들에게도 약속한 게 있고.

'그래, 한 번 보기만 하지.'

자잘하게 남은 빚을 청산하고 무사한지만 확인한다. 무사하다면 그걸로 끝이다. 마황으로서 자신은 할 일이 많다. 더 이상 물질계의 인간 하나에 관심 가질 여유도 이유도 없다.

*   *   *

"자애로운 여신이시여, 우리를 긍휼히 여기사 부디 회개를 받아주시며… 당신을 믿사와 구원을 청하나니……."

쏟아지는 비를 맞으며 뱃전에서 아무리 기도해 보아도 응답은 없었다.

"안 되는 걸까."

휘네인은 슬퍼하며 자조했다. 왜 이 기도가 여신에게 닿지 못하는지 사실은 그녀도 알고 있었다. 그렇게 강한 진심이 진정한 회개가 담겨 있지 않기 때문이다. 제대로 된 믿음이 깃들어 있지 않기 때문이다.

그 기도에서 진심인 건 이 세계에 내려진 멸망을 거둬달라는 말뿐. 회개? 무엇에 대해 회개하는지도 잘 모르면서? 믿음? 그 루시엘이라는 천사가 말했듯 자신이 절대적으로 여신을 믿는가?

아니다. 그녀가 믿어온 건 여신은 옳은 일을 하시는 분이다는 거였다. 여신이 하는 것이 옳은 것이다가 아니었다. 실질적으로 같은 말이라고 생각했지만, 지금에 와서는 혼란스러웠다. 그리고 그 미혹을 버리지 못한 채 그저 구원만을 청하고 있으니 기도가 닿지 않을 만도 했다.

"하오나… 하오나 여신이시여. 저도… 아니, 이 세계에 사는 어느 누구도 그토록 절대적인 믿음을 가지고 있지 못할지 모르지만, 해서 당신의 눈에는 실로 부족하고도 부족하겠지만 그래도 자비와 사랑으로 감싸주실 수는 없는지요. 네? 네?"

굶주린 아이가 부모에게 젖을 달라고 보채듯 휘네인은 아뮤니엘에게 청원했다. 아무리 그래도 이렇게 세계가 물에 잠기게 내버려 두는 것은 너무하지 않냐고. 제발 우리를 돌봐달라고.

응답은… 다른 곳에서 왔다.

한순간 일대가 다른 공간이 되었다. 얼핏 보기에는 변한 게 없는 거 같지만 어딘가를 경계로 금이 그어졌다. 비가 그치고 반대로 하늘은 먹구름이 아닌 절대적인 어둠으로 바뀌었다. 그 어둠 속에서도 구분되는 더욱 짙은 어둠이 서서히 내려왔다.

동시에 거대한 울림이 메아리쳤다.

─강대하도다. 강대하도다. 강대하도다. 어둠의 정점에서 죽음의 정점에서 파멸의 정점에서 마의 지배자 여기 있으시니.

'이건……'

마계의 최하층에 울려 퍼진다는 안티─트리스 아기온. 악마들의 찬가. 시간이 정지해 버린 듯한 절대적인 고요함 속에서 오직 그것만이 울려 퍼진다.

그 어둠이 하나로 모이고 사람의 형태를 띠었다.

한 번 보았던 낯선 모습의 남자. 아니, 자신은 이자를 알고 있다. 모

습이 달라진 것도 이전의 루시엘이라는 천사조차 능가하는 압도적인
존재감을 지닌 것도 상관없이 알고 있다. 그는 그다.

"카피……."

"아직도 여신에게 기도하고 있나?"

"왜… 왜 다시 내 앞에 나타난 거죠?"

증오해야 마땅할 이 모든 사건의 원흉.

그런데 어째서 이자가 일순간 반가웠단 말인가. 지난 시간 속 모든
것이 거짓임이 밝혀졌는데도 그에게 어떤 미련이 남았단 말인가. 어리
석다. 자신이 이토록 어리석으니 여신이 아직 용서해 주지 않는 거다.

"물러나! 난 이제 더 이상 너에게 속지 않아! 이제 오로지 여신께 이
세계의 구원을 기도할 거야! 그게 내가 할 수 있는 유일한 속죄니까."

"나는 네게는 거짓을 말한 적 없다. 그런데 무엇을 속았다는 건가?"

"……."

그랬다. 카피는 처음부터 자신의 정체를 정확히 밝혔었다. 멋대로
그의 말을 오해하고, 멋대로 그를 좋은 사람이라고 생각한 건 자신이었
을 뿐. 휘네인은 눈물이 났다. 그 거짓이 사실이었다면 얼마나 좋았을
까.

"어쨌든 물러나! 더 이상 네가 말하는 건 무엇도 따르지 않을 거야.
지금 내가 바라는 것은 여신께서 자비를 베풀어 이 세계에 내린 멸망
이 멈추는 것뿐이야!"

"하나만 묻겠다. 네 소원은 '여신이 이 세계에 내린 멸망을 멈추는
것'인가. 아니면 '이 세계에 내린 멸망을 멈추는 것'인가?"

어둠을 두른 강대한 지옥의 절대자는 차분하게, 그래서 어쩐지 친절
하게까지 들리는 목소리로 물어왔다.

"무슨 말을 하는 거지?"

"전자라면 내가 해줄 수 있는 게 없겠지만 후자라면 이 홍수 내가 멈춰줄 수 있다."

카피틀리온은 지금 스스로에게 흥미를 느끼고 있었다. 어째서 이런 행동을 하는 걸까? 이렇게까지 친절하게 말해줄 이유가 있나? 휘네인이 자신에게 아무것도 바라지 않은 채 결코 응답해 줄 리 없는 여신만을 찾아 죽어간다면 그 또한 상관없는 일 아닌가?

휘네인은 거짓말이라고 소리치려 했다. 하지만 말은 목구멍까지 솟아올랐다가 도로 내려갔다. 거짓말이 아닐 거다. 카피는 단 한 번도 자신을 속이지 않았다. 여신에 대적하는, 사악한, 그래서 이 세계를 멸망으로 끌고 온 자이지만 자신에게만은 거짓은 말하지 않았다.

"또 뭘 노리고… 그런 말을 하는 거지?"

"네게는 빚이 있으니까. 기억나나? 계약하기 이전, 네가 나를 도와준다면 내가 나중에 보상하겠다 했던 약속. 지금 난 마황으로서 힘을 되찾았고, 네게 그 약속을 이행하고자 한다. 소원을 말해보아라, 사제여."

"난 그래… 전직 마황이다."

"네가 날 도와준다면……."

"좋아. 마계 표준 금리보다도 높게 쳐주지."

기억난다. 어떻게 잊을 수 있을까. 아직 세상을 제대로 모르던 시절, 그저 웃으면서 농담으로 했던 즐거운 날의 말들. 그때는 그저 이 남자의 농담이 재밌었다.

휘네인은 이를 악물었다. 역시 카피는 악마 중의 악마였다. 그 자신의 말대로 최고의 악마, 마황이 맞음에 틀림없었다. 그렇지 않으면 그토록 호된 맛을 보고 참회의 기도를 올리는 자신을 이렇게나 흔들리게 하는 유혹을 던질 수 없을 테니까.

"물러나… 물러나! 나는 안 속아! 네 도움 따위 받아들였다가는 여신께서 정말로 노하셔서 진짜 세계를 멸망시킬걸."

힘겹게 자신을 거부하는 휘네인을 보며 카피틀리온은 살짝 미소 지었다.

재밌다. 지금의 자신은 확실히 이상하다. 한갓 인간이 이쯤 그의 호의를 거절했으면 내버려 두면 될 일이었다. 아니, 애초에 이렇게 화신을 강림시킬 이유도 없었다. 그런데도 왜 그렇게 하지 않는 걸까.

"현실은 그와 다르다. 여신은 이미 내게 패배하여 천계로 도망치고 있다. 그전에 우리에게 인간계를 넘겨주기 싫어서 여기만이 아닌 다른 모든 인간 세계를 멸망시키고 있다."

"거… 거짓말!"

휘네인은 발악했다. 이것만은 거짓말이다. 이건 사실일 리가 없다. 그간의 모든 믿음을 무너지게 하는 이 말이 사실일 리 없다. 그래 틀림없다. 지금까지 카피가 사실만을 말한 건 이 한 번의 거짓을 위해서였던 것이다.

"사실이다. 그리고 나로서도 지금은 천계에 대한 추적이 급하기 때문에 최종 봉인의 발동을 방관한 채 인간계는 차후 재건하는 편을 택하는 게 유리하다. 하지만 네 소원이라면……."

도가 지나친 친절을 베풀고 있다. 이렇게까지 진실을 거부하는 인간에게 굳이 알려줄 이유가 없을 텐데. 빚이 있다 하나 부하를 시켜 이

여자 하나 정도만 살려주면 될 일 아닌가. 아무리 큰 보상을 약속했다 하나 이건 아니다. 하지만 그럼에도 이렇게 하는 이유는. 그래, 이제는 안다. 자신은 그저.

"그래. 네가 부탁한다면 이 세계 구해주지."

이 인간의 소원을 들어주고 싶은 거다.

"거짓말… 거짓말이야. 네 말 듣지 않아. 듣지 않아."

휘네인이 귀를 막고 고개를 저었다. 카피의 말 인정할 수 없다. 인정하게 된다면 그동안의 세계는 뭐란 말인가. 그동안 여신을 믿으며 살아온 그 수많은 이들은 어찌 되는 거란 말인가. 아무리 의심이 간다 해도, 아무리 미혹이 인다 해도, 그래도 적어도 교단의 교리는 받아들인다면 구원이 있는 세상이었다. 하지만 카피의 말을 받아들이면…….

세계에는 아무것도 남지 않는다. 그러나 이 마황이 언제 한 번 거짓을 말했던가.

카피틀리온이 조용히 고개를 끄덕였다.

"그런가. 알겠다. 지금은 돌아가지. 하지만 네 기도는 항상 듣고 있겠다. 언제라도 마음이 바뀌면 내 이름을 불러라."

어둠이 다시 하늘을 뚫었다. 강대한 존재에 의한 공간의 일그러짐이 원래대로 돌아왔다. 휘네인은 교단에서 받았던 성표를 붙잡고 울었다.

"여신이시여. 으흐흑. 여신이시여. 제발 이 세계를… 이 세계를 구해주세요. 저희의 나약함과 모자람을 용서하시고 구해주세요."

하지만 끝내 구원받지 못한다면? 그러면 어떡하지? 자신이야 어떻든 좋지만 다른 이들은? 아무것도 모른 채 휩쓸린 이들은?

자신의 믿음이 언제부터 이렇게 약해졌던가. 진정으로 구원을 믿는다면 어떤 상황이든 두려움없을 텐데 이런 불안감이 드는 자체가 이미 구원받을 자격 없음을 입증하는 걸지도.

그래도 기도할 수밖에 없다.

"자애로운 여신이시여. 제발… 제발 저희를 가엾게 여기사 믿음이 부족함을 꾸짖지 마시고……"

그래. 여신은 자애로운 분이다. 성경에도 이르지 아니하였던가. 어린 자식이 빵을 달라 하는데 돌을 줄 어미가 어디 있으랴. 자신이야 지은 죄에 따라 심판받겠지만, 가엾은 보통 사람들까지 여신이 외면할 리 없다.

"그렇지요? 여신이시여? 이토록 불완전한 저지만 그것만은 온전히 알고 있습니다. 자애란 그런 것임을요."

대답은 들려오지 않는다. 그래도 그때까지 기도할 뿐이다. 지금 와서 다시 카피의 이름 따위 말했다간 더 큰 분노를 살 뿐이다. 카피에게 패해서 여신이 도망치고 있다니 그런 것… 사실일 리가 없다.

비가 계속 내린다. 물이 차 오른다. 많은 이들이 산으로 산으로 도망치지만 물은 그들을 쫓아온다. 배 위에 오르지 못한 자들이 두려움에 떨며 나무를 잘라 어떻게든 작은 배라도 만들어보려 하지만 실을 식량조차 제대로 없었다.

"여신이시여."

누구랄 것도 없다. 다 같이 간절하게 하늘을 향해 울부짖는다. 그러나 구원은 내려오지 않는다.

"저리 비켜! 난 더 높은 곳에 올라갈 거야!"

"뭐야! 누구 마음대로."

같은 산에서 조금이라도 낮은 곳에 있는 자와 높은 곳에 있는 자 간의 싸움이 벌어진다.

"여신이여."

그저 기도하는 이도 있다.

"당신의 뜻대로 하소서!"

모든 것을 포기한 채 물에 몸을 내던지는 이도 있다.

"안 돼! 안 돼!"

배 위에서 그 광경을 바라보며 휘네인은 눈물 흘렸다. 자신은 무슨 자격으로 이렇게 배 위에 있는가. 죄인은 자신인데. 정말로 죽어야 하는 건 자신인데.

"안타까운 일이지만 저들까지 배에 태울 수는 없습니다, 예하."

엘리자나 여왕이 곁에 와 말한다.

"어쨌든 이 홍수가 끝날 때까지 살아남고 봐야지요. 그 다음에 여신이든 마황이든 빌어보는 수밖에."

마황? 카피틀리온? 그는… 그는…….

*　　　*　　　*

진격해 나가고 있는 병단의 한가운데 용들이 끄는 거대한 전차 위에 앉아 있는 카피틀리온에게 엘크리크가 물었다.

"폐하, 제8물질계는 그냥 놔두시기로 하신 겁니까?"

"아니. 손은 이미 썼다. 그녀가 키워드를 말하는 순간 천계의 최종 봉인은 중지될 거다."

"그렇다면 지금도 해수면이 높아지고 있는 건."

"내게도 자존심이란 게 있지."

어딘가 핀트가 엇나간 대답이었지만 엘크리크는 더 이상 묻지 않았다. 신하로서 물어도 되는 건 여기까지였다.

부쩍 신경질이 늘어난 아뮤니엘에게 루시엘은 조용히 다가가 허리 숙였다.
"여신이시여."
"뭐냐! 무슨 일이냐."
"한 가지 청이 있습니다."
"지금 너의 청 따위를 들을 상황이 아니다!"
"하오나 중요한 것입니다."
"그렇다면 말해봐라. 시시한 것이면 용서하지 않으리라."
이럴 때의 여신은 정말 위험하다. 하지만 루시엘은 개의치 않고 말했다. 천계가 정상적으로 승리할 길은 사라진 지금 노릴 만한 변칙수는 이것밖에 없었다. 그리고 그의 생각이 맞다면 이건 확률이 꽤 높은 도박이었다.
"제8물질계의 사제, 휘네인 아네시스를 데려오도록 해주십시오."
"마황과 붙어 다닌 그딴 인간을 말이냐!"
"그러나 몰라서 벌인 일이고 본인은 지금도 여신의 이름을 말하고 있습니다."
"그렇다 하나 그 죄는 너무 크다! 아무리 내가 자애롭다 하나 도저히 용서받을 수 없는 일도 있는 법!"
그렇지 않다면 어찌 그 많은 천사들을 숙청했겠는가.
"물론 그렇습니다. 하지만 마황이 그녀를 신경 쓰고 있는 것 같습니다."

“뭐라?”

“불확실한 일이기는 하나 그녀를 확보해 두면 마황을 상대로 써먹을 일이 생길지 모릅니다.”

“흐음.”

아뮤니엘이 비로소 흥미를 보였다.

“단순히 마음에 든 인간 여자 하나를 가지려는 정도라면 별 의미가 없을 수도 있습니다만, 제가 지켜보면서 느낀 건 다른 이유도 있는 것 같다였습니다. 부디 윤허해 주십시오.”

“좋다. 그러나 힘의 낭비는 안 된다. 알고 있겠지?”

“예. 그 부분은 말로 해결하겠습니다.”

허락을 받은 루시엘은 다시 한 번 제8물질계로의 전이를 준비했다. 약간의 의식체만 날려 보내면 큰 힘 소모 없이 갈 수 있겠지만, 본체가 직접 가는 게 나을 거 같다는 판단이었다.

목표는 기도하고 있는 휘네인의 바로 위.

*　　　　*　　　　*

휘네인은 갈등했다. 카피는 자신의 기도를 항상 듣고 있겠다고 말했다. 여신에 대적하는 어둠의 절대자 마황. 그의 힘이라면 정말로 이 홍수를 멈추게 할지도 모른다.

‘그건 안 돼. 그랬다가는 여신의 더 큰 분노를 살 뿐인걸.’

그러나 물이 너무 차 올랐다. 결국 밀려난 이들이 어떻게든 살아보려고 발버둥 치고 있지만 차가운 물속에서 몇십 분도 버티기 힘들 것이다.

‘저대로… 저대로 익사하게 놔둘 수는…….’

여신의 구원을 기다리지 않아도 저들 정도만이라면 자신의 신성 마법으로도 어찌할 수 있을 텐데.

'여신의 구원이 아니면 안 되는데.'

저들을 저렇게 함에도 여신의 깊은 뜻이 있을 텐데. 하지만… 하지만…….

"여신은 내게 패배해 도망치면서 인간계를 멸망시켜 버리기로 했다."

카피의 그 거짓말이 거짓이 아니라면?

자신은 지옥에 떨어져도 좋다. 그러나 저들은 어찌 되는 건가. 이 모든 게 여신의 크나큰 시험의 하나이겠지만. 마땅히 그러하겠지만.

그래. 마황의 도움을 받아 저들을 구하는 것이 더 큰 여신의 분노를 불러일으키는 거 아닐까 하는 불안감만 없었다면 이미 카피의 이름을 불렀으리라.

그러나 자애로운 여신께서… 자애로우실 여신께서 어찌하여 저들을 저토록 외면하시는가.

진정으로 여신의 뜻이 저들의 죽음에 있다면 어떡하는가. 그리고 죽은 다음에 저들을 전부 지옥의 유황불에 던져 넣기로 하셨다면? 아니다. 자애로운 여신께서 그럴 리가. 그럴 리가.

"내 이름을 불러라. 네 기도는 듣고 있겠다."

카피… 틀리온. 사악한… 사악할… 사악하다고 배웠던… 모두가 사악하다고 가르쳐 준… 그러나 친절했던 마황.

흑의 추기경은… 적의 추기경은… 그들이 진정으로 여신의 수하라면… 그렇다면 어쩌면 그녀가 믿어온 여신의 실체야말로…….

아니면 이것도 시험인가? 자신에 대해서라면 얼마든지 시험해도 좋다. 하지만 어떻게 저들까지. 아니, 에일랜드 인에게 내려진 건 시험이 아니라 이미 집행된 판결.

인정하기 싫어도 카피의 말이 진실이라면… 그렇다면…….

'불러야 하는 걸까.'

카피틀리온. 한 번이라도 내뱉으면 다시는 돌이킬 수 없겠지. 아니, 여신이 이미 인간을 버렸다면 이제 돌이키고 말고 할 것도 남지 않은 건가.

'나는…….'

정말로 엉터리 사제다. 이단이라 해도 할 말 없다. 하지만 인간을 버리는 게 여신의 뜻이라면 따를 수 없다. 자기는 천사도 악마도 아닌 그저 평범한 인간들뿐이지만, 저들을 버릴 수 없다.

'좋아. 하겠어.'

이로써 자신은 다시는 여신의 곁으로 갈 수 없겠지만, 그래도 좋다. 이대로 멸망당하는 게 최선이라고는 도저히 납득할 수 없다. 교황이 그녀를 이단이라고 몰아붙인 건 옳았다.

'카피틀리온…….'

그녀는 성표를 꽉 잡았다가 다시 놓았다. 지금 부르려는 이름은 여기에 대고 외칠 수 있는 이름이 아니다.

'잘못… 하는 거 아닐까?'

막상 입 밖에 내려니 망설여진다. 저들을 구하기 위해 하는 일이 도리어 저들을 더 큰 지옥에 처하게 한다면? 적어도 성경이 가르친 바에 따르면 마계는 지옥이었고 그곳에 있는 건 죽음보다 더한 고통이었다.

‘난 뭐가 진실인지 몰라.’

그냥 성경에 있는 게 진실이라고 믿었는데. 그것 말고는 아무것도 배운 게 없으니까. 지금에 와서조차도 거기에 기반해 생각할 수밖에 없는데.

‘카피틀리온…….’

그 이름은 구원이 될까 아니면 파멸이 될까. 그 결과가 자기 혼자에게만 떨어진다면 이렇게 두렵지 않겠지만 책임질 수 없는 일을 저들에게 행하게 됨이 두렵다.

그러면 방관할 것인가?

내가 아닌 여신의 뜻이라고. 그리고 여신의 행위는 잘 이해되지 않더라도 절대선이라고 그냥 믿어버릴 것인가? 그러면 아무런 의심도 근심도 없이 지금 벌어지는 일을 받아들일 수 있겠지.

‘그러나…….’

저게 절대선이라고? 저들을 전부 빠뜨려 죽이는 게 여신의 뜻이라고? 유스켈이 에일랜드를 멸망한 것도 여신의 행하심이고 섭리라고?

카피는… 카피는… 적어도 그녀가 본 카피는…….

‘결정… 해야 돼.’

아무런 결정을 내리지 않는 것도 사실상 결정하는 것이다. 도망치는 건 너무 비겁하다. 어느 쪽을 택하든 결정해야 한다. 비록 아는 게 너무 없어 맞는 결정을 하기 힘들지라도 그래도 해야 한다.

‘난… 저들이…….’

휘네인은 결국 무의식중에 성표를 꼭 잡았다.

설령 여신에게 버림받은 이들이라 할지라도, 여신 앞에 대죄인이라 할지라도 행복하게 잘살았으면 좋겠다.

"카… 피……."

그때 비 내리는 하늘을 가르며 허공에서 빛이 내려왔다. 성스럽고도 정결하며 깨끗한 백색의 광휘. 기나긴 예전부터 인간의 무의식 속에 경배의 대상으로 새겨 넣은 그 자태 그대로 루시엘은 강림했다.

그는 기도하는 휘네인의 앞에 떠서 얘기했다.

"고개를 들라, 인간 사제여."

"천사시여! 돌아오셨군요."

휘네인은 그 자리에서 벌떡 일어나 두 팔을 벌리며 경배했다. 세계를 구원해 주는 건가? 여신께서 세계를 용서하시는 건가? 역시 마황의 도움을 받는 것보다는 이 편이 훨씬 개운하고 안심된다.

"네 기도를 여신께서 들으셨다."

"아아!"

휘네인은 눈물 흘렸다. 역시 여신이시다. 정녕 자애로우시다. 이토록이나 나약한 이의 기도도 외면하지 않으신다.

유스켈의 행동이나 다른 의문은 일단 잊혀졌다. 당장 목전에 다가온 멸망이 거둬진다는 데에 기뻐하고 감사하기 바빴다.

"하면 저희를 용서하시고 내리신 멸망을 거두어주시는 것이군요."

감격에 벅차하는 휘네인을 내려다보며 루시엘은 다음 말을 골랐다. 단순히 휘네인을 데려가는 건 의미없었다. 그녀가 여신을 변함없이 믿고 섬기게 해야 했다. 하지만 이 세계를 구해줄 수는 없었다. 마황에게 넘겨주느니 멸망시켜 버려라. 이것은 여신의 지엄한 명령이었다.

어느 정도의 거짓과 진실을 섞으면 이 여자가 완전히 넘어올 것인가. 생각해 왔던 안과 휘네인에게서 느껴지는 감정을 종합한다면 가장 적합한 것은.

“그러하진 않다. 안타깝게도 자신이 여신에게 승리하였다는 마황의 말은 거짓이 아니다.”

역시 이 부분을 속이고서는 휘네인으로 하여금 마계와의 전장에 내보낼 수가 없다.

“네? 그럴 수가…….”

같은 말이라도 마족의 입에서 나올 때와 천사의 입에서 나올 때의 무게는 완전 다르다. 휘네인은 경악했다. 정말로 빛이 어둠에 패했단 말인가? 어떻게 그럴 수가. 성경의 예언에는 분명히 최후의 전쟁 때 빛이 이긴다고 되어 있는데.

“간악한 적의 흉계에 걸려 그만 여신께서는 상처를 입으시고 지금 회복을 위해 잠시 물러나셨다. 이에 지상은 저 마족들의 손에 넘어가고 뭇 천사들은 천계의 경계로 후퇴하여 방어선을 펼치고 있다.”

“그러면… 이 지상은… 저희들은 어찌 되는 것입니까? 설마…….”

“내게 패배한 여신이 전 인간계를 넘겨주기 싫어 멸망시켜 버리기로 했다.”

카피의 말이 불현듯 그녀의 뇌리를 스쳐 지나갔다.

“마족은 실로 간교하여 그 말은 진실을 가리고 의혹을 키우지. 속지 마라, 사제여.”

“죄송합니다.”

“저 홍수는 그대들을 멸망시키고자 함이 아니오. 마계의 힘이 지상을 차지하기 전에 하늘로 데려가기 위함이다.”

“아…….”

"지상에서의 삶은 순간에 불과한 것. 여신께서 자애로우사 그대들이 마의 지배에 신음하지 않도록 모든 영혼을 하늘에 데려가 지고의 복락을 누리는 영생을 베풀기로 하셨으니 기뻐하라, 사제여!"

"아아! 그런 것이군요."

휘네인은 울었다. 이제 모든 의혹이 풀렸다. 여신께서 그런 깊은 뜻이 있음을 알지 못하고 흔들렸던 자신이 너무나 부끄러웠다. 루시엘의 성스러운 목소리는 그 말을 믿게 만드는 힘이 있었다.

"또한 그대로 하여금 마의 침공에 맞서 하늘을 지키는 임무를 내려 스스로의 과오를 씻게 하셨으니 영광으로 받들지어다."

"하겠습니다. 기꺼이 하겠습니다."

그걸로 이 세계가 구해지기만 한다면야… 아니, 구해지는 게 아니라 다들 천국으로 데려가는 건가? 어쨌든 같은 걸 테니까. 천국에 간다면 싫어할 사람이 누가 있으랴.

"내 손을 잡아라, 인간이여."

"네."

휘네인은 한 발 앞으로 내디뎠다. 그때 그녀의 뒤에서 다른 목소리가 불러 세웠다.

"정말로 잡을 건가? 후회없지?"

"카피?"

휘네인은 반사적으로 뒤를 돌아보았다. 언제부터 있었는지 카피가 서 있었다. 아니, 카피가 아니다. 모습은 똑같지만 개구쟁이란 느낌이 들 정도로 풍부한 표정. 장난치듯 물어오는 유쾌한 목소리. 이건 완전히 카피와 정반대이다.

"컴페티온! 네가 어딜 감히!"

들어본 적은 없는 이름. 하지만 루시엘의 다급한 외침만으로도 휘네인은 상대가 평범하지 않은 자라는 걸 알았다. 아니, 카피틀리온과 전혀 다른 느낌이지만 똑같이 생긴 모습만으로도 보통이 아니란 걸 알아봤어야 할지도.

"이봐, 이봐. 설마 지금 와서 4차대전 후의 협약을 들먹이려고? 어딜 감히라는 말을 들어야 할 건 이제 내가 아니라 너 아냐? 이런 시기에 겁도 없이 물질계에 기어나오다니."

컴페티온이 씨익 웃었다.

"뭐, 어차피 그림자를 투영하는 것뿐이니 상관없다 이건가? 하지만 내 앞에서 인간을 데려갈 수 있다고 믿는 건 아니지?"

"건방진!"

노성을 터뜨렸지만 루시엘은 반박하지 못했다. 상대는 본체, 자신은 화신. 본래 동급이기에 지금의 힘의 차이는 명백하다. 그게 아니더라도 지금 싸움이 확대된다면 어느 쪽이 추가로 파견될지는 명백했다.

"닥치고 있어. 너하고는 볼일없어. 내가 용건이 있는 건 인간 쪽이야. 정확히는 내 주인께서 말이지. 휘네인 아네시스, 정말로 그 손을 잡을 건가?"

"너는… 누구인데 그런 말을 하는 거지?"

"컴페티온. 그분의 그림자. 진짜 마계 공식 서열 9위. 그리고… 네가 원한다면 지금 내리고 있는 비를 멈춰줄 수 있는 힘을 지닌 자지."

"……."

"속지 마라, 인간이여. 그리되면 저자는 그대들의 영혼을 지옥으로 데려갈 거다. 천국과 지옥 어느 쪽이 나음은 명백하지 않는가."

"천계가 정말 마계보다 낫던가, 루시엘? 뭐 에프티온의 시절이라면 인간들은 그렇게 생각해 줄 거라고도 해줄 수 있지만, 지금의 아뮤니엘 하의 천계는 어떨까나.”

“간교한 말을 듣지 마라, 인간이여. 어서 내 손을 잡아라.”

휘네인은 부들부들 떨었다. 과연 악마다. 컴페티온이라는 자는 자기가 말한 대로 고위 악마가 틀림없다. 겨우 몇 마디 말을 들은 것만으로도 기쁨은 사라지고 불안감이 교차한다.

‘아니야. 성서에 그렇게 나와 있어서만이 아니야. 자애로운 여신께서 다스리는 천계가 잔혹한 마황이 다스리는 마계보다 못한 곳일 리가 없어!

…없는가?

“어느 쪽에도 네가 본 증거가 없다면 내 말이 아닌 그의 말만 믿는 이유가 뭐지?”

“그… 그건.”

하지만 모두가 그렇게 믿는데. 믿을 수밖에 없었는데.

“진실이 네가 믿는 것과 달라도 지금의 선택에 후회하지 않겠는가? 여기서 죽는 이들이 정말로 천국에서 행복할 것 같나?”

“나… 나는…….”

어떡하라고. 아냐. 속으면 안 돼! 마계가 낙원일 리 없어! 카피는 분명 그녀에게 거짓말은 하지 않았지만.

그는 절대로 인간을 구원해 주려고도 하지 않았어. 적어도 여신은 보지 못했으니까. 모르니까 믿을 수 있다.

휘네인은 루시엘의 손을 잡았다.

“그런가.”

컴페티온이 쓸쓸하게 웃으며 고개 저었다. 하지만 곧이어 그는 유쾌한 얼굴로 바뀌어 휘파람을 불었다.

"막진 않겠다. 데리고 꺼져라, 아뮤니엘의 인형."

"최후에는 결국 우리가 이길 것이다, 마족이여."

루시엘과 휘네인이 빛에 잠기어 사라졌다.

남겨진 컴페티온은 어깨를 으쓱했다.

"이제 어쩔까나."

이대로 놔두기만 해도 이 세계는 멸망할 텐데.

"어쩌시겠습니까, 내 주인이시여?"

*　　　　　*　　　　　*

"아무래도 예상보다 천계군의 방어선 구축이 빠릅니다."

"그렇군. 어찌한다."

개전 이래 단 한 번의 전투에서도 천계군은 마계군에 패하지 않았고, 마계군은 천계군에 이기지 못했다. 하지만 지금 전쟁의 양상은 분명 마계군 쪽의 상당한 우세였다. 근소한 차이의 패배를 거듭하면서 마계군은 사실상 이겨왔다.

하지만 역시 결정적인 승리는 거두지 못한 탓에 압도적인 차이를 만들어내진 못했다.

여기서 선택할 수 있는 건 두 가지. 더 서두르거나 아니면 천천히 돌아가거나. 신하들이 말할 수 있는 것은 이런 걸 선택하면 이런 결과가 예상된다까지. 어떤 결과가 더 좋냐는 최종적으로 카피틀리온 그가 판단할 몫이다.

고뇌하는 마황을 마족들은 말없이 기다렸다. 한참의 시간이 흐른 후 카피틀리온은 입을 열었다.

"차라리 잘되었군. 보급망을 천천히 구축하면서 물질계부터 확보해라. 천계의 최종 봉인의 진행을 취소시킨다. 최종 공방전은 잠시 미루도록 하지."

"명을 받듭니다."

명령을 이행하기 위해 나오면서 엘크리크는 손을 머리 뒤로 둘렀다.

"어쩐지 좀 이상한걸?"

"무엇이 문제라는 건가?"

재상 페르나실의 질문에 엘크리크가 안 어울리게 진지한 표정으로 대답했다.

"폐하 말이야. 오늘 내리신 결론, 이전의 폐하라면 다르게 내렸을 거라고 생각 안 들어?"

"최초의 도박이 성공한 지금, 신중론으로 돌아간 것은 충분히 가능한 일이다. 무엇보다 애초에 이리된 게 네가 상대를 잘못 판단해서 아닌가."

"크윽. 아픈 구석을 찌르다니 나 상처받았어."

엘크리크가 눈물을 글썽이는 척했지만 페르나실은 가볍게 무시했다.

"할 말이 그것뿐이면 가보겠다."

센스없기는. 엘크리크는 속으로만 중얼거렸다.

"내가 지적하는 게 판단 자체가 아니야. 그전에 나온 한마디지. '차라리 잘되었다' 라니. 뭔가 이상하잖아?"

"그건……."

보통은 얼마든지 할 수도 있는 말이다. 하지만 카피틀리온은 보통의 존재는 아니었고 엄밀히 따졌을 때 기대했던 것보다 나쁘게 풀린 상황을 잘되었다라고 평하는 건 기존의 마황의 성격상 불가능했다.

"물질계에……."

로이엘을 떼놓고, 여신의 주의를 끌고, 그것 말고 또 다른 이유가 있었나? 설마……?

"응? 물질계에 뭐? 짐작 가는 바라도 있는 거야?"

"역시 너한테는 절대 말 안 하는 게 낫겠군."

페르나실은 그의 오랜 악우에게 또다시 상처 입히며 돌아섰다.

"야아! 치사하다!"

"네 임무나 해라. 이번 천계 공략전조차 제대로 못한다면 넌 전패의 장군이라 불릴 거다."

"이봐, 이봐."

페르나실이 도망치듯 휑하고 가버리자 엘크리크는 한숨을 쉬었다.

"뭐, 전패한 건 사실이니까."

역시 마지막에는 멋지게 이겨봐야 할 텐데. 이러다 마지막까지 패배한 상태에서 항복을 받아낸다면 그것도 기록일 것이다.

신하들을 보낸 후 카피틀리온은 조용히 명했다.

―그렇게 되었으니 제8물질계도 구하라.

나쁜 선택은 아니다. 모든 이유를 제쳐 놓고 결과만 순수하게 따졌을 때 물질계를 보존해 가며 차분히 진군하겠다는 건 충분히 이해득실이 맞아떨어지는 일이었다.

그러나 그 동기가 정말 순수한가?

'100% 자신은 못하겠군.'

뭐, 마계에 해가 된다고 판단했다면 멸망하게 내버려 두었겠지만.

'하지만 이제는 정말 적이군.'

천계의 방위전선 어디에 그녀를 세울지 모르겠지만 감상적인 이유로 피할 수는 없다. 같이 밀어버릴 뿐이다. 다만 천계가 그녀의 마음에 들지는 궁금하지만 말이다.

지상에서 지내는 동안 하나는 확신했다. 휘네인이 가진 빛은 아뮤니엘과 다르다. 그건 차라리 선대 에프티온에 가까웠다.

인간을 구원하겠다고 각 세계마다 화신으로 내려가기도 했던 전대의 천계 신. 그 일련의 과정 속에 천계가 약화되었다고 판단한 마계는 제4차 성마대전을 일으켰지만 결국 패배한 건 마계였다.

결과만 놓고 본다면 천계가 그로써 약화되었다는 게 마계의 오판이었던 셈이다. 혹은 충분히 약화되지 않았다일 뿐인지도 모르지만, 지금 와서 알 길은 없다. 확실한 건 아뮤니엘은 에프티온이 아니고 휘네인이 보여준 길과도 다르다.

그러므로 이 전쟁.

'변수는 없다.'

처음으로 마계가 승리한다. 그것도 지금껏 천계가 거둔 어떤 승리보다도 더 철저하게.

그리될 것이다.

그전에 인간들에게 약속한 나머지 자잘한 것들은 처리해야겠지. 컴페티온을 보내놨으니 다 처리될 것이다.

＊　　　＊　　　＊

"아아! 아아! 들리냐, 인간들아?"

온 사방에 누군가의 목소리가 울려 퍼진다. 장난기는 넘치지만 평범한 이의 목소리는 아니었다. 애초에 모습은 보이지도 않는데 소리가 들린다는 것부터가 기이한 일이다.

"기뻐해라. 너희가 기도도 하지 않았지만 구해주겠다. 나? 카피틀리온의 그림자 컴페티온이라고 한다. 후후. 그렇다고 감격할 필요는 없어. 앞으로 니들이 누구 편에 붙어야 살 수 있을지 생각해 보라는 거니까."

카피틀리온. 금기시되어 있는 그 불길한 마황의 이름에 인간들은 잠시 흠칫했다. 하지만 그것은 말 그대로 잠시, 쏟아지던 비가 그치고 맑은 하늘이 드러나자 일단 그들은 환호했다.

"살았다!"

"오오! 여신이시여!"

습관적인 감탄사를 내뱉은 이들은 흠칫했다. 방금의 그 목소리가 사실이라면 이제 이런 말 해서는 안 되는 건가?

엘리자나 여왕은 부채를 쫙 폈다.

"후! 한쪽 길이 막히면 다른 쪽 길이 열린다인가."

그런 그녀의 앞에 공간 전이 문이 나타났다.

"거절할 수 없는 초대로군."

태양왕 길베르 앞에도 초대의 문이 나타났다. 그는 잠시 망설이다가 자리에서 일어났다.

"어차피 시간을 돌린다 해도 그런 미치광이에게 내 나라를 넘겨줄 수는 없으니까."

에테인 대공은 이제야 진정으로 되찾은 자신의 아들에게 당부했다.

“만에 하나 내가 돌아오지 못한다면 바로 즉위식을 올려라.”

“아버지! 이 황폐하된 땅 위에서 그런 게 무슨 의미가 있다는 겁니까!”

“그러니까 더 더욱 구심점이 필요한 거다. 쯧!”

철이 이리도 안 들었으니. 하지만 어쩌겠는가. 이야말로 진짜 자신의 아들인데.

휴르안 8세는 한참이나 우왕좌왕하다가 결국 문으로 들어섰다.

“어차피 다 죽을 판인데.”

한자리에 모인 그들은 서로를 보고 안심했다. 혼자만 이걸 택한 게 아니었다. 그건 실질적으로 어쨌든 간에 일단 심정적으로 든든한 일이었다.

“여어, 다들 모였나?”

싱글거리며 그들을 맞이한 컴페티온은 생기 넘치는 미남이었다. 칠흑의 밤 같은 검은 눈동자에는 별과 같은 빛이 함께 했고, 쾌활하고 가벼운 몸동작은 보는 것만으로 상대까지 들뜨게 했다.

그러나 인간들의 주의를 가장 끈 건 역시나 ‘한 번 본’ 카피틀리온과 똑같이 생긴 모습이었다.

아니, 같지만 전혀 다르다. 짧은 순간이었으나 카피틀리온은 절대적인 제왕으로서 뇌리에 각인되었다면 이자는 세계에 내려진 여신의 멸망을 거둬들인 자라기엔 너무나 가볍다.

“당신이.”

엘리자나 여왕이 말을 마저 하기도 전에 컴페티온이 빙긋 웃었다.

“응?”

어둠이 내리누른다. 인간의 태곳적 기억에서부터 각인된 두려움을 자극한다. 마주 대할 수도 완전히 볼 수도 없는 거대함이 앞에 있다.

"그대… 께서……."

엘리자나 여왕이 두려움과 자긍심 사이에서 싸웠다. 컴페티온이 그걸 보며 빙긋 웃었다.

"불렀으면 말을 하라고."

어둠이 사라졌다. 앞에 있는 건 그냥 쾌활한 미청년일 뿐이다.

"이 세계를 어쩔 건가요?"

빨리도 회복하는 인간들을 보며 컴페티온은 빙긋 웃었다. 재밌다. 즈려 밟으면 터져 나갈 존재들이지만 그래도 빳빳하게 고개를 드는 건 무엇 때문인가.

"글쎄. 여신을 그리워하며 우리에게 저항 운동을 펼치지만 않겠다면 지금 이대로 놔두려고 하는데."

"그 말뜻은 우리의 지위를 보장한다는 뜻이오?"

에테인 대공이 물었다.

"물론. 어차피 우리가 직접 관리할 게 아닌 다음에야 유능한 인간들에게 맡기는 게 낫지. 거기다가 그대에게는 네프티알의 왕으로 만들어 주겠다고 약속했잖아?"

컴페티온의 그 말에 인간들의 안색은 순식간에 회복되었다. 강대한 악마가 내려와 여신을 몰아내었다고 해서 두려워할 것도 없는 것이다. 애초에 여신이 자신들을 멸망시키려고 하는 판에 누구하고인들 손잡지 못하랴. 하물며 현재의 지위와 부귀를 다 보장해 준다면 여신보다 훨씬 낫지 않은가.

"과연 신의 깊구려."

"하면 여신이 아니라 이제 마황을 섬기면 되는 것이오? 아니, 그 이름부터가 여신의 교리를 따른 것이니. 새 교리가 필요하겠소이다."

태양왕 길베르가 눈치 빠르게 물었다. 이미 그도 전향을 결심한 모양이었다. 여신이든 마황이든 자기 지위와 자기 나라를 보전해 준다면 그게 최고였다. 컴페티온이 유쾌하게 웃었다.

"핫하. 새 교리라. 글쎄. 마계는 사실 종교는 취급 안 하는데. 구원은 더욱 우리의 판매 품목이 아니고."

"하나 무지한 백성들로 하여금 순순히 따르게 하려면 종교가 있어야하오. 그래야 그들이 현실에 불만을 갖지 아니하고 또한 우리들의 지배를 신의 섭리라고 순순히 받아들이오. 그게 없으면 그들을 다스리기 훨씬 힘들어질 것이오."

"필요하다고 느낀다면 알아서 해. 어떤 식으로 만들든 결과만 좋다면 상관하지 않겠어."

그 말은 인간들을 더욱 기쁘게 했다. 자신들의 입맛에 가장 적합한 형태로 새 종교를 만들 수 있다. 교단을 왕조에 대한 이론적 지지 기반으로 만들고 권력은 빼버리면 기존 교황청처럼 머리 위에 두지 않아도 된다. 여러모로 여신보다 낫지 않은가.

"그런데 전향을 하지 않으려고 드는 자들은 어찌할지? 워낙 오랫동안 뿌리 깊게 박힌 믿음이라 고집불통인 자들도 좀 나올 것인데."

또 이단 사냥을 벌여야 하는가.

"그런 것까지 일러줘야 하나? 알아서 해. 우리가 바라는 건 너희가 바칠 결과물이지 중간 과정이 아니다."

"허. 하면 죽이지 않고 활용해도 된다는 말이오?"

"방해만 되지 않는다면. 마계의 기본 원칙은 간단하다. 도움이 된자는 보상한다. 상관없는 자는 무시한다. 방해하는 자는 제거한다."

비정한, 그러나 자신들이 실질적으로 따르던 원칙이다. 이런저런 외피를 덧씌우지 않은 순수한 생존의 논리에 인간들은 차라리 편함을 느꼈다.

"그러면 우리가 무엇을 하면 도움이 되겠소?"

"기도와 공양물은 필요없다. 천계는 그런 식으로 거둬들였지만 그건 마계의 방식이 아니지. 정해진 양을 할당하겠다."

컴페티온의 손에 어둠이 맺히더니 마법 문서가 생겨났다.

"5년간은 유예기간으로 주겠다. 각자 자기 나라를 정비하라. 그 다음부터는 10년마다 한 번씩 여기 적힌 물질을 만들어 바쳐라. 양은 그때 가서 다시 통보하지."

각국의 왕들은 조용히 받아 들었다. 문서에 적힌 것은 복잡한 연금식이었다. 얼핏 보는 걸로는 파악하기 힘들었지만 가져가서 연구하면 못해낼 물질이야 아닐 것이다.

"그래. 전반적으로 마계의 대리로서 이걸 감독할 자가 필요하겠지."

컴페티온이 손을 튀기자 또 한 명이 불려왔다. 켈스였다.

"어엇! 당신은… 아니, 당신께서는."

"약속된 힘을 네게 부여하겠다. 마계의 대리자로서 각국이 바치는 공물을 감시하라."

"그렇다면 저도 이제 출세하는 겁니까?"

켈스의 눈이 환하게 커졌다. 마침내 인고의 세월이 끝나고 보상의 때가 온 것이다.

"받아들이겠는가?"

"물론입지요! 하고말고요."

"시원해서 좋군."

컴페티온이 켈스의 이마에 손을 얹었다. 어둠이 켈스의 몸 안으로 스며들어 가고 이마에는 인이 찍혔다.

"네게 아크메이지 급의 마력을 부여했다. 다루는 지식은 이미 있으니 대리자로서 행함에 부족한 건 없겠지. 그리고…….."

컴페티온이 그들을 내려다보았다.

"이건 켈스만이 아니라 너희들 모두에게 해당되는 얘기이다. 너희들끼리 뭘 어떻게 하든 마계는 관여하지 않겠다. 전쟁을 벌이든 정복을 하든 상관하지 않겠다는 얘기다. 자기들의 지위는 스스로 지켜라. 다만 누가 되었든 간에 정해진 양은 채워 바쳐라. 그러면 외계로부터는 이 세계를 보호해 주겠다."

"과연 어떤 의미인지 잘 알았습니다."

각국의 왕들은 무릎 꿇었다. 말하자면 이건 거대한 제국과 협약을 맺은 변방의 소국들 신세와 같다. 공물을 바치고 격식만 차리면 그 다음부터는 자신들 하기 나름. 해주는 것 없이 받아만 간다라고 불평할 수도 있겠지만 그건 나라를 다스려 보지 않은 이들이나 할 이야기.

이 정도 예만 표하면 자유를 보장해 주겠다는 건 '강자' 로서는 대단히 너그러운 일이다. 결국 힘있는 자는 무엇이든 할 수 있는 게 현실의 정치니까. 이 조건이라면 여전히 자신들은 왕으로서 군림할 수 있다. 더해서 다른 나라가 빈틈을 보인다면 자국을 키워 나갈 수 있다. 짜여진 틀에 눌려 꾹 참아야 할 이유가 없다.

'과연 마계다운 방식이로군.'

교단을 상대할 때보다 차라리 더 깨끗하다. 바칠 공물의 양이란 게 어느 정도인지는 두고 봐야 알겠으나, 교단이 거둬가는 양도 만만치 않았다.

거기다가 마계의 대리자로 지정된 켈스란 사내는.

'훗. 지위란 게 사람을 만들어낸다고도 하지만.'

적어도 교황 알바트로 7세나 신성사제 휘네인 아네시스보다는 다루기 쉬운 상대다.

"천계에서 가르친 것과는 확실히 다른 식으로 다스리시는군요."

"승자가 하는 일방적인 홍보에 얼마만한 진실이 있을 거라 기대한 거지?"

"하지만 저희로서는 그것 이외에는 어떠한 정보도 없었습니다. 이해해 주시지요."

공손하지만 격조있는 인간 왕들의 대답에 컴페티온은 유쾌하게 웃었다.

"핫하. 과연 좋아. 좋아. 이쪽도 특별히 그에 대한 책임을 물으려는 건 아니다. 천계가 강한 동안은 천계에서 제시한 구원의 길을 따를 수밖에 없었을 테니까. 하지만 이제는 어느 쪽에 붙어야 할지 똑똑히 보았겠지?"

"물론입니다."

"그러면 성과를 기대해 보지. 나의 주인은 잔혹하지는 않으시나 자애롭지도 않으시다. 계속 현재의 지위를 유지하고 싶으면 실망시키지 않는 게 좋을 거다, 인간들이여."

어둠의 기사는 그 말을 끝으로 사라졌다.

"잘되었다고는 하나 역시 조금은 걱정이로군요."

엘리자나 여왕이 읊조렸다.

"그야 이런 급격한 변화를 앞두고 걱정되지 않는 자가 누가 있겠소이까."

"그런 의미만은 아니에요. 마계는 우리에게 종교를 만들어줄 생각이
없는 모양인데, 백성을 다스림에 있어서 그건 분명 유효한 도구거든
요."

이러니저러니해도 백성의 불만을 가라앉히고 정통성을 입증함에 있
어 그만한 도구도 없었는데.

"흠. 안 되면 우리끼리 만들어라도 봐야 하지 않겠소. 신성사제가
있었다면 그 역할을 잘해주었을 텐데. 그런 부분의 카리스마는 있는
그녀였으니."

"신성사제라. 사라지고 없는 이를 찾아봐야……. 대체 어디서 뭘 하
고 있는지."

Chapter 5
마계에서

마계에서

"**다**가간다, 인간이여. 눈을 떠라."

휘네인은 조심스럽게 루시엘의 말대로 했다.

"여기가… 천계?"

아직 저 멀리에만 보이지만 느낌만으로도 알 수 있다. 맑게 빛나며 찰랑이는 은빛 바다. 그 너머에 보이는 건 빛으로 가득한 낙원. 풍요로운 대지 위에 장엄한 건물들이 솟아 있다.

"아아!"

"이 바다는 천계를 둘러싼 네 경계 중 하나. 부정한 것들은 건너지 못하고 가라앉게 되나 너는 내가 인도할 것이니 두려워할 것 없다."

"네."

"그러면 다시 출발을."

그 순간 그녀와 루시엘이 떠 있는 바다가 부글부글 끓었다. 그 위로 검은 줄기가 솟구쳤다. 루시엘이 그녀를 데리고 물러섰다.

하지만 뒤이어 어둠의 줄기는 수십 개로 늘어났고 미처 피하지 못한 루시엘을 맞추었다.

"큭!"

루시엘이 고통스러워하며 휘네인을 놓쳤다. 검은 줄기가 그를 연이어 가격하자 천사는 그대로 소멸했다.

"호… 홀리 쉴드."

당황하며 휘네인은 방어막을 쳤으나 어둠의 줄기는 가볍게 깨뜨리고 들어와 이번에는 그녀를 붙잡았다.

"이건 대체……."

놓아주지는 않지만 왠지 조심스럽게 붙잡는 느낌이다. 루시엘은 소멸시켜 버린 힘이 자기에게는 어떻게 이런 게 있을 수 있는가? 이유는 금방 밝혀졌다. 검은 줄기의 가운데에 그가 나타났다.

"카피… 틀리온. 당신이 여기 왜."

"생각이 조금 바뀌었다."

"무슨 생각이 바뀌었다는 거죠?"

"처음 너와 만났을 때 기억나나? 내가 그 소매치기를 그냥 보냈을 때 너는 나중에 화를 냈지."

"그게 지금 무슨 상관이라는 거예요. 날 붙잡고서 어떻게 하려는 거죠?"

따져 묻는 휘네인을 카피가 차분히 마주 보았다. 그 눈빛에 휘네인은 한순간 가슴이 덜컥했다. 천계의 경계조차 마음대로 침범한 이 마황의 눈빛이 한순간 따듯하다고 느끼다니.

"넌 지금 천계와 마계에 대해 아무것도 모른다. 이대로 천계에 보내준다면 나중에 네가 후회해도 내가 더 이상 손쓸 수가 없겠지."

"나… 나는 결정했어요."

"제대로 된 정보도 없이 시간에 쫓겨서 말인가?"

카피가 손을 뻗었다. 휘네인은 그대로 보이지 않는 힘에 끌려 강제로 안기었다.

"이 무슨 짓이에요!"

"일단 내 성으로 가서 얘기하지. 그동안의 안전과 편안은 보장할 테니 너무 두려워하지 마라."

"누가 그런 말에 속아 넘어갈 줄 알아요!"

"…진심이다."

카피가 한 박자 늦게 대답했다. 휘네인은 한마디 더 소리치려다가 말문을 닫았다. 카피는 그녀에게 거짓말한 적 없었다.

"어쨌든 지금은 이동하지. 아뮤니엘이 눈치채고 개입하면 여기서는 나로서도 무리이니."

둘의 아래에 어둠의 구멍이 생겨나고 카피는 휘네인을 안은 채 그대로 가라앉았다.

　　　　　.

휘네인은 눈을 질끈 감았다가 떴다. 그녀의 눈 아래 거대한 도시가 있었다. 아니, 그걸 도시라고 불러도 될까? 이리 높은 곳에서 보는데도 지평선 끝까지 빼곡하게 건물들이 들어차 있다. 그 너머로도 계속 뻗어 있는 게 틀림없었다.

"나의 수도에 온 것을 환영한다, 휘네인 아네시스. 일단 만마전으로 가지."

만마전. 마황이 마계를 지배하는 왕성의 이름. 휘네인은 거부할 틈도 없이 또 이동했다.

이번에 온 건 널찍한 방이었다. 어지간한 집들보다 더 넓은 그것도 방이라면. 차라리 홀이라고 해야 할까. 하지만 배치되어 있는 가구들로 봐서는 분명 방이었다.

"여기는……."

"임시로 그대가 거할 곳으로 마련해 둔 거다. 그대 세계와 비슷한 양식으로 맞추긴 했지만 필요한 게 있으면 언제든 말해라."

"누… 누가 뭐래요! 일단 내려줘요! 언제까지 안고 있을 거예요!"

"아, 그렇군. 알았다."

카피가 그대로 휘네인을 놓았다.

"꺄악!"

휘네인은 바닥에 엉덩방아를 찧었다. 그녀는 자세를 바로 하고 일어나 화를 냈다.

"그렇다고 그냥 막 놓으면 어떡해요!"

"미안하군. 다른 문제를 생각하느라 미처 고려하지 못했다."

그게 꼭 고려해야만 할 정도의 문제인가. 하여간 이 남자는. 열받으려다 말고 휘네인은 멈칫했다. 지금 이런 얘기나 하고 있을 때가 아니잖아.

"당신 루시엘을 어떻게 한 거예요? 죽인 거예요?"

상대는 마황이다. 그러니까 카피틀리온이고, 만마의 수장이자 여신의 대적자이며 쉽게 말해 인간인 자신과는 까마득하게 거리가 먼 초월적인 이름이다. 하지만 어쩌랴. 왠지 만만한걸.

"루시엘? 아, 분신을 소멸시켰으니 지금 회복 중이겠지만 그 정도 충격으로 죽을 가능성은."

카피는 잠시 연산했다.

“지난 통계만으로 본다면 0%다.”

‘분신이었나.’

그건 다행이다. 카피가 루시엘을 죽인 건 아니다.

‘나 좀 봐. 지금 대체 어느 쪽에 대해 안도하고 있는 거야.’

정신 차려야 한다. 여긴 마계 중심부다. 호랑이 굴에 던져진 토끼도 자기보다는 안전할 거다.

“날 여기로 끌고 와서 어쩌려는 거죠? 지금 와서 내 세계를 분열시키거나 하는데 내가 필요한 것도 아니잖아요?”

여신께서도 일시지간의 패배를 인정하고 집단 이주를 시키는 마당인데.

그 물음에 카피가 머뭇거렸다.

“그게…….”

“말해줘요. 납치당한 마당에 그 정도를 들을 권리는 있잖아요? 당신이 힘으로 누르겠다면 별수없지만.”

“그러니까…….”

뭔가 말 못할 음모라도 있는 건가. 불편한 침묵 속에서 휘네인의 긴장이 높아갔다.

“생각해 보지 않았다.”

카피가 마침내 자백했다.

“뭐라고요?”

“데려와야겠다고 생각한 게 순간적이었고, 그럴 수 있는 시간 여유 자체가 거의 안 남아 긴급하게 행동했기에 그 이후에 대해서까지는 생각하지 못했다.”

그야말로 납치해 놓고 봤다는 거 아닌가. 휘네인은 한순간 벙쪘다.

이 인간. 아니, 인간도 아니지. 이 마족 마황 맞아?

카피가 맞다는 것만은 확실히 알겠다. 생긴 건 전혀 다르지만 정말로 카피 맞다.

'그래. 분위기가 닮았는걸. 외모 자체는 그때도 나쁜 건 아니었지만 지금은 완전히 신적이지만.'

입만 다물고 있으면 정말 카리스마 넘치는 미남인데.

'아악! 왜 자꾸 아까부터 엉뚱한 데로 생각이 새는 거야.'

속으로 절규하던 휘네인은 금방 그 이유를 깨달았다. '마황'에게 납치당한 주제에 자신은 조금도 긴장하고 있지 않았다. 자기가 이렇게 용감했던가? 아니, 용감한 게 아니라.

'그래. 이건 뭐 카피가 내 안전을 보장한다고 했으니까 그런 거야.'

어쨌든 거짓말은 안 하는 마족이고, 그러니까 최소한은 안심해도 이상한 건 아니다. 휘네인은 납득했다.

"생각없이 데려왔다 치고 그럼 이제부터 뭘 할 건데요? 설마 감금해 놓고 잊어버릴 건 아니죠?"

"지금부터 생각해 보지."

그렇게 대답하고서 카피는 정말로 생각에 빠져 버렸다. 휘네인은 한숨만 내쉬다가 그냥 근처에 있는 의자를 끌어다가 앉았다. 그녀는 카피가 결론을 내리게 내버려 두고서 방 안을 천천히 관찰했다. 어쨌든 지금 당장 자기 힘으로 어떻게 할 수도 없는 거고 주위 상황이라도 잘 파악해 두는 게 수다.

'넓긴 한데 생각보다 검소하네.'

물론 그렇게 검소한 건 아니다. 지상에서 보던 왕궁 수준은 된다. 하지만 마황의 궁전이라면 상상도 못한 것들로 가득할 줄 알았는데 비슷한 수준이라니. 이 정도면 상대적으로 검소한 것이라고 해야.

"그렇지만 탁자 위에 티세트 정도라도 있으면 좋겠는데."

별다른 이유는 없고 목이 마르니까. 그 말을 하기가 무섭게 탁자 위에 티세트가 나타났다.

휘네인의 눈이 휘둥그레하게 커졌다.

'에?'

그것도 자기가 그 말을 하면서 떠올렸던 신전에서 쓰던 그 티세트다.

'설마?'

그녀는 다른 걸 시험해 봤다.

"배도 고픈데 샌드위치라든지."

생겼다.

"장식용 꽃병도."

생겼다.

'이거 뭐 하는 탁자야!'

완전 마법의 탁자 아닌가.

'검소하다는 거 취소. 하나도 안 검소해.'

설마 다른 것들도 이런 식인가? 그녀는 옷장을 열었다. 안에는 왕족들이 입을 만한 고급 옷들이 빼곡이 차 있었다.

"이런 건 말고 그냥 사제복이 있어야 하는데."

착.

새로 한 벌 걸렸다.

이쯤 되면 그냥 못 있는다. 그녀는 다시 신발장을 열었다.

"이익. 다이아몬드로 만들어진 구두!"

털썩.

그녀는 주저앉았다. 진짜로 눈앞에서 생겨났다. 그녀는 아직도 생각에 잠겨 있는 카피를 마구 흔들었다.

"카피!"

"지금 생각 중인데 중요한 용건 아니면 차후에 얘기하면 안 되겠나?"

"어차피 한참 더 생각할 거잖아요! 내 말부터 들어요."

"알겠다. 말해라."

"대체 이것들 뭐예요? 탁자는 내가 바라는 음식을 만들고 옷장은 옷을 만들고 신발장은 신발을 만들고."

"응? 아! 이 방의 사용법이 궁금한 건가?"

"사용… 법요?"

"흠. 제8물질계에는 없으니 생소했겠군. 어려울 건 없다. 그냥 이 방 전체가 그대를 위한 방이고, 그대가 원하는 데 맞춰서 변하게 되어 있다. 머릿속에서 이미지를 구상한 다음 말로써 확인하면 된다."

무슨 숟가락으로 수프 떠먹는 법 가르치듯 카피는 담담하게 말했다. 하지만 듣는 휘네인으로서는 충격이었다. 원하는 대로 바뀐다는 건. 그렇다는 건.

"정원."

가구들이 사라지고 방이 꽃밭으로 변했다. 휘네인은 자리에 털썩 주저앉았다. 마황의 방은 방이라는 게 실감났다.

"금방 익히는군. 다만 일반 물질이야 얼마든지 생성 가능하지만 고도의 마력집약적 특수 물질은 안 된다. 그것만 유의하면 된다."

"대단한 방이네요. 마족들은 다 이러고 살아요?"

"아니. 이렇게 순수 블렌디움으로 만들어진 방은 고위 마족들만이 지니고 있다."

"그렇군요."

블렌디움이 뭔지는 물어볼 생각도 안 든다.

"적어도 여기 있으면 굶어 죽진 않겠네요. 하아."

이 방 하나 만들 블렌디움이란 거 자기 세계로 가져가면 어느 정도를 행할 수 있을까. 자기 세계…….

"카피! 내가 떠난 후 우리 세계 어떻게 되었죠? 그대로 물에 잠겨 멸망했나요?"

"아니. 내가 막았다. 지금은 재건을 시작했겠지."

"그렇군요."

휘네인은 안도했다.

'아니, 안도하면 안 되는 거 아닐까? 결과적으로 여신께서 집단 이주시키려던 게 실패했다는 말이잖아. 하지만…….'

그래, 역시 그런 식은 좀 이상하다. 낙원에 데려가기 위해서라면 그리 말하면 될 것을 멸망이니 뭐니 하면서 모조리 다 몰살시키다니. 그런 강제적인 방법은 아무리 목적이 좋다 해도 조금 그렇다. 어쩌면 여신의 지시를 곡해한 천사들이 너무 앞서 나간 걸지도 모르지.

'그렇지만 결과적으로 그러면 이 카피의 지배 하에 들어가게 되었다는 건데.'

그건 심각한 문제 아닐까? 아니, 분명 심각한 문제여야 할 텐데. 휘네인은 카피를 보았다. 아직도 자기를 어떻게 할 건지를 놓고 생각하고 있다.

'잘 모르겠어.'

여신에 대한 믿음을 버린 건 아니지만 카피와 함께 한 세월도 부정할 수는 없다. 정말로 자기는 믿음 약한 엉터리 사제인 걸까.

'후우. 이단 소리는 엄청나게 들었지만.'

마황을 앞에 두고도 적대감을 불태우지 못하고 있으니 정말 이단 맞다. 하지만 자기에게는 거짓말 못한다. 자기는 믿음이 약하다. 성서에 마계는 지옥이고 마족은 사악하며 무찔러야 할 적이라고 가르쳤건만 그 말을 굳게 믿으며 분노를 일으키는 게 도저히 안 된다.

'어쩔 수 없지.'

한번 있는 그대로 볼 수밖에. 보지 않고 믿는 자야말로 행복하다는데 보고 나서나 회개하면 너무 늦을지 모르지만. 그래도 여신께서 자애롭다면 받아주실 거다. 안 받아주신다면…….

"결론이 나왔다."

카피가 갑자기 그리 말하자 휘네인은 화들짝 놀랐다.

"뭔데요?"

"역시 결혼하는 게 어떤가?"

"겨… 결혼요?"

뭔가 낭만이라고는 눈곱만큼도 없는 청혼이었지만 상대가 상대다 보니 휘네인은 순간 얼었다. 그러고 보니 프로포즈받은 게 처음이 아니다.

'잠깐, 그러고 보면 카피는 자기가 마황인 줄 처음부터 알고 있었잖아.'

그렇다는 건 그때 그 말은…

왜 하필 지금 생각나는 걸까.

"이미 한 번 그대에게 거절당하긴 했지만, 지금도 그 생각 변함없나?

그때는 여러모로 내 미래에 대해 장담할 수 없는 불안한 상황이었지만 지금은 다르다. 마황위로 복귀도 마쳤고 힘도 되찾았다. 전쟁이 마무리된 건 아니지만 천계 공략 여부가 관건일 뿐 나머지 지역은 내 지배 하에 들어왔다.”

“그래서 후궁이 되라는 건가요?”

“그때는 가정법이었지만 지금은 확실히 말하지. 내 영지 중 가장 아름다운 율그샤인에 그대의 성을 짓고 예산과 시종, 각종 대우에 있어서 비에 맞춰 해주겠다.”

그건 정말 어마어마한 파격이다. 본래 마황의 비가 될 수 있는 건 마계에서도 왕가나 최고위 귀족가의 딸에게나 가능한 일이다. 한 명의 후와 세 명의 비. 그 아래 아홉의 빈과 다시 스물 일곱의 숙. 또 이어서… 공식적으로만 다 두어도 마황의 후궁은 세 자리를 넘어가지만 정작 카피틀리온은 아직 단 한 명의 반려도 없었다.

마황위에 취임한 이래 천계를 넘어선 후에나 반려를 맞겠다고 그는 선언했고, 그 때문에 지금까지도 마황의 반려 자리는 다 비어 있었다. 당연히 그 자리를 탐내는 고위 마족은 넘치고 넘쳤다.

그렇지만 그걸 휘네인에게라면 줘도 좋다고 카피는 생각했다. 어차피 그는 그 자리를 꼭 채울 생각도 없으니까 파격적으로 준다고 해도 문제는 없다.

“대단히 파격적인 대우겠네요.”

휘네인은 살짝 입술을 깨물었다. 마계에 대해 아직 제대로 아는 건 아무것도 없지만 그래도 알 수 있었다. 이건 자기 세계로 치면 최하층 평민이 국왕의 총애받는 후궁이 되는 이상인 거다. 방 하나가 이 정도일진대 카피가 줄 성이란 건 지상의 왕성들을 다 끌어모아도 따라가지 못하게 호화로운 곳이겠지.

"반발이 있겠지만 상관없다. 그대만 승낙해 준다면 그 모든 것에서 그대를 지키겠다."

가슴 두근거리는 말이다. 이보다 훨씬 멋들어진 말을 다른 여인들은 많이 들어보았겠지만 카피의 말에는 그 못지않은 '진심'이 있다.

"별이라도 하나 따달라면 해주겠네요."

"율그사인 자체가 하나의 별이다."

"……."

할 말 없다.

"생각을 바꾸지 않겠는가?"

"그렇게 대단하신 마황 폐하께서 일개 인간인 나를 왜 원하시는데 요?"

마황도 사랑을 한다는 건가? 믿어야 해?

"잘 모르겠다."

"모른… 다고요?"

"그래. 굳이 말하자면 너를 갖고 싶다. 네게 그만한 대가를 지불하 며 가져야 할 객관적 가치는 분명 없지만, 그냥 내가 가지고 싶다. 마 황위에 오른 이후 이렇게 낭비하는 건 처음이다. 하지만 전쟁도 불완 전하게나마 확실히 이겼고, 이날까지 황가 소비 용도의 예산은 매우 긴 축해 왔으니 이 정도는 괜찮지 않을까라고 생각한다."

휘네인은 주먹을 꽉 쥐었다. 그럼 그렇지! 마족이 무슨 사랑을 해!

"내가 무슨 수집품인 줄 알아요! 난 당신 후궁 같은 거 되기 싫어 요!"

"그런가……."

실망했음이 살짝 힘이 빠진 목소리에서 묻어 나온다.

"정실은 따로 두고 난 첩의 하나로 두다가 나중되어서 흥미없어지면 구석에 처박아 버리거나 폐기해 버리게요!"

"지금의 내 마음이 변하지 않는다는 장담은 하지 않겠지만."

마황으로서 그는 솔직했다.

"그렇다 해도 네게 약속한 대우는 바꾸지 않겠다. 그걸로 안 되나?"

"당연하죠! 누가 영지니 지위니 그런 거 탐내서 당신 같은 남자한테 시집갈까 봐? 헹! 꿈 깨시죠. 그런 거 좋아할 여자들이나 찾아보라고요."

"알겠다. 그렇게 하지."

"아니… 그렇다고."

당장 찾아볼 필요는 없는데. 아니, 알게 뭐야. 이딴 마황 따위. 누구랑 결혼하던가 말던가.

"흥. 당신이 후궁 삼아주겠다고 하면 영광입니다 할 여자들 많나 보죠? 착각 말아요. 당신이 좋아서 그럴 거 같아요? 당신이 말한 그 영지니 지위니 하는 게 좋아서라고요."

알게 뭐라고 하면서 왜 심통이 날까.

"그렇겠지."

"그걸 알면서도 맞아들이겠다고요? 그들이 원하는 게 당신 자신이 아니라 그런 것들이라 해도?"

휘네인의 말을 카피는 전혀 이해하지 못했다.

"나는 반려가 필요하고 그들은 내가 줄 수 있는 걸 원한다. 서로의 이해관계가 맞아떨어지는 좋은 거래다."

"거래……."

이래서 결혼하기 싫은 거였다. 카피가 싫은 건 아니지만, 절대로 자기를 팔고 싶진 않다.

"난 그런 거 싫어요!"

"알고 있다. 이미 말했지 않은가."

"아니, 그러니까… 내가 싫다는 건… 아무튼 싫어요."

"그래. 아무래도 그대를 반려로 맞이하기 위해 지불해야 할 대가는 내가 줄 수 없는 것인가 보군. 어쩔 수 없지. 이 건은 다시는 꺼내지 않겠다."

빚진 것도 있지만 그걸 떠나서 어쨌든 휘네인에게는 잘 대해주고 싶으니까. 카피는 이 문제로 더 이상 휘네인을 귀찮게 하지 않기로 결정했다.

"다른 문제로 넘어가지. 네 의사와 관계없이 데려온 점 미안하게 생각한다. 하지만 일단 네가 충분한 정보를 얻은 후 판단할 필요가 있다고 생각한다. 기사 하나를 붙여주지. 거처는 이곳으로 하고 필요한 게 있으면 그에게 말해라. 그리고 마계와 천계에 대해 궁금한 것을 물어보며 배워라. 충분한 정보를 가진 후에 그대가 판단한다면……."

"판단한다면요? 그래도 내가 천계로 가고 싶다면 보내줄 건가요?"

붙잡진 않을 거죠?

"그래, 보내주지."

"고맙군요."

반은 진심인데 반은 화난다.

"더는 볼 일이 없겠지. 하지만 바빠도 그대가 부탁한다면 한두 번은 시간을 내보겠다. 그럼 잘 있어라."

그 말을 끝으로 카피는 그냥 사라졌다. 휘네인은 힘이 쭉 빠져서 자리에 주저앉았다.

"정말 끝까지 매너없는 남자야. 멋대로 데려와 놓고 뭐 마음대로 하라고?"

그러면 누가 접먹을 줄 알고? 마계 한가운데고 뭐고. 자기는 자기. 휘네인은 휘네인이다.

"어떤 곳인지 봐주겠어. 그리고 그 다음에 결정나면."

흥. 카피가 뭐라고.

"당당하게 맞설 거야."

그때까지는 당분간은 보류다. 지금 같은 상황에서 원래 살던 세계로 돌아가 봐야 뭘 해야 할지도 모르겠으니까.

"뭐부터 하지?"

꼬르륵. 답은 신체가 해줬다. 그녀는 식탁 앞에 앉았다.

"먹을 것들."

머릿속에 떠올린 음식들이 줄줄이 생겨난다. 만들다 보니 십 인분은 만들어 버린 거 같다.

"정말 편하긴 편하네. 도로 없앨 수도 있나? 사라져라."

다시 탁자 위가 깨끗해졌다. 휘네인은 한숨 쉬었다. 일 인용 뷔페를 차리고도 낭비도 없고, 정말 입맛대로 먹을 수 있는데 조리한다고 힘들지도 않고 대단하긴 대단한 식탁이었다.

"도로 나와라."

빵에 우유. 샐러드 약간. 얼마든지 호화롭게 차려도 누가 뭐라고 안 하겠지만 휘네인은 괜한 반발심에 검소하게 차렸다.

"그러면 식사 전 기도를⋯ 누구한테 하지?"

차마 여신에게는 못하겠다. 하지만 곧 죽어도 카피에게는 하기 싫다.

"에잇. 블렌디움이라는 거 만든다고 고생하셨을 평범한 분들에게 감사드립니다. 감사히 먹고 열심히 살겠습니다."

"이야! 기도 멋진데? 동석해도 되겠지?"

유쾌한 카피의 목소리에 휘네인은 깜짝 놀라 눈을 떴다. 언제 돌아왔는지 카피가 싱글벙글 웃으면서 허락도 없이 옆에 앉았다.

아니다. 카피가 아니다. 이렇게 멋대로 웃는 자는.

"그 당신 이름이……."

"잊은 거야? 섭섭한데. 좋아, 다시 말해주지. 내 이름은 컴페티온. 마계 서열 9위. 마황의 그림자이지."

생긴 건 너무나 똑같지만 성격은 전혀 다르다. 표정이 풍부하다 못해 자기까지 그 유쾌함에 휩쓸려 버릴 만큼 밝다. 그림자라는 별명이 전혀 안 맞다. 아마 그건 맡은 역할 때문이겠지?

"카피가 붙여준다고 한 기사가 당신이었어요?"

마계 서열 9위면 그것도 엄청 높은 걸 테다. 막 말해도 되는지 모르겠지만 이제 와서 어쩌랴. 카피 앞에서도 막 말했는데. 이 기사 쪽도 신경 쓰는 거 같지도 않고.

"응."

"마계 서열 9위라는 거 보통 바쁜 몸이 아닐 텐데 내 호위나 해도 돼요?"

"그러게 말이야."

마냥 싱글벙글이다. 이건 카피와 전혀 다른 의미에서 포커페이스다.

"내 주인이 아닌 척하면서 독점욕이 있나 보지. 다른 녀석 다 놔두고 날 시킨 걸 보면. 아무튼 그래서 당분간 잘 부탁해."

“아 네. 저… 뭐라고 불러 드려요? 컴페티온?”

“음, 풀 네임은 딱딱하지 않아? 이왕이면 카피라는 애칭 어때?”

“그… 그건.”

휘네인은 당황했다. 그림자라는 이 남자, 대체 무슨 생각으로 이런 말을. 앞뒤 사정을 잘 못 들은 건가?

“안 돼요. 마황 폐하를 부를 때 쓰던 이름이라고요.”

“난 똑같아도 상관없는데. 그분도 상관 안 할 거야.”

그 말에 휘네인은 입술을 삐죽 내밀었다. 그야 상관 안 하겠지. 벌써 새 후궁 후보를 물색하시는 분께서 신경이나 쓰겠어?

“그래도 내가 싫어요. 헷갈리는걸. 카피는 카피고 당신은 당신이니까. 그냥 풀 네임으로 부를래요.”

“그렇게 해.”

뭔가 너무 순순하다. 이런 수상쩍기 그지없는 기사를 붙여놓다니 카피는 대체 무슨 생각인 건지.

“고마워요, 컴.페.티.온. 씨. 그쪽은 식사 안 하세요?”

“아, 마족은 이런 식사 안 먹어. 우리는 에너지 자체를 흡수하니까. 그쪽이나 마음껏 들라고.”

“알았어요.”

휘네인은 식사를 마무리 지었다. 연신 싱글거리며 옆에 앉아 있는 컴페티온이 신경 쓰여서 어떻게 먹었는지 기억도 안 났다.

“자아, 식사 끝났으면 뭐부터 하고 싶나? 무엇이든 말해보라고.”

‘그래, 내게는 해야 할 일이 있어. 상대가 수상쩍으면 어때. 하나라도 더 많이 알아낸 다음에 어떻게 해야 내 세계 사람들에게 좋을지 결정해야 한다고.’

휘네인은 자세를 바로 했다. 배우던 시절의 버릇이었다.

"먼저 천계와 마계, 아니, 그것만이 아니라 모든 세계에 대해 대략적으로 알고 싶어요. 어떻게 되어 있는 거죠?"

"흠. 알고 싶은 건 전체적 구도라는 거지? 정확한 위치보다."

"네."

"좋아. 그럼 이걸 봐."

컴페티온이 가볍게 손가락을 튀기자 방 안에 가득한 입체모형이 나타났다.

중앙에 수많은 작은 공들이 어지럽게 떠 있고 위와 아래에는 커다란 원반이 9개씩 있었다. 원반들은 바깥으로 갈수록 작아져서 마지막 것은 그냥 공 하나와 비슷했다.

"이 원반이 천계와 마계야. 양쪽 모두 9층 구조로 되어 있지. 천계의 정점인 지고천과 마계의 정점인 마황성은 우주의 끝이기도 한 거지."

"잠깐! 왜 마계가 위고 천계가 아래인 거예요?"

불만을 표하는 휘네인에게 컴페티온은 씨익 웃어 보였다.

"아. 그야 이 모형이 마계산이니까. 메이드 인 헤븐은 180도 뒤집기만 하면 돼. 뒤집어줄까?"

힘 빠지게 하는 웃음이다.

"그냥 해요."

"좋아. 이 천계와 마계의 사이에 위치한 것들이 속칭 물질계와 정령계. 총 247개의 물질계는 서로 다른 특색을 지니지만 거의 대부분 인간 내지 유사 인간이 거주한다."

"내 세계도 그 247개 중의 하나라는 건가요."

"그렇지. 8번이 부여되었으니 앞 번호인 셈이지만 큰 의미는 없어.

그냥 매긴 번호니까. 물질계로 분류되는 기준은 균형 잡힌 환경과 유기체 생물 위주로 발달한 생태계. 그에 반해 정령계는 한쪽 속성으로 치우친 환경과 에너지체 정령 위주로 거주자가 구성되어 있다.”

“정령계는 몇 개나 되는 거죠?”

“821개. 물질계의 4배가 조금 안 된다. 그중 지, 수, 화, 풍의 4대 속성이 90% 이상이고 나머지 속성이 간간이 분포한다.”

휘네인은 가만히 공들을 바라보았다. 색깔이 다 달랐다. 무지갯빛인 게 물질계고 단색인 게 정령계인 모양이었다.

“천 개가 넘는 세계와 9 하늘 9 지옥이라. 하아.”

뭔가 설명을 듣고 나니 자기가 정말 초라하게 느껴진다. 이렇게 전 우주를 내려다보며 군림해 온 마황이란… 정말로 여신에 맞먹게 높은 존재구나. 이상한 충격이었다. 여신은 아무리 아득히 높다 해도 당연히 그런 분이라 믿고 있었는데. 왜 대적자인 마황이 대단하다는 사실은 새삼스럽게 충격인 걸까.

“이게 전부 다 해서 하나의 우주인 거군요. 이것 이외의 세계는 없는 거죠?”

“하하. 뭐 이 바깥을 둘러싼 무한한 공허의 벽을 넘어가면 수정막에 휩싸인 알렉시안이라는 창조주를 지닌 작은 우주도 있고 그 너머에는 또 다른 우주도 있다는데. 사실 여부는 알 길 없지. 선선선대 마황이 인식을 넓히다가 우연이 잠깐 느낀 거라 확실하지 않아. 그리고 있다 해도 어차피 우리와 아무 상관 없는 세계고.”

“그래요. 그렇다면 천국과 지옥을 제외한 나머지 세계의 지배권을 놓고 전쟁이 벌어진 건가요?”

“음… 아마도 그럴 거야.”

“아마도요?”

컴페티온이 멋쩍게 웃었다.

“여신에게 이유를 물어보진 않았으니까. 하지만 평화 공존하자는 결혼 제의를 거절하고 전쟁을 일으킨 데는 다른 사유가 있겠어? 기존의 지배 영역으로 만족 못해서 그런 거겠지.”

여신을 나쁜 이로 모는 말에 대해 반발하느라 신경이 팔려서 휘네인은 컴페티온의 말에 섞인 ‘결혼’ 이라는 단어를 놓쳤다.

“여신님이 당신 같다고 속단하지 말아요. 그분은 마계의 지배 하에 있는 이들을 해방시키기 위해 전쟁을 결심하신 거예요.”

“여신의 마음이라도 읽어봤어?”

저 심술궂은 웃음. 한 대 확 쳤으면 좋겠네. 그치만 대답할 말은 궁하다.

“그러니까 내 말은 성서에 그렇게 나와 있고. 아무튼 어느 쪽인지 모르니까 단정하지 말라는 거죠!”

휘네인은 도리어 목소리를 높였다. 역시 최선의 방어는 공격이었다.

“아아, 알았어. 그런데 우리 지배 하에서 여신 지배 하에 가는 게 해방인가? 단어 뜻을 잘못 정의한 거 아냐?”

“그건… 마계의 지배 하에서는 인간은 고통받으며 이용만 당하지만, 천계의 아래에서는 자유롭고 평등하게 살 수 있으니까죠.”

이 역시 성서에 나오는 가르침이다. 하지만 안 먹힐 거 같다. 휘네인의 나쁜 예감은 꼭 들어맞았다.

“핫하하! 아하하하!”

컴페티온이 너무 유쾌하게 웃자 휘네인의 얼굴은 벌게졌다.

“뭐예요!”

"아, 미안미안. 물론 행복이란 게 개개인에게 달린 문제란 건 인정하지만 말야. 자신있게 단언하지만 마족의 평균 생활 수준이 천계의 평균 생활 수준 이상이야."

"무슨 근거로 그런 말을 해요?"

"전쟁 발발 직전 마계의 에너지 생산량은 천계의 두 배였어. 뭘 의미하는 거 같나? 마족 수나 천사 수나 그게 그거고 보면 우리 쪽이 두 배는 풍요롭다는 거야."

"거… 거짓말!"

"진짜인데. 아니면 어떻게 전쟁을 이겼을 거 같아?"

"……."

휘네인은 잠시 입을 다물었다. 난 안 믿을 거야 해버릴 수는 없었다. 저 말이 진짜라는 게 분명 느껴졌다.

'흥! 그럼 다른 걸로 반박하면 되지.'

아직 할 말은 많다.

"흥. 그럼 뭐 해요. 그걸 모조리 고위 마족이 독점할 텐데. 안 그래요? 그에 반해 천계는 여신의 아래에 모두 평등한 곳이라고요."

"과연 그럴까."

"아니라는 거예요?"

"하긴 여신과 그 측근을 제외하면 평등하긴 하군. 개인 할당 에너지량의 표준 편차만큼은 천계 쪽이 월등히 작을 거야."

"거봐요."

이겼다. 휘네인은 신이 났다.

"하지만 다 같이 굶주린 곳을 좋아할 줄은 몰랐군."

"그건 무슨 소리예요. 설마 하니 낙원인 천국의 주민들이 굶주리기라도 한다는 건가요?"

"몰랐지?"

인정해라고 약 올리는 그 상큼한 미소에 휘네인의 손이 바르르 떨렸다. 아무리 자기가 잘 모른다 해도 그렇지. 천계의 주민들이 굶주린다니 말이나 되는가. 그야말로 천상의 낙원이자 여신의 인도 아래 무한히 번영하는 곳인데.

물론 그게 약간의 과장이 섞여 있을지도 모른다는 불안감은 점점 커지고 있지만 아무려면 굶주리기까지야.

"거짓말!"

"아닌데?"

"그런 식의 일방적 말을 제가 믿을 거 같아요?"

"성서에 적힌 건 잘만 믿더만."

"그거야 세계에 함께 하는 여신의 손길을 느꼈으니……."

말을 하다 말고 휘네인은 입을 다물었다. 그렇게 느낀 게 진짜였나? 아니면 좋은 일이 있을 때마다 다 여신의 인도로 돌렸던 자기 착각이었던 건가.

"아무튼 증거도 없이 하는 중상모략은 안 믿어요."

"그러면 내가 어떤 증거를 보여줘야 할까. 뭐를 보고 싶지?"

요구만 하면 보여주겠다는 자신감이 컴페티온에게서 넘쳐 나왔다. 휘네인은 점점 더 불안해졌다.

'아냐. 이 녀석은 마계 서열 9위라고.'

뭐하나 모자란 것도 아쉬운 것도 없이 잘살았을 테지. 밑에서 고통받는 이들에게 마계가 지옥인 것이지 컴페티온에게야 낙원 아니었겠는가. 컴페티온이 마계를 자랑하는 것 따위 믿을 필요 없다.

“무슨 말을 들어도 안 믿어요. 말이야 뭐를 못해.”

“영상으로 보여줄까? 스파이가 몇 개 찍어온 게 있는데.”

“다 필요없어요. 직접 가서 겪으면서 확인하겠어요.”

휘네인은 자리에서 일어났다. 대단히 신기한 방이지만 이런 방에 머물러서 노닥거리는 건 그녀 체질이 아니었다.

“외출해도 되죠?”

“물론.”

“마황성 근처부터 보고 싶어요.”

“좋아. 나가자고.”

컴페티온이 그녀를 붙잡았다. 다음 순간 그녀는 도시 내 도로변에 서 있었다. 전이하는 순간 특유의 공간 일그러짐 같은 걸 느낄 틈도 없었다.

길옆으로는 건물들이 말 그대로 하늘을 찌를 듯이 높게 높게 솟아 있었다. 저 위에서 올려다볼 때는 잘 몰랐는데 밑에서 보니 꼭대기가 잘 안 보일 정도였다. 길에는 대체 뭐 하는 것인지 모를 반투명한 구가 무수히 많이 오갔다. 언뜻 비치는 걸로 봐서 그 안에 마족이 타고 있는 듯했다. 거기다가 상당한 수의 마족들이 이리저리 걸어다녔다. 특이하지만 어찌 보면 평범한 풍경. 마족이라고 날이면 날마다 인간을 고문하면서 사악한 음모만 꾸미는 건 아닌 모양이었다.

‘그런데 정말 엄청나게 크다.’

지상에도 높게 세운 탑이란 게 간혹 있긴 했지만 이 정도는 아니었는데. 이건 대체 몇 층인 걸까. 휘네인은 창문을 하나씩 세어보다가 포기했다.

“이 건물 몇 층인 거죠?”

“이거? 보자. 120층짜리네.”

“120층…….”

마계는 이런 큰 건물을 이렇게나 많이 지을 수 있단 말인가. 정말로 자신의 세계와는 비교할 수가 없다.

‘아냐. 건물 큰 게 뭐 별거야. 그까짓 게 뭐라고.’

크고 웅장한 게 뭐 대수란 말인가. 그런 거에 기죽으면 자신이 휘네인이 아니다. 거기다가 크기만 하면 다 좋은가?

“대체 누가 산다고 이렇게 크게 짓는 거예요? 낭비 아니에요?”

맞아. 낭비다. 가난한 이들은 그 작고 허름한 집에서 사는데 고위 마족들이면 다인가. 이렇게 크게 지어놓고는. 정말 왕궁과는 비교도 안 되는 사치 아닌가.

“옆으로만 펼쳐 놓는 것보다야 입체적으로 쌓는 편이 오고 가기가 좋거든. 낭비가 아니라 오히려 최적화야. 사는 마족의 종류는 너무 많아서 뭐라고 한마디로는 말 못하겠군. 마황성이란 게 마계의 수도이다 보니 온갖 종류의 일이 다 몰리거든.”

“사치가 아니라는 건가요? 그럼 저 건물 안에 들어가 봐도 돼요?”

휘네인은 그 큰 건물들 사이에서도 한층 더 돋보이는 위용을 지닌 건물을 골랐다. 위로도 100층이 넘겠지만 옆으로도 커다란 창문이 주루룩 난 것이 상당히 넓었다.

“얼마든지. 내 이름 대고 못 들어가는 곳은 없으니까.”

이번에는 순간 이동하는 대신에 둘은 그냥 걸었다. 어째서인지 다른 마족들이 알아서 비켜갔다.

건물을 지키던 경비병이 둘을 제지하려다가 컴페티온이 말없이 쳐다보자 그냥 물러섰다.

"어떻게 한 거예요?"

"내가 못 들어가는 곳은 마계에 없다니까."

"큰소리는. 흥. 설마 하니 카피의 침실까지도 마음대로 드나들 수 있다는 건가요?"

"응? 아 뭐……."

부정도 긍정도 아닌 말끝을 흐린 대답. 뭔가 조금 이상했다. 하지만 건물 안 광경에 넋을 빼겨 버린 휘네인은 거기에 대해서는 더 신경 쓰지 못했다.

안에 펼쳐진 건 성서에 묘사된 지옥도가 아니었다. 대신에 온 사방에 입체로 떠 있는 숫자들과 기호들. 백 명이 넘는 마족들이 전부 다 그것만 보고 있었다.

'이게 뭐야.'

명색이 마족인데 이런 숫자놀이나 하고 있어도 되나? 그보다 대체 이 숫자놀이의 의미가 뭐지? 계속해서 숫자와 기호가 변했다.

"저기 컴페티온 씨, 여기 대체 뭐 하는 데예요?"

"마계 중앙 은행."

"마계 중앙 은행요?"

은행이란 건 자기도 안다. 돈 많은 상인연합에서 돈을 보관해 주고 빌려주고 하는 걸 전문으로 하기 위해 만든 조직. 하지만 그건 작은 집 하나에 주인과 일하는 애 몇 명과 경비병 정도 있는 거 아니었던가.

'물론 본점이니까 좀 클 수는 있겠지만.'

백 명이라니. 그렇게 많을 필요 있나? 하긴 마계는 크니까 그래야 할지도.

"그럼 이 위층은?"

“응? 그냥 이 건물이 통째로 마계 중앙 은행인데?”

“…….”

100층이 넘는데. 한 층에 100명은 있는 거 같은데 그러면 은행에서 일하는 이가 만 명이 넘는다는 건가?

“뭐 한다고 사람이, 아니, 마족이 그렇게 많이 필요해요?”

“마계 통화 관리하고, 전체 경제 상황 분석하고, 각종 금리지표나 채권 같은 것 처리해야 하니까. 그 거대한 마계의 경제 중심부니 손이 많이 필요할밖에. 특히 최근에 점령지가 폭발적으로 늘어나는 바람에 여기만이 아니라 거의 전 부서가 인원 확충한다고 난리야.”

점령지가 폭발적으로 늘었다. 그 말은…….

“내 세계처럼 된 곳이 많다는 거군요.”

“아홉 하늘을 제외한 전 중간계가 우리 측에 넘어와 버렸으니까. 당장은 점령지 관리할 인원도 모자란 형편이라 이쪽에 인력 공급할 여유가 없지만 여유가 생기면 더 확충할걸.”

휘네인은 한숨 쉬었다. 특별히 자랑하는 것도 아닌 그냥 담담하게 설명하는 컴페티온의 태도에 새삼 실감이 났다.

정말로 마계가 이기긴 이겼구나. 비록 그게 일시적이라 해도 마황의 위세가 여신을 능가했구나.

정의가 승리하지 못하는 걸까. 아니면 천계가 완전한 정의가 아닌 걸까. 하지만 천계에 정의가 없다면 그건 어디에 있는 거지.

‘아냐. 벌써 이런 나약한 생각하면 안 돼.’

그녀는 고개를 꼿꼿이 들었다.

“이런 중심부 말고 좀 교외를 이번에는 보고 싶어요.”

“알았어. 그런데 교외라 해도 꽤 여러 지대가 있는데. 딱히 지정하는 곳 없으면 내 마음대로 갈까?”

“그렇게 해요.”

“좋았어.”

다시 한 번 풍경이 바뀌었다. 햇살 가득한 숲 속에 처음 보는 동물들이 뛰놀았다. 곧게 뻗은 뿔을 가진 검은 말이 갑자기 나타난 휘네인과 컴페티온을 멀뚱멀뚱 바라보다가 시선을 돌렸다.

“검은… 유니콘?”

유니콘이란 거 신화 속의 동물이 아니었나? 그런데 검은 것은 마계라서인가? 뒤이어 이마에 보석이 박히고 토끼의 모습을 하였지만 꼬리는 다람쥐인 동물이 나뭇가지를 폴짝하고 뛰어 건넜다.

‘귀엽다.’

아예 들어본 적도 없는 동물이었지만 윤기나는 털로 뒤덮인 앙증맞은 몸이 너무나 사랑스러웠다.

냐아옹.

어디선가 들려오는 느긋한 고양이 울음소리에 휘네인은 고개를 돌렸다.

“어머나.”

박쥐 날개 달린 고양이가 커다란 거품 위에 마냥 심심하다는 얼굴로 뒹굴었다. 거품은 뭘로 만들어졌는지 고양이가 발톱으로 통통거려도 터지지 않았다.

“여기 뭐예요?”

휘네인의 목소리가 자기도 모르게 한 톤 밝아졌다. 풍요로운 숲 속에 너무나 귀여운 동물들. 마계에 이런 아름다움이 있을 거라고는 생각하지 못했다. 마계의 아름다움이라고 해봐야 천박하거나 아니면 퇴

폐적인 화려함이라고 짐작했는데.

"생물원."

"생물원요? 그게 뭐죠?"

"각지의 희귀한 생물을 모아놓고 감상하는 장소. 105만 제곱킬로미터의 땅에 걸쳐 있기 때문에 제법 볼 게 많을 거야."

"그러면 여기 전설 속의 환수들도 다 있다는 거예요?"

"하하. 뭐가 보고 싶은데? 말만 해봐. 온전한 상상의 생물이 아니라 존재하는 걸 우연히 알게 되어 전설로 남은 거라면 여기 다 있을 거야."

휘네인은 침을 꿀꺽 삼켰다. 정말로 이야기 속의 존재들이 진짜로 있다고? 하기야 천사와 마족도 눈앞에 있는데 그런 생물들이 없어서 안 될 건 없다.

"그러면 피닉스도 있어요?"

"물론."

순식간에 위치가 바뀐다. 높디높은 산봉우리 꼭대기에는 거대한 용암이 들끓었다. 멀리서 보는 것만으로도 열기가 후끈했다. 그 이글거리는 용암 속에서 불새는 솟아올랐다.

촤악.

날개를 펴니 찬연한 빛이 감돈다. 길게 뻗은 화려한 꼬리와 왕관같이 장엄한 볏. 그 이름 '새'라 하나 어떤 새가 저토록 아름다울까. 독수리가 새의 왕이라면 저것은 새의 신이다.

"아……."

휘네인은 순수하게 감탄했다. 설령 나중에 어떤 일이 있다 해도 마계에 온 다른 모든 시간을 저주한다 해도 이 순간만은 후회하지 않으리라.

"한 마리 잡아줄까?"

"잡는다고요? 저걸?"

저 신성하리만치 아름다운 존재를?

"네가 원한다면 선물할게."

"싫어요."

필요없는 게 아니라 싫다. 저건 저곳에서 스스로 날기에 진정 아름
다운 거다. 고위 마족의 난폭한 힘으로 새장 속에 가둬 버리면 그 빛을
잃는다. 불새는 자유로이 날아야 한다.

"돌보는 건 걱정 안 해도 되는데."

핀트가 영 엇나간 대답을 휘네인은 사뿐히 무시했다.

"그냥 조용하나 해요. 좀 더 바라보게."

아름답고 아름답다. 마계에도 정녕 이런 아름다움이 있는 건가.

"피닉스가 마계에 사는지는 몰랐어요. 불의 정수에서 태어나는 새라
고 들었는데."

"맞아."

"아, 그럼 저 화산이 불의 정수인 건가요?"

"아니."

"그러면 어떻게?"

"데려온 거지. 사는 거야 마계의 화산에서도 무리없으니까."

"그러면……."

"아까 설명해 줬잖아. 여기는 각지의 희귀한 생물을 수집해서 모아
둔 곳이라고. 흘려들었군."

"아, 그렇군요."

“피닉스 말고도 많아. 드래곤은 어때? 그건 피닉스 이상으로 유명하지 않아?”

컴페티온이 으쓱거리며 말했다.

“드래곤…….”

신화 속의 괴수. 그 날개를 펼치고 날아오르면 그림자가 마을 하나를 뒤덮으며 입에서 불을 뿜으면 군대를 태워 버린다는 지고의 신수.

“드래곤도 여기 있어요?”

“물론이지. 특히 블랙 드래곤은 마계 기동 비행 타격 병단의 중심이라고. 보러 가자.”

갑자기 하늘이 어두워졌다. 휘네인은 머리를 들어올렸다. 구름이 낀 것이 아니었다. 거대한 비늘로 된 몸과 넓디넓은 날개. 신화 속의 묘사가 조금도 부족하지 않은 그것이 하늘 위에 떠 있었다.

‘크다.’

그냥 내려오기만 해도 저 덩치에 짓눌려서 죽을 거 같다. 깊고 검은 빛을 내는 비늘은 그 느낌만으로도 창도 화살도 통하지 않으리라는 걸 알 수 있었다. 1만의 대군인들 저 앞에 맞설 수 있을까.

“잘 안 보이지? 가까이서 보게 해줄게. 내려와.”

컴페티온이 손가락을 까닥하자 고고히 날던 드래곤이 얌전히 내려앉았다. 눈동자의 크기만 해도 컴페티온만 하건만 드래곤은 주인 앞의 강아지처럼 얌전했다.

[어쩐 일로 부르셨나이까.]

낮고 중후한 목소리가 나름대로 작게 말한다고 하는 듯도 한데 휘네인의 귀에는 쩌렁쩌렁 울렸다.

“이쪽이 너를 구경하고 싶다고 해서.”

[그렇습니까.]

블랙 드래곤이 서서히 눈동자를 돌려 휘네인 쪽에 시선을 맞추었다. 그 작은 동작에도 압박감이 넘쳤다.

"안… 안녕하세요."

휘네인은 그만 반사적으로 인사했다.

[그대가 그분의 손님이라면 내게도 마땅히 존귀할지니 내가 무엇을 보여주기를 원하시오?]

이 거대한 존재가 자신에게 공손하게 말한다. 사실상 옆에 있는 컴페티온의, 그리고 그를 보내준 카피틀리온의 후광에 지나지 않는다는 건 알지만 휘네인은 기분이 묘했다.

"저기… 불도 내뿜으세요?"

[물론이오.]

"대단하세요."

"푸힛. 겁먹을 거 없어. 이 녀석 덩치만 컸지. 너라면 꿀릴 것도 없다고."

컴페티온이 옆에서 웃으며 끼어들었다.

"말도 안 돼요. 저 같은 인간이 어찌."

"저스티카가 있잖아? 애초에 그건 대 드래곤 타격 가능성을 기준으로 만들어진 천계의 주문이라고. 몇 번 갈기면 뻗을걸."

드래곤의 눈에 이채가 서렸다.

[이 인간이 저스티카를 사용할 수 있음이오?]

"그래. 대단하지?"

[대단하구려.]

저스티카를 몇 번 갈기면 뻗는다라. 휘네인은 그게 몇 번을 갈겨야

뻗는다로 들렸다. 교단의 자랑인 절대 주문조차도 견뎌낼 수 있는 강인한 몸. 이런 걸 애완견 대하듯 대하는 컴페티온은 대체…….

"한 번 타볼래?"

"그래도 돼요?"

"당연히 되지."

컴페티온은 휘네인을 안고서 가볍게 뛰어올랐다. 드래곤의 등은 특별한 안장 같은 건 없었지만 넓고도 넓었기에 그냥 앉아도 상관없었다.

"자, 날아라!"

컴페티온의 명이 떨어지자 드래곤은 천천히 날아올랐다. 거대한 날개가 퍼덕일 때마다 바람이 휘몰아쳤다. 하늘 높이 솟아오른 드래곤은 날개를 꼿꼿이 펼친 후 일직선으로 날았다.

바람을 세차게 가르며 그것은 믿어지지 않는 속도로 나아갔다. 어떤 새보다도 빨랐다. 덩치가 크니 움직임은 둔할 거라는 건 완전히 빗나간 예측이었다.

아래로 지상이 작게 보이고 얼굴에 와 부딪치는 바람은 시원하다.

'하늘을 난다는 것 상쾌하구나.'

"기분 괜찮지?"

"네."

"좋아. 그러면 드래곤의 전부를 보여주지. 자, 드돌아! 저쪽 암석 지대에 폭격이다!"

"드… 드돌요? 뭐예요, 그 이름은?"

[제 이름은 드돌이 아닙니다만.]

휘네인이 황당해서 되묻고 드래곤도 정중하게 항의했다.

"호랑이는 호돌, 늑대는 늑돌, 드래곤은 드돌. 내가 그렇게 부른 이상 그게 새 이름인 거야."

[아무리 그래도…….]

"너 자꾸 까불면 삶아 먹는다."

[하지만 이름이란 건.]

협박에도 불구하고 드래곤이 끝까지 저항하자 컴페티온이 양보했다.

"알았어. 까망아, 빨랑 쏴."

[…….]

드래곤이 새 이름은 마음에 들었는지 조용히 입을 벌렸다. 그 입으로 불길이 이글거리며 맺히더니 거대한 구가 되었다. 불의 공은 그대로 허공에 궤적을 남기며 지상에 내리 꽂혔다.

콰앙!

거대한 폭발이 일어나고 바위로 된 땅의 가운데에 구멍이 패었다. 장관이었다.

컴페티온은 그 뒤로도 매일같이 찾아와 휘네인을 데리고 다녔다. 그 덕분에 휘네인은 마계 여기저기를 구경할 수 있었다. 하늘을 찌를 듯이 솟은 거대한 건물들, 발달한 마법 문명, 상상도 하지 못했던 것들이 일상화된 도시. 그 신비로운 것들은 휘네인에게 우주가 넓다는 걸 새삼 실감하게 했다.

"오늘도 고마웠어요. 덕분에 간만에 즐겁게 보낸 거 같아요."

그 모든 걸 자유롭고 즐겁게 볼 수 있게 자신을 배려해 준 컴페티온에게 휘네인은 진심을 담아 인사했다.

"그래?"

컴페티온의 표정이 환해졌다. 네가 기쁘니 나도 기쁘다라는 게 너무 잘 드러났다. 그 솔직한 얼굴에 휘네인은 방긋 웃었다. 함께 다니게 된 지 겨우 며칠이지만 미워할 수 없는 마족이었다.

같이 다니는 게 불편하지 않은 건 카피랑 닮아서가 아니었다. 어차피 본 모습이야 카피도 마지막 순간에나 보여준 것이니. 그보다는 아무리 마황의 명령이 있었다 해도 정말로 성심껏 자기가 원하는 대로 해준다는 게 느껴져서 자기 또한 그 호의에 반응하는 호감이 일어났다.

"네."

"그러면 답례는 이걸로 할게."

컴페티온이 씨익 하고 웃을 때만 해도 휘네인은 어리둥절했다. 무슨 답례? 뒤이어 양손으로 움직이지 못하게 그녀의 어깨를 꽉 잡고 얼굴을 바짝 들이밀었을 때는 깨달았지만 늦었다.

"읍… 아!"

마족은 인간보다 체온이 높나? 아니면 지금 이건 자기 체온인가? 머리가 왜 이렇게 빙글빙글 돌지. 아무리 호감을 품게 되었다지만 이건 너무 이른데. 반사적으로 벌어진 입 사이로 상대의 혀가 들어왔다.

'아… 안 되는데.'

이건 아무래도 카피랑 똑같이 생긴 잘생긴 얼굴 때문에. 아니, 하지만 카피가 키스한다고 해도 받아줄 생각은… 없었나? 있었나?

"무… 무슨 짓이에요!"

컴페티온이 떨어지자마자 휘네인은 소리쳤다.

"딥키스라고 하는 건데. 상대방의 입술에 자신의 입술을 맞춘 후."

"누가 설명해 달라고 했어요!"

이 망할 마족. 사람이 방심한 틈을 타서 혀까지… 혀까지. 카피랑도 그렇게는 안 해봤는데!

"물어본 거 아니었나?"

"이… 이!"

이 무슨 카피 같은 소리를.

"무슨 생각으로 한 거냐고요!"

"키스하고 싶다는 생각."

"……."

뭔가 충실한 대답인데 동문서답이다. 이건 꼭 말투만 달랐지 완전히 카피를 상대하는 기분이다. 아니, 지금 그게 문제는 아니지.

"이… 이런 짓 해도 그냥 넘어갈 거 같아요?"

"아, 허락도 없이 멋대로 해서 미안. 답례로는 과했나? 그럼 차액은 어떻게 배상하면 될까? 이번에는 긴급한 이유도 없이 내가 하고 싶어 한 거니까 더 많은 대가를 치르겠어."

"차… 차액? 배상? 야 이 카피 같은 자식아!"

쫘악.

휘네인은 홧김에 뺨을 때렸다.

"이런 식으로 때리는 걸로 보상받는 건 별로 너에게도 이득이 없지 않아? 어쨌든 이걸로 원한다면 더 맞아줄 수 있어."

뺨 맞든 말든 내 볼일은 봤다는 듯 싱글벙글 웃으며 컴페티온이 말했다.

"이, 이……."

말투도 표정도 다르지만 이건 완전히 카피다. 그때 성검을 찾을 때도 저런 소리를 하더니. 잠깐. 그때도?

예전부터 뭔가 마음속을 맴돌던 의문점 하나의 실마리가 언뜻 보였다. 좀 전에 컴페티온이 뭐라고 했지? 이번에는?

설마… 설마… 설마…….

"당신 카피지!"

이 기이할 정도의 '합리성'. 그건 마족이라고 다 그런 것도 아니었
다. 그런 카피의 향기가 컴페티온에게서도 난다.

컴페티온이 순간 움찔했다.

"그건 그러니까…….."

부인하지 않는다. 당연하겠지. 카피는 거짓말은 안 하니까.

"맞죠? 카피 당신이 컴페티온인 척한 거죠?"

저 뻔질한 성격에 자기가 헛짚은 거라면 분명히 엄청 놀랐을 거다.
그러지 않는다는 건 찔리는 구석이 있다는 소리. 휘네인은 기세등등해
졌다.

"아니, 그건 아닌데. 난 일단 컴페티온은 맞는데."

말이 묘하다.

"그래서 카피틀리온은 아니라는 건가요?"

그래. 꼭 카피틀리온이 아니더라도 그런 식으로 사고하는 마족이 한
둘쯤은 더 있어도 이상할 건 없다. 하지만 처음 만났을 때부터 컴페티
온은 이상했다. 그가 했던 말들. 그가 한 행동들. 무엇보다 '명령'에
의해서라고 하기에는 너무 잘 대해준다. 결국 일개 인간에 불과한 자
기를 이 정도로 대해주는 고위 마족이 또 있을까?

이건 휘네인 여자로서의 직감이었다.

"음. 아니라고는 할 수 없지."

'컴페티온'도 '카피틀리온'처럼 거짓말은 안 했다.

"뭐예요! 그럼 지금까지 완전 속인 거예요! 난 당신이 웃을 줄도 모

르는 줄 알았다고요. 정말 한가하시네요. 마황 일도 다 제쳐 두시고 나랑 장난이나 치시고."

속았다는 생각에 심통이 나서 비꼬는 말이 나온다. 최소한 먼저 밝히고 키스했으면 그렇게까지 충격은. 아니, 지금 이게 문제가 아니잖아. 휘네인은 자세를 바로잡고 마구 화를 냈다.

"마황 일을 제쳐 둔 거는 아닌데."

컴페티온이 씨익 웃으며 부정했다.

"그럼 뭔데요? 당신은 화신이고 본체는 열심히 일했다라는 건가요?"

정말이지 말투까지 다르게 하는 바람에 다른 인물인지 알고 깜박 속았다.

"완전한 정답은 아니지만 비슷하니까 50점은 되는군."

"50점? 모조리 다 빨리 자백해요! 대체 무슨 비밀이 있는 거예요!"

상대가 마계 서열 9위, 아니, 사실은 그 실체가 절대자 마황이라 해도 상관없다. 휘네인은 용감무쌍하게 닦달했다. 멱살을 잡고 마구 흔들어오는 휘네인에게 컴페티온이 난감한 듯 웃었다.

"하하. 그거 정말로 비밀인데. 잠시만. 내가 임의로 대답해 줄 수 있는 건 아니니까 생각해 볼게."

"생각이고 뭐고 빨리 안 불어요?"

다시 마구 흔들자 컴페티온이 짧게 한숨 쉬었다.

"알았다. 하지만 대화를 원한다면 일단 놓아주지 않겠나? 그 편이 좀 더 대화하기 좋은 상황이 될 거라 생각한다."

굳이 컴페티온이 부탁해서가 아니라 깜짝 놀라서 휘네인은 손을 놓았다. 이 무표정한 얼굴. 침착한 어투. 이건 카피다. 진짜 카피다.

"다… 당신, 지금까지 컴페티온의 모습은 연기였던 거예요?"

"아니다."

"그럼 지금 이게 연기라는 거예요?"

"아니다."

둘 다 아니면 뭐야.

"그럼 존귀하신 마황님, 이중인격이라도 되세요?"

"흠. 비슷할지는 모르지만 같지는 않다고 생각한다."

"그럼 뭔데요? 왜 빨리 말 안 해줘요!"

"지엽적인 질문에 대한 대답을 요구함으로서 전체적 설명을 그대가 늦췄기 때문이지."

휘네인은 손을 바들바들 떨었다. 절대 물어보기 위해 던진 의문문이 아닌데도 곧이곧대로 대답해 주는 자가 세상에 또 누가 있으랴. 정말로 카피 맞다.

"하아. 알았어요. 얌전히 들을 테니 설명해 줘요."

"컴페티온은 일단 기본적으로는 내 화신이라기보다 분신이다."

"분신요? 화신이랑 뭐가 다른데요?"

얌전히 듣겠다는 조금 전 말을 바로 어기고 휘네인은 되물었다.

"화신은 내 힘을 이용해 내 자신의 존재를 다른 곳에 투영한 것이다. 하나의 육신으로 하나의 공간에만 존재하는 데 익숙한 네게는 다소 낯선 일일지 모르나 여러 개의 육신을 동시에 움직이는 게 나에게는 힘든 일이 아니다."

"그러니까 분신이랑 뭐가 다른데요?"

"분신은 내 자신을 나눈 것이다. 물론 본질적으로 하나로 이어져 있으니 완전히 나누었다고는 할 수 없다. 하지만 둘을 구분하는 가장 큰 차이는 추가 생성된 존재가 본체의 단순 축소 복사판인가 아니면 본체에서 유리된 부분으로 이루어진 나머지인가에 달려 있다.”

“무슨 말인지 어려워서 잘 모르겠어요. 조금 더 쉽게 풀이해 줘요.”

“그 청원 허락하겠다. 그는 내 감정을 모아서 만들어낸 분신이다. 본질적으로 나는 하나의 존재이지만 내 이성은 카피틀리온으로서 나를 통해 드러나고 내 감정은 컴페티온을 통해 드러난다. 이해되나?”

“잠… 잠깐만요. 그건…….”

휘네인은 카피의 말을 차분히 되새겼다. 둘은 하나인데 카피틀리온은 이성이고 컴페티온은 감정이라고? 그렇다면 컴페티온이 하고 싶어서 키스했다는 소리는.

“체온이 올라가고 맥박이 상승하고 있군. 사실을 안 것이 몸에 충격이 된 것 아닌가?”

“아니에요!”

화제를 돌려야 한다. 이 부분에 대해서 자꾸 생각하면 안 된다. 휘네인은 다급하게 아무거나 생각나는 걸 물었다.

“그런데 왜 당신은 마황인데 컴페티온은 마계 서열 9위예요?”

따지고 보면 그도 마황의 부분인데 말이다.

“나눈 결과 컴페티온으로서 내가 지닌 힘이 그 정도였다.”

“하지만 결국 하나라면서요. 그걸 두 명인 척한 이유는 뭐예요?”

“정확히는 그의 존재 자체가 지난 세월 동안은 비밀이었다. 그동안 그 자리를 차지했던 건 천계의 스파이였던 로이엘. 컴페티온은 내 히든카드였다.”

과연 누구보다도 믿을 수 있는 비밀 심복이었을 것이다. 자기 자신이니까.

“그러면 지금은요?”

"컴페티온으로서 나는 마황의 자격이 없다. 그리고 그와 나의 정확한 관계를 숨겨두면 여러모로 활용할 수 있으니까."

"활용요? 어디다가? 나 속이는 데요? 거짓말쟁이. 사기꾼."

이해는 간다. 확실히 용도는 많았겠지. 하지만 휘네인은 이해하기 싫었다. 그것도 모르고 키스를 강제로 당할 때 얼마나 순간 당황했었는데.

"그 문제에 관해 나는 네게 거짓말한 적이 없다. 그 비난은 부당하다."

"스스로를 컴페티온이라고만 했지 카피틀리온이라고는 안 했잖아요! 카피틀리온이기도 하다는 말 왜 안 했어요!"

"개념을 오해하고 있는 건 너다. 카피틀리온은 마황으로서 내게 붙여진 이름. 컴페티온은 그 기사로서 내게 붙여진 이름. 하나로 통해 있긴 하나 각자의 이름이 있다."

"……."

휘네인은 속이 부글부글 끓는 걸 참았다. 지난 경험상 여기서 열받아봐야 카피틀리온은 눈 하나 깜짝 안 한다는 걸 알았다. 그래 뭐, 인간도 이름이 두 개, 세 개씩 가지는 경우가 있다. 그리고 한 이름 소개하면서 다른 이름까지 다 말해야 한다는 법도 없지. 그래도… 그래도…….

'아악, 못 참아!'

지난 경험이고 뭐고 못 참는다.

"그래도 난 완전 별개인 줄 알았다고요! 이래도 당신 잘못이 없어요?"

"물론이다. 정보가 없는 부분에 대해 임의로 판단한 건 그대 아닌가? 내게는 책임이 없다."

"그렇게 오판하게 놔두려고 숨긴 거잖아요!"

"그 부분에 대해 판단을 보류하거나 잘못된 판단을 내린다면 내 목적에 부합하기는 한다. 하지만 내게 정보를 제공할 의무가 없는 이상 오판에 대해 책임질 것도 없다."

끝까지 침착하다. 정말 표정 변화 하나 없이 꿋꿋하다. 휘네인은 도로 힘이 빠져 버렸다. 벽에 대고 외쳐 봐야 자기 목만 아프지.

"대체 왜 나눈 거예요?"

"마황으로서 일하는 데 그 편이 더 효율적이었다."

카피는 무감각하게 대답했다.

"그건……."

어째서일까. 휘네인은 순간 안타까웠다. 이유도 모르고 정말로 안타까운지조차 애매했지만 그래도 그런 것 같았다.

"그대의 부탁이라 시간을 내긴 했지만 지금은 업무가 바쁘다. 가능하다면 나중에 시간을 낼 테니 추가적인 정보 요청은 보류해 주겠나?"

"됐어요. 컴페티온이나 내보내요. 그랑 얘기할래요."

말이 안 통하는 건 양쪽 다 막상막하지만 그래도 무표정한 카피틀리온보다야 싱글벙글 웃기라도 하는 컴페티온 쪽이 조금은 상대하기 속 편하겠지.

"알겠다."

카피틀리온이 다시 컴페티온으로 바뀌었다. 싱글벙글 웃는 얼굴을 보며 휘네인은 좀 전의 결론에 대해 고민했다. 차라리 그 무표정한 얼굴이 상대하기 편한 거 아닐까?

"궁금증은 풀렸어?"

“어느 정도는요.”

“헤에. 잘되었네. 알려줘도 괜찮은 거였군.”

뭐가 그렇게 즐겁고 유쾌한지 그 이야기를 하면서도 연신 웃고 있다. 자기 입으로 말해놓고도 다시금 정말 카피틀리온과 컴페티온이 하나인 걸까 의심이 갈 정도였다.

‘하지만 전혀 다른 거 같으면서도 확실히 같아.’

둘 다 어딘가 하나 빠져 있다. 합치면 정상이 되려나?

“어쨌든 정보를 제공해 줬으니까 대가는 받아야지?”

그러면서 컴페티온이 그녀의 허리에 팔을 두르고 슬며시 끌어당겼다.

“뭐… 뭐 하려는 거예요?”

“키스.”

입술이 거의 겹쳐지기 직전 휘네인은 간신히 그 사이에 손을 끼워 넣는 데 성공했다.

“좀 전에 했잖아요! 왜 또 하려고.”

“또 하고 싶으니까.”

“난 싫어요.”

휘네인은 힘껏 컴페티온을 밀었다.

“하지만 정보를 받아갔잖아. 대가는 지불해 줘야지.”

“요금을 사전에 설명 안 해줬으니까 무효예요!”

휘네인은 거우 컴페티온을 떼어냈다. 그녀는 속으로 울었다. 자기가 이런 말을 하다니. 이건 그야말로 카피나 할 법한 소린데.

“에? 그러면 그럼 받은 정보도 반환해야지.”

“한 번 알게 된 걸 어떻게 잊어요.”

"잊게 해줄 수는 있는데. 그치만 별로 내키진 않네. 알았어. 그냥 내가 선물한 셈치지 뭐."

"하아. 고마워요."

겨우 이겼다. 휘네인은 진이 다 빠졌다. 카피틀리온이나 컴페티온이나 막상막하의 강적이었다.

"그러지 말고 우리 얘기나 조금 해요. 나 당신에게도 묻고 싶은 게 있으니까."

"흠? 마계 기밀은 함부로 못 말해주는데."

"그런 거 묻지 않을 거예요. 그냥 개인적인 걸 듣고 싶을 뿐이니까."

그의 이성이 아닌 감정에 대고 말이다. 컴페티온이 서열 9위인 건 그만큼의 크기이기 때문이라고 했다. 그렇다는 건 말 그대로 이건 작은 조각. 그런데 그 작은 조각을 왜 굳이 그는 분리한 걸까. 그리고 컴페티온은 어째서 이토록이나 같으면서 다르고 다르면서 같은 걸까.

"좋아. 물어봐. 아, 여기서 하지 말고 장소를 옮기자. 마황성의 정원이 좋겠다."

컴페티온이 그녀를 잡고 바로 순간 이동했다.

화사하게 핀 꽃들. 정교하게 만들어진 조각. 컴페티온의 말대로 정원은 아름다웠다. 그리고 다른 누구도 없어서 조용했다. 마황의 개인 공간일 것이라는 걸 휘네인은 직감했다.

"자아, 여기 앉아서 얘기하자고."

"네."

나무 그늘 아래 둘은 나란히 앉았다. 어디선가 풋풋하면서도 싱그러운 꽃 내음이 미풍에 실려왔다.

“저기 컴페티온 씨, 하나로 다시 합쳐지고 싶다는 생각 해본 적 없으세요?”

“없어.”

“어째서요? 따지고 보면 당신도 마황의 일부인데 지금은 그림자 기사로서 존재하잖아요.”

컴페티온의 웃음이 미묘하게 바뀌었다. 밝은 듯하지만 잘 드러나지 않은 어둠이 살짝 깔렸다.

“지금이 좋아. 마황은 할 일이 너무 많은걸.”

“그런가요?”

이게 그의 마음? 그 차디찬 지배자의 속에 이런 게 들어 있었나.

“자유롭게 놀 수 있다고. 난 지금이 좋아.”

“카피는… 거의 늘 무표정했지만 그래도 난 가끔 그의 표정을 읽을 수 있었어요. 분명히 그에게도 감정이 있었어요. 어째서죠?”

남들이 경외하기만 하는 차가운 남자의 서투른 표현을 자기는 알아본다는 것. 그건 조금 특별한 기분이었다. 그게 완전히 착각이었던 걸까? 카피의 정체도 제대로 몰랐지만 그래도 그 마음이 서로 통하는 순간이 있었다고 느낀 건 환상이었나?

컴페티온이 빙긋 웃었다.

“내가 아무 생각 없이 있는 거 같아?”

“네? 아뇨. 그건 아니지만.”

“본질적으로 하나라고. 그래도 조금은 비쳐 보였겠지. 그치만 원칙적으로 나를 통해서 드러나는데 카피틀리온을 보고 내 감정과 마음을 느꼈다면.”

컴페티온이 오른손으로 주먹을 쥐어 왼 손바닥을 탁하고 쳤다.

“너 엄청 예민하구나!”

“트… 특별히 예민한 건 아니라고요. 다만…….”

그냥 카피의 문제니까 좀 더 예민했을 뿐이다.

“다만 뭐?”

“넘어가요.”

휘네인은 손을 저었다.

“알았어. 또 뭐가 궁금해?”

두 번째 질문. 이걸 할까 말까 휘네인은 엄청나게 망설였다. 물어보자니 부끄러웠다. 괜히 입에 침이 마르고 가슴이 뛴다.

‘용기를 내자. 그래도 이건 확실히 해야 해.’

그녀는 심호흡을 대여섯 번이나 하고 겨우 입을 열었다.

“당신 나 좋아해요?”

“좋아해.”

너무나 쉽게 순식간에 돌아오는 대답. 일말의 망설임도 없는 건 꾸며서가 아니라 두려움이 없기 때문이다.

“어째서요?”

“몰라.”

“이유를… 몰라요?”

“응. 카피틀리온이라면 아려나. 난 모르겠어. 그냥 좋다고 느껴. 그래서 너를 갖고 싶어.”

대단히 직선적인 대사에 휘네인은 살짝 고개를 저었다.

‘왠지 더 묻기가 민망할 정도라니까. 카피도 정직했지만.’

컴페티온은 솔직하다.

“그래서 나를 비로 삼고 싶다고 한 거예요?”

"맞아. 그게 내가 생각해 낸 네게 지불해 줄 수 있는 최대의 대가였어. 그렇지만 넌 그걸로는 싫다고 했으니까."

그 말을 하며 컴페티온은 분명하게 시무룩한 표정을 지었다.

'위험해. 정신 차리자. 저런 표정에 넘어가면 안 돼.'

미청년이 애처럼 시무룩해하는 표정이 의외로 매력적이라는 걸 휘네인은 깨달았다.

"아니면 다른 원하는 게 있어? 한 번 제시해 봐. 지불할 수 있는 거라면 정말로 너를 사고 싶어."

너무나도 순수한 열망의 눈빛이다. 상처 입은 병사들이 자신에게 치유 마법을 바랄 때도 저런 눈빛은 아니었다.

'나를 산다는 표현에도 불쾌해할 수 없는 건 그 때문이겠지.'

여자로서 자신을 이렇게 원해주는 남자는 그가 처음이다.

'하지만 그렇다 해도.'

안 되는 건 안 되는 거다.

"미안해요. 나도 당신이 싫은 건 아니지만 어떤 대가를 준다 해도 나를 팔 생각은 없어요."

"치잇. 알았어."

지금도 눈빛은 뜨겁게 타오르는데 컴페티온은 너무나 순순히 물러섰다.

"그런데 만약에 나를 가질 수 있다면 뭘 하고 싶은 건데요?"

"팔 거야?"

"누가 판댔어요! 그냥 물어보는 거예요!"

"팔 거도 아니면서. 뭐, 제일 먼저 하고 싶은 건 섹스."

너무 노골적인 대답에 휘네인의 얼굴이 확 붉어졌다. 누가 뭐래도 그녀는 아직 순결한 처녀였다.

"이… 이 짐승!"

컴페티온이 덮쳐 올까 무섭기도 하다는 듯 그녀는 뒤로 조금 물러섰다.

"짐승? 정원에 짐승은 없을 텐데."

컴페티온이 의아하게 주위를 둘러보았다.

"잘못 본 거야. 여긴 철저하게 관리되는 공간이라고. 위험한 짐승은 없으니까 안심해."

나만 믿으라는 저 듬직한 표정이라니. 휘네인은 기가 막혔다.

"그게 아니라……."

너를 보고 한 말이란 말이다! 는 외침은 끝내 나오지 못했다. 따지고 보면 자기가 물어본 마당에 못할 대답도 아니었지만.

'어딘지 애 같은 느낌까지 점차 들게 했던 터라 전혀 예상 못했다고. 하여간 마족 같으니.'

다짜고짜 원하는 게 몸이라니. 그야 사랑하는 이의 몸을 원하는 게 자연스럽다고는 생각하지만 단지 그뿐이라면 절대 사양이다.

"그런데 당신은……."

"응?"

이번 질문은 자존심은 상하지만 여기까지 온 이상 반드시 답을 들어야 했다.

"원한다면 내 의사와 관계없이 힘으로 나를 범할 수 있잖아요. 솔직히 내가 당신의 상대가 될 거라고는 생각 안 해요. 그렇게 안 하는 이유는 뭐죠?"

어떤 대답을 기대하고 이걸 묻는 걸까. 그래. 스스로에게 거짓말은 못한다. 자기는 궁금한 거다. 그 차가운 카피틀리온의 이면에 숨겨진 이 감성이 자신의 마음도 원하는 건지. 육신만이 아닌 자기란 존재 그 자체를 바래주는 건지.

"그건 카피틀리온이 마계의 법률을 그렇게 정했으니까."

"법률요? 무슨 법인데요?"

휘네인은 순간 당황했다. 법률이라니. 물론 마계라 해도 나름의 법은 있어 이상할 건 없다. 하지만 그 법을 지배하는 게 마황 아닌가. 대체 어떤 법이기에 그 스스로가 어기지 못한다는 건가.

"가장 하급 마족이라 하여도 그가 노력하여 얻은 것은 그의 것일지니 나라고 할지어도 빼앗지 아니하겠다. 카피틀리온이 즉위하면서 가장 먼저 발표한 마계 제1법률이지."

땅!

휘네인은 순간 머리를 누가 망치로 내려친 듯한 충격을 받았다. 이것이 마계의 제1법률. 카피틀리온이 만들고 스스로도 삼가 지키는 원칙이라고?

다르다. 무언가 그녀가 살던 세계와 다르다. 그녀가 배운 교리와 다르다. 생각만 하면 그대로 물건이 나타나는 방도, 하염없이 크고 높은 건물도 그저 마계는 다르구나라고 하는 느낌을 줬을 뿐이다. 피닉스도 드래곤도 놀라웠지만 충격은 아니었다. 하지만… 이제는 확실히 알았다.

여기는 마계다. 마황의 법이 지배하는 곳. 진실로 여신의 권능이 닿지 않는 곳이다.

그리고 성서에서 묘사한 지옥으로서의 마계와도 완전히 다른 곳이다.

그 충격은 너무나 커서 마황이 자기의 몸만이 아닌 마음까지 원해서 그리하였던 게 아니라는 사실은 오히려 작은 일이 되어버렸다.

"그래서… 나는 내 거니까 힘으로 빼앗을 수 없다는 건가요?"

"그래. 난 강제로라도 너를 가지고 싶지만 안 돼. 카피틀리온은 그 원칙을 깨지 않아. 여자 하나를 얻기 위해 마계를 여기까지 이끌어온 제1법률을 깨는 건 손해 보는 일이니까."

휘네인은 힘이 주룩 빠졌다.

모든 것은 여신의 은혜일지니, 그분께서 각자에게 합당한 것을 공평히 내리시도다. 이에 그대들은 그중 좋은 것을 골라 되돌림으로서 감사를 표하라.

천계는 낙원일지니 각자는 역할대로 일하여 여신께 봉사하고 필요한 대로 받아 모자람도 없고 서로 빼앗음도 없을지라.

'여신의 가르침이 옳아. 하지만…….'

마계도 지옥은 아니구나.

이제는 인정할 수밖에 없다. 그리고 카피틀리온과 컴페티온은.

'정말로 둘이 하나구나.'

컴페티온이 느끼지만 카피틀리온이 그걸 제어한다. 순수해서 오히려 선악의 구분이 없는 이 마족이 스스로 정한 규칙의 판단에는 따른다. 둘로 보이지만 사실은 하나로 사고한다. 단지 그의 내면 중 어느 쪽을 드러내냐의 차이일 뿐.

'그래, 둘이 분리되어서 이상하게 행동하는 게 아니었어.'

애초에 둘을 합친 '그' 자신이 그런 마황이었다.

그런데 그렇다는 건,

'이 인간. 아니, 이 마족. 결국 정상이 아니라는 거잖아!'

하긴 명색이 마황인데 평범하면 그게 더 곤란할지 모르지만, 그간 보낸 그 시간들이 반쪽과 보낸 시간은 아니었다.

'아아, 영원히 정상이 아니겠구나.'

마황을 누가 있어 선도하랴. 평생 그러고 살겠지. 영원한 구제 불능. 안타까워도 어이하겠는가.

조금 진정되니 다시 원래 문제가 생각난다. 결국 강제로라도 가지고 싶은데 스스로의 원칙 때문에 안 한다는 건.

'흥. 결국 내 몸을 사고 싶다는 거뿐이잖아. 내가 뭐 창녀인가. 절대로 카피랑은 결혼 안 해.'

마황의 제1후궁. 몸을 팔아서 얻을 수 있는 자리로 그보다 높은 자리는 없겠지만 자기가 원하는 사랑은 그런 게 아니다. 강제로 하지는 않겠다는 건 점수를 조금 주겠지만 그뿐이다.

생각에 잠긴 휘네인을 컴페티온은 타오르는 눈으로 바라보았다. 가지고 싶다. 하지만 안 된다. 법칙은 깨면 안 된다.

그녀는 자기의 손해를 감수하면서까지 그를 위해주기도 했었으니까. 자기도 잘 대해주고 싶다. 하지만 자기가 싫다면 그때는 왜 그렇게 해준 걸까. 자기가 마황인 걸 몰라서? 빛에 속하였기에 어둠이 그렇게나 싫은 건가?

"내가 싫나?"

컴페티온이 자신의 양어깨를 잡고 그 깊은 검은 눈으로 똑바로 바라보며 물어오자 휘네인은 고개를 돌렸다. 강한 눈빛은 마주 보기 힘들었다.

"싫은 건 아니에요. 처음에는 마황이라는 걸 알고 엄청 미워하려 했지만, 더는 아네요. 그냥 이전과 똑같아요."

"그러면 좋아하나?"

"…뭐 조금은요."

어쩌면 많이. 하지만 열렬하게는 아니다. 적어도 무슨 대가를 치르더라도 사랑하는 그이의 곁에 있고 싶어 같은 말을 외치는 그 이야기 속 숙녀들에 비하면 반의반도 안 된다.

"그렇군. 그걸로 좋아. 그럼 그냥 잠시만 이러고 있게 해줘. 앞으로는 키스든 뭐든 허락없이 안 할 테니까."

컴페티온이 그대로 얼굴을 자기 가슴에 묻자 휘네인은 반사적으로 손을 들어올렸다. 밀어내려다 말고 그녀는 그냥 손을 그의 등에 얹었다.

인간에 불과한 자신이 마황을 받아주고 싶다고 느낀다면 말이 안 되는 걸까. 하지만 누구보다도 높기에 그는 고독해 보인다. 이 아이 같은 면이야말로 어쩌면 그가 숨겨온 또 하나의 진실은 아닐까.

컴페티온은 그냥 미소 지었다. 그녀의 온기는 좋았다. 빛의 존재는 역시 알 수 없다. 자신이 지닌 바를 간절히 원하는 여자는 많다. 명확히 읽을 수 있는 그들의 욕망은 실로 컸다. 그런 그들조차 자기를 위해 목숨을 걸지는 않는다. 그걸 잃고서는 자기한테서 받으려는 것을 못 받게 되니까.

하지만 왜 그녀는 그냥 조금 좋아하는 자기를 위해 목숨을 걸었던 걸까. 아니, 자기만이 아니다. 역시나 잘 알지도 못하는 더 약한 인간들을 위해 목숨 걸었다. 옛날부터 그랬다지만 빛의 존재들은 예측할 수는 있어도 이해할 수는 없다.

'그녀가 살아 있는 동안은 결혼하지 말까.'

반려가 필요하긴 해도 그는 아직 젊다. 인간인 그녀는 어차피 오래

살지도 못한다. 자기 것이 되는 건 거부해도 옆에 있는 것까지는 거부
하지 않으니까. 그 짧은 시간 동안만이라도 더 함께 있고 싶다.

잠시만 봐주자라는 게 어느덧 30분은 된 거 같다. 휘네인은 이제는
그만 무거워서 밀어내야겠다고 느꼈다.
"이봐요. 잠시만이라면서 대체 언제까지 있을 거예요?"
대답이 없다.
"이봐… 요?"
살짝 컴페티온을 밀자 눈을 감고 있다.
"잠들었잖아?"
마구 흔들어 깨울까 하다가 휘네인은 마음을 바꿨다. 무릎 위로 그
의 머리를 눕히고 편하게 자세를 바꾸었다.
"마족도 휴식은 필요하구나."
하긴 당연한가.
"그동안 나 데리고 다닌다고 피곤했나 보지. 오늘 한번만 봐주자."
그녀는 잠든 컴페티온의 얼굴을 가만히 보았다. 피부는 어째 여자인
자기보다 더 깨끗한 거 같고 입가에 감도는 부드러운 미소는 마족이
아니라 천사 같았다.
'자세히… 보니 진짜 잘생기긴 잘생겼네.'
마황이니 당연할지도 모르지만 꼭 그런 이유도 아니다. 마황이라면
압도적인 카리스마와 공포, 위엄이 느껴져야 할 텐데 지금의 컴페티온
은 오히려 아기 고양이 같다.
그러면 이건 카리스마없는 얼굴인가? 휘네인은 고개를 갸웃했다. 그
것도 아니다. 카피틀리온은 분명히 위엄있을 때는 위엄있었다. 하나의

얼굴이 사자와 고양이 양쪽 모두가 될 수도 있는 걸까.

'아, 몰라. 내가 무슨 인물 감정사도 아니고. 그리고 외모는 중요한 게 아니라고! 중요한 건 내면이야. 암, 내면이고말고.'

그러니까 카피의 콧날이 오뚝하다거나 선명한 머리카락의 검은색이 멋지다거나 생각보다 훨씬 더 체형이 탄탄하게 잘 잡혔다거나 하는 건 다 무효다.

그냥 어디까지나 지쳐 잠든 인생, 아니, 마족생이 불쌍해서 인심 한 번 쓰는 거다. 휘네인은 그런 걸로 결정 내렸다.

"잘 잤어?"

"엑?"

휘네인은 깜짝 놀라 일어났다. 대체 언제 이리된 걸까. 컴페티온이 내려다보고 자기가 누워 자고 있었다. 그사이에 옮겨놨는지 방 안 침대 위였다.

'이 녀석 자는 거 지켜보다가 내가 잠들었잖아.'

"자는 모습 예쁘더라."

컴페티온이 싱긋 웃으며 칭찬했다.

"거짓말 말아요."

"거짓말 아닌데."

컴페티온이 부인하자 휘네인은 시선을 돌렸다. 거짓말 안 하는 줄은 그녀도 알았다. 외모가 다가 아니라지만 그래도 예쁘다는 칭찬이 싫진 않다.

"정말요?"

"그럼."

"하지만 마황이니까 나보다 더 예쁜 여자도 많지 않아요?"

"응, 많아."

예의상 해본 소리에 너무나 솔직한 답이 돌아와서 휘네인은 엎어질 뻔했다.

'누구 놀리냐!'

더 약 오르는 건 저게 놀리기 위해서 한 말이 아니라 그냥 솔직한 그의 생각이라는 거다. 물론 이성적으로 생각하면 마황인 그가 자기보다 예쁜 여자를 모른다면 그게 더 이상한 거라는 건 알지만 그래도 은근히 부아 치민다.

"아아, 그러세요? 당신이 아는 여자를 예쁜 순서로 세우면 난 한 백 번째쯤 오나요?"

오는 말이 빈말이라도 고와야 가는 말이 곱지.

"아니, 그 정도는 안 돼."

"그래요?"

휘네인은 약간 기분이 좋아졌다. 스스로 자기가 사실 그렇게까지 예쁘다고 생각한 적은 없었다. 미용에 공들인 시간도 없고. 그런데도 그의 눈에는 꽤 앞쪽으로 예뻐 보인다면 조금은 기쁘다.

"그러니까……."

컴페티온이 잠시 셈을 했다.

"오천 번째쯤 되는 거 같아."

안 된다는 게 그쪽으로였다니. 휘네인의 눈썹이 꿈틀했다. 참아야 한다. 참아야 한다. 참아야 한다. 사제인 자기가 외모에 대해 뭐라고 한다고 화내선 안 된다. 그런데 왜 이렇게 참기 힘들지?

그래, 다른 누구도 아닌 저 자식이어서다. 저렇게 상큼하게 웃으면서 그런 말을 하니까 몇 배로 열받는 거지. 다른 인간이 했으면 기꺼이 사제답게 온화한 미소를 지으며 넘어갔을 텐데 저 자식이 하는 말은 그러기 힘들다.

"그럼 그 여자들이나 데리고 오천 궁녀 만들지 그래요?"

휘네인의 말투에 은근한, 아니, 명백한 비꼼이 들어갔지만 컴페티온은 그저 순진한 척 웃으며 대답했다.

"외모 하나만을 기준으로 오천씩이나 되는 궁녀를 뽑는 건 낭비잖아."

나오는 대답하고는.

"그건 카피 생각이죠?"

"그야 그의 생각이 내 생각이고 내 느낌이 그의 느낌인걸."

말이 미묘하다.

"그래서 4999명의 여자는 좀 더 중요한 일을 맡기고 5000번째 여자 정도로 후궁 삼기로 한 거예요?"

난 후궁 정도로 딱이라는 거지?

"마황의 제1비 자리보다 중요한 자리는 4999개나 없어."

"흥!"

"그리고 내가 너를 아내 삼고 싶어한 건 5000번째로 예뻐서가 아니라 네가 제일 좋기 때문인데."

"오호! 외모는 안 중요하다 이거예요? 실용성이 더 중요하다 이거죠?"

왜 저쪽이 무슨 말을 해도 삐딱하게 들리는 걸까. 휘네인은 스스로도 궁금했다.

"외모도 중요하지. 그것 자체가 하나의 실용성인걸."

"아하! 그래요? 그럼 또 뭐가 중요하죠?"

"가장 중요한 것은 역시 혼의 크기지. 여자 쪽의 마력이 뒷받침되지 않으면 지위를 계승할 자식은 태어나지 않으니까."

"그 점에 있어서 난 또 꽝이겠네요. 마계에는 나보다 강한 여마족 엄청 많죠?"

"1000명 정도밖에 없어."

"아, 그래요?"

5000위에서 1000위라니. 엄청난 순위 상승이다. 실로 감격스럽기 그지없어 저 마족을 당장 패대기치고 싶다.

"그 다음에는 이왕이면 머리도 좋고 정치에도 능하고 각종 잡기도 뛰어나며 내조를 확실히 해줄 수 있으면 더 좋고요?"

"맞아. 잘 아네."

컴페티온이 고개를 끄덕끄덕했다.

"그리고 난 이 모든 부분에서 빵점이고요?"

"아니. 약간의 점수는 있다고 봐."

칭찬 아닌 칭찬을 컴페티온은 실로 천연덕스럽게 늘어놓았다.

"그거 무지하게 고맙네요! 그런 부족한 저를 아내로 맞이하고 싶어 해 주시니 정말로 영광이에요."

휘네인의 목소리가 한 옥타브 올라갔다.

"그럼 뭐 해. 넌 영광을 원치 않으면서."

반대로 컴페티온은 의기소침하게 한숨 쉬었다.

"당장 나가, 이 망할 마족아!"

휘네인은 그대로 베개를 집어 던졌다.

"갑자기 왜 화를 내고 그래?"

"나가라면 나가!"

"정 그걸 원한다면 알았어. 그럼 내일 보지. 푹 자라고."

컴페티온은 어깨를 으쓱하고 물러났다. 여신도 그 사제도 좋은 말만 해도 화를 내니 이해할 수가 없었다.

'아무튼 알 수 없는 존재들이라니까. 천계 쪽에 속한 여자들은 다 저런가?'

휘네인과 아뮤니엘은 꽤나 다르다고 생각했는데 오늘 확실한 공통점 하나를 알았다. 컴페티온은 뺨을 긁적였다. 어차피 두 번 다 저쪽에서 거절해 버렸지만 결혼 안 한 게 오히려 다행일까? 해석 불능의 상대와 오래도록 좋은 관계를 유지한다는 건 어려울지도 몰랐다.

*　　　*　　　*

마황이 부수고 지나간 여신의 정원은 거의 다 복구되어 있었다. 정원 복구보다 경계 지대의 방어선 구축을 우선시해야 하지 않겠냐고 진언하는 어리석은 천사는 없었다.

그 아름다운 정원에 우아하게 누워 여신은 성천사들이 부르는 자신의 찬가를 들었다. 이제야 가증스러운 마황 때문에 입은 자존심의 상처가 다소나마 아무는 듯했다.

전 우주에서 가장 고귀하며 거룩하며 존엄하며 성스러운 절대자인 자신이 마황 따위에게 등을 보이고 달아나야 했다니 실로 있을 수도 없고 있어서도 아니 되며 있지도 않을 일이겠으나, 세상이 크게 잘못되어 그만 일어나고야 말았다.

"거룩하고 거룩하고 거룩하시며 존엄하고 위대하시며 성스러운 만

영혼의 인도자이신 절대자 여신님께 삼가 물질계의 동향을 보고드립니다."

"말하라."

"아뢰옵기 황공하오나 최종 봉인의 발동을 마계 측에서 정지 접수한 후 마계에 투항한 인간의 비율이 현재 80%가 넘어섰다고 하옵니다."

"이런 가증스러운 것들 같으니. 지금껏 내 은혜로움이 아니었다면 살아 숨 쉬지도 못하였을 것들이 감히 반역을 해?"

아뮤니엘이 분노로 손을 바르르 떨었다.

"만물의 진정한 주인이신 여신을 부정하고 마계에 붙다니 이보다 더 큰 패악은 다시없을 것입니다."

천사 하나가 재빠르게 아부했다.

"용서하지 마소서, 여신이시여. 저들의 크나큰 죄악에 합당한 벌을 내리소서."

다른 천사가 질세라 나섰다.

"그리할 것이다. 내 잠시 불순한 것들을 시험하기 위해 물질계를 마황이 임의로 하도록 방치할 것이나, 때가 되면 심판할 것이니 그때에 저 무리들은 모조리 다 불구덩이에 던져 버리리라."

"그리하소서. 그때에야 여신의 정의로우신 심판은 누구도 피할 수 없음을 저들이 뒤늦게 알고서 후회하며 울부짖으리다."

"암, 내 그리하고말고."

천사들이 앞 다투어 바치는 간언을 들으며 아뮤니엘은 고개를 끄덕였다.

마르시엘은 속으로 조용히 한숨 쉬었다. 천사들이 앞 다투어 여신이 듣고 싶어할 말만 하고 있지만 사실은 여신도 알고 있을 것이다. 적어

도 아뮤니엘과 카피틀리온의 치세 동안은 마계를 정벌하느냐 못하느냐
가 문제가 아니었다. 천계가 살아남느냐 못 남느냐가 문제였다.

'가능할 것인가.'

현재의 전력으로만 본다면 불가능까지는 아니다. 그 자체로 성스러
운 땅인 천계는 천사들의 힘은 강화해 주고 마족의 힘은 약화시킨다.
오랜 기간에 걸쳐 구축해 온 방어진들도 탄탄하다.

원정 온 마계는 보급의 압박에 시달릴 것이며 물러날 데가 없다는
비장감이 천사들의 사기를 높일 것이다. 그리고 그 무엇보다 여신의
힘은 마황을 압도한다.

하지만 카피틀리온과 아뮤니엘이 각각 지금의 위치에 올랐을 때 어
느 누구도 이런 일이 벌어질 거라고는 예상하지 않았다. 4차례의 전쟁
에서 패배한 마계는 패망 직전이었고, 천계는 이번 대에는 우리가 최종
승리를 거머쥘 때가 되었다고 들떠 있었다.

지금도 기억한다. 그 취임식 날 양측의 상반되었던 분위기를. 그런
데 어쩌다 이리되었는가.

여신은 마황보다 강하다. 천계는 마계보다 강했다. 그런데 지금
은…….

엘크리크. 마계 대장군. 뛰어난 장수였다. 제4차 성마대전 시절 자
신을 보는 듯했다. 자신이 다소나마 유리한 건 세월의 차이일 뿐. 하지
만 그래도 같은 병력 같은 조건이라면 지지 않을 자신은 있다.

그러나 그 얼마나 허무한 전제인가. 현실은 그런 가정을 용납하지
않는다. 중간계를 전부 점령한 마계가 어느 정도로 추가적인 발전을
이룩할 것인가.

'천계가 중간계를 관리하지 않은 것이 조약 때문은 아니었지.'

조약은 핑계다. 공들이지 않아도 알아서 찬양과 공헌을 바치니 가끔 기적 같은 것이나 한번 보여주는 걸 제외하면 편하게 수거만 해도 되는데 재미 들렸다고 하는 게 진실이었다.

'하지만 저 차가운 마황이라면…….'

중간계를 철저하게 마계의 시스템으로 개조하고 있는 대로 성과를 뽑아낼 것이다. 그사이에 천계가 내부를 정리하고 상대할 만큼의 준비를 갖출 수 있을까. 아니면…….

"거룩하고 존엄하고 위대하시며 성스러우며 정의로우시고 자애로우시며 탁월한 지도력과 영도력으로 우리를 이끄시는 여신께 삼가 루시엘 청을 올립니다."

표정없는 인형이 여신의 앞에 무릎 꿇었다.

"말하라."

"휘네인 아네시스를 데려오겠다는 계획은 마황의 직접 개입으로 1차적으로 실패했습니다."

"그깟 인간의 동향 하나를 내가 알아야 하는가?"

"마황이 그녀에게 청혼을 했고 비로 삼겠다고 했음에도 그녀가 거절했다 합니다."

"호오. 그래? 조금 쓸 만은 한 인간이군."

아뮤니엘은 고개를 끄덕였다. 옆에 천사가 재빨리 아부했다.

"지극히 상식적인 판단이옵니다. 마황의 아내가 되느니 천계의 벌레가 됨이 더 영광스러운 일 아니겠습니까."

"호호. 실로 그러하지. 해서 루시엘, 청이란 무엇이냐?"

"다시 한 번 그녀를 데려올까 합니다. 마황의 감시 하에 있으나 그녀가 자발적으로 협조한다면 어려운 일도 아닙니다."

“흠.”

“마황의 청혼을 뿌리치고 천계에 인간이 귀순했다라고 한다면 상징적 의미가 실로 클 것입니다. 또한 소수 투항하지 않고 저항하는 인간들의 사기도 오르지 않겠습니까?”

“좋다. 한 번 추진해 보아라. 윤허한다.”

“감사드리옵니다, 여신이시여.”

루시엘이 일어나 물러났다.

다시금 천사들의 합창 소리가 정원에 널리 울려 퍼졌다.

*   *   *

“정말이지 망할 마족 같으니.”

아침에 눈 뜨자마자 베개를 부여잡고서 휘네인이 한 첫 말은 그거였다.

“카피틀리온이고 컴페티온이고.”

다 그놈이 그놈이다. 애초에 하나지. 생각하는 거나 느끼는 거나 얄밉긴 그지없는 인간, 아니, 마족.

“정말 멋대로 남의 입술이나 훔쳐 가고.”

처음에는 의식도 없는 상태에서. 그 다음번에는……

“몰라. 몰라!”

생각하기 싫다. 그녀는 자리에 일어나 앉았다.

“하아.”

사실은 알고 있다. 화를 냈지만 바보가 아닌 다음에야 어떻게 모를 수 있을까. 그 무방비한 얼굴에 그대로 드러나는 솔직한 마음. 그는 자신을 좋아한다.

비록 그게 '별거없는 인간'인 너를 그래도 '비'로 삼겠다는 자존심 상하는 형태로 표출된다 해도 그의 입장에서는 대단한 것이리라.

"그를 비난할 것도 못 되지."

힘없고 약한 이들을 같은 인간으로서, 사제로서는 사랑했다. 그러나 여자로서 남자를 사랑하는 마음으로는 대할 수 있었을까?

"율그샤인을 네게 주마. 내 영지 중 가장 아름다운 곳이다."

"율그샤인 자체가 하나의 별이다."

절대치로만 따지면 세상 어느 여자가 그보다 더 큰 프로포즈 선물을 들어봤을까. 화가 났던 건 그래 봐야 그건 마황의 입장에서 나름대로 성의에 불과하다는 것이지만.

자기는 마황이 아니다. 마황의 입장을 정확히 알지도 못한다. 카피의 그 마음이 정말로 작은 것이었을까? 스스로의 이성과 감정을 분리시켰던 마황이다. 그런 그가 마황위에 복귀하고서도 인간인 자신을 데려와서 늘 같이 붙어 있는 게 심심풀이 장난일까.

그는 이야기 속 남자들만큼은 자기를 사랑하지 않을지 모른다. 하지만 현실의 많은 이들보다는 더 자신을 사랑하고 있으리라. 그는 마음이 변할지라도 대우는 변하지 않겠다라고 말했지만 휘네인은 그때 알았다. 이 남자는 자신이 살아 있는 동안 마음을 바꾸지 않을 거다. 그렇기에는 너무나 충실한 남자니까.

'이대로 마계에 머무르고, 어느 날 그에게 다시 한 번 청혼을 받고, 결국 못 이기는 척 받아들인다면.'

그리고 카피의 도움을 얻어 자신의 세계에 아로새겨진 전쟁의 상처를 씻으며 일생을 산다면 행복할까?

'아직은 아냐. 난 카피가 보여준 마계밖에 모르는걸.'

그의 실체를 더 확인해야 한다. 그때 밖에서 하녀가 문을 두들겼다.

"아가씨, 방을 정리해도 되겠습니까?"

"들어오세요."

휘네인은 자리에서 일어났다. 이 모든 게 자동인 방을 갖춘 마황성에 굳이 하녀가 필요할까 의문이었지만, 마계도 고위 마족이 사소한 일 직접 하기 싫어하는 건 마찬가지인 모양이었다.

들어온 하녀는 말없이 방을 정리하다가 꽃병을 만지며 살짝 한숨 쉬었다. 어두운 그 얼굴을 보고 휘네인의 참견하기 좋아하는 천성이 발동했다. 마족이라 해도 하녀인 그녀는 평민 인간과 별반 다르게 느껴지지도 않았다.

"무슨 안 좋은 일 있나요?"

"아… 아닙니다, 아가씨."

하녀가 황급히 고개 숙였다.

"말해보세요. 제가 도울 수 있을지도 모르잖아요?"

망할 마족 녀석에게 뭐라도 뜯어내서 가엾은 하녀를 도울 수 있을지도 모른다.

"그냥 황폐한 광야에서 일하고 있을 제 아이가 생각나서 그랬습니다. 신경 쓰게 해드려 실로 죄송합니다. 부디 용서해 주십시오. 윗분께서 이 일을 아시면……."

"황폐한 광야요? 그게 뭐죠?"

못 들어본 이름이다.

“제1옥에 있는 지역의 이름입니다. 다수의 프텔리스들이 일하는 곳이지요.”

“그렇군요.”

휘네인은 고개를 끄덕였다.

‘프텔리스가 마족의 제9계급이었지?

마황과 4대 군왕, 재상이나 대장군 같은 단일 개체를 제외하고 9계급으로 나뉘는 마족에서 최하층에 속한 존재들. 그러고 보니 며칠 동안 돌아다니면서 한번도 제대로 본 적이 없었다.

‘맞아. 오늘은 거기나 가봐야지.’

휘네인은 결정했다.

“만약 제가 거기 가게 된다면 아드님에게 전할 말 같은 거라도 있나요?”

하녀가 깜짝 놀라며 무릎 꿇었다.

“어찌 감히 그런 일을. 그냥 아무것도 못 들으신 걸로 해주십시오. 제 일은 제가 알아 처리하겠습니다.”

“괜찮은데.”

“부디 용서를. 정리를 마저 하겠습니다.”

“알았어요.”

하녀는 다급히 정리를 마치고 떠나갔다. 잠시 뒤 휘네인이 혼자서 식사를 식탁에 주문하자 어김없이 컴페티온이 나타났다. 어제 그렇게 쫓겨나고도 잊었는지 연신 웃는 얼굴이었다.

‘역시 보고 있으면 화낼 수 없게 만드는 얼굴이라니까.’

나 좋다고 따라붙는 강아지를 매정하게 발로 찰 만큼 휘네인은 삐뚤어지지 않았다.

“저기 오늘은 제1옥의 황폐한 광야에 데려다 줄래요?”

“제1옥의 황폐한 광야? 거긴 별로 볼 거 없는데.”

컴페티온이 고개를 갸웃했다.

“보고 싶어요.”

“알았어. 데려다 줄게.”

이유도 묻지 않는다. 휘네인은 빙긋 웃었다.

“고마워요.”

식사를 마치고 컴페티온이 그녀를 잡았다. 컴페티온이 잠깐 정신을 집중하고 공간 이동했다.

다음 순간 시야가 흐려졌다. 사방에 먼지가 자욱하고 녹색을 띤 물질 등이 공기 중에 떠다녔다.

쨍. 캉.

단단한 땅에 곡괭이 부딪치는 소리가 울려 퍼졌다. 발밑의 땅은 색깔이 죽어 있었고 하늘은 제대로 보이지도 않았다.

투명한 막이 그녀와 컴페티온 주위를 감쌌다.

“여기는… 뭐죠?”

이 막이 유독한 대기로부터 그녀를 보호하기 위한 것임을 느끼며 휘네인은 물었다. 일한다 하면 제일 먼저 떠오르는 건 농부들이 농사짓는 밭이었다. 하지만 이 땅은 그런 정겨운 풍경이 아니었다.

“네페디움 채굴소.”

“이런 곳에서 일해도 마족은 아무렇지 않은 건가요?”

아니다. 그럴 리가 없다. 일하는 마족들이 엄청나게 힘들어하는 게 그녀의 눈에도 보인다. 곡괭이질하는 마족의 얼굴은 성에서 본 하인들과 달랐다. 죽어간다는 게 느껴지는 피폐한 얼굴이었다.

컴페티온이 경쾌하게 대답했다.

"아니, 여기 대기 성분은 마족에게도 유독해."

"그러면······."

"걱정하지 마. 넌 내가 지켜주고 있잖아."

"그게 아니라 저들을 말하는 거예요. 저렇게 무방비한 상태로 일하면 죽게 되지 않아요?"

마계에서 알아서 잘하고 있을 테니 지나친 걱정일지도 모르지만 얼굴을 보면 도저히 걱정 안 할 수가 없다.

"죽게 되지."

태평한 대답.

"그렇다면 왜 저대로 내버려 두는 거예요?"

"왜라니? 질문을 잘 이해 못하겠어."

컴페티온은 여전히 웃고 있다.

"왜 지금 나한테 하듯이 보호 주문을 걸어주지 않고 죽게 놔두냐고요."

떨린다. 다시는 돌아올 수 없는 강을 건너고 있다는 걸 느꼈다. 균열을 막을 수 있는 건 지금뿐, 하지만 휘네인은 돌아설 수 없었다. 진실 앞에서 도망치는 법은 몰랐다.

"아, 그런 의미의 질문이군. 그건 보호 주문을 써가면서 살릴 가치가 없으니까."

컴페티온의 표정이 변함없이 밝다. 그게 카피의 변함없는 차가움과 같은 뿌리라는 걸 왜 몰랐을까.

"가치가 없다니요. 저들이 죽어도 괜찮은 거예요?"

떠는 휘네인의 손을 컴페티온이 부드럽게 잡아주었다. 그가 신난다는 듯 말했다.

"걱정해 주는 거야? 하지만 안심해. 저런 단순 노동을 하는 프텔리스들은 숫자가 넘치거든. 죽어나가는 대로 바로 충원 가능해. 문제없다고."

휘네인은 컴페티온의 손을 뿌리치고 한 걸음 뒤로 물러섰다. 걱정했냐고? 했다. 하지만 컴페티온은 자기가 한 걱정의 내용을 완전히 오해하고 있다. 그럴 수밖에 없을 거다. 컴페티온이, 카피틀리온이 걱정한 건 사망하는 만큼의 인력 충원이 가능하냐 뿐이었을 테니까.

문제없다니. 문제없다니. 그 말을 하며 웃는다. 명랑함이라고 느꼈던 지금까지의 밝은 웃음이 이런 거였나.

"그럼 지금 저기 있는 이들을 다 죽여도 아무 문제 없겠네요……."

여신이시여. 휘네인은 자기도 모르게 성표를 잡았다. 실로 오랜만의 일이었다.

"그래도 그건 조금 문제있는데. 갑자기 다 죽으면 새로 충원 병력을 데려오는 동안 작업에 차질이 생길 거야. 하지만 그 정도 차질은 대수롭진 않겠다. 조금 더 데려와서 작업량을 늘리면 그만이니까."

아주 잠깐 고민하던 컴페티온이 다시금 웃었다. 휘네인은 그러지 못했다.

그만이라고…….

"그리고 데려온 자들이 죽으면 또 새로운 자들을 데려오고… 실로 아무 문제 없겠군요. 프텔리스들은 얼마든지 태어날 테니까."

"얼마든지는 아니지만 소모되는 만큼은 태어나고 있으니까 유지하는 데는 문제없지."

소모? 소모라고?

"저들… 저들 보통 몇 년이나 사는 거죠? 저런 식으로 혹사당하면서 몇 년이나 살 수 있죠?"

"보통 5년 정도? 약한 놈은 3, 4년 정도 만에 죽기도 하고 튼튼한 놈은 6, 7년 정도 버티기도 하지만, 그 이상으로 약하거나 강하면 다른 일에 투입하니까 거의 5년 내외야."

5년. 성표를 잡은 손에 힘이 들어간다. 가장 비천한 농민들도 그렇게 생명을 깎아가며 일하지는 않았다. 그렇게 큰 건물들을 지을 능력도 부도 없는 자신의 세계에서도, 왕과 귀족들이 평민과 비할 바 없이 잘사는 그곳에서도 이렇게는 안 했다.

"그럼 그전에는 여기 끌려오기 전에는 어디서 뭘 하면서 사는데요?"

"일단 태어난 다음에."

"말로 하지 말고 데려가 줘요. 직접 볼래요. 직접 봐야겠어요."

"알았어."

휘네인의 목소리가 올라갔지만 컴페티온은 신경 쓰지 않았다. 어차피 도통 이해할 수 없는 상황에서 화내는 일도 잦은 여자였으니까.

건물 안 양쪽 벽에는 빽빽하게 우리가 들어 있었다. 가로세로로 잘개 쪼개서 공간을 한 치의 낭비 없이 허용하여 세워진 우리는 한 칸 한 칸이 아기가 들어가 있기 딱 맞는 크기였다.

"여기는……."

"갓 태어난 프렐리스들을 관리하는 곳이지. 유아일 때는 아무런 작업도 못하면서 자원을 소모하기만 하지만, 성장 후의 수익을 기대하고 일단 기르는 거지."

"……."

기른다고? 이 좁은 우리에 하나씩 넣어놓고 기른다고? 동물도 이렇게는 안 기를 거다.

"길러봐야 소용없는 것들은 이 단계에서 걸러지지. 대략 10% 정도가 탈락해."

"걸러진 아이들은 어떻게 되죠?"

"프렐리스의 유아 때 육신은 아델레테 등의 원료가 되거든. 거기에 소모돼."

정말로 효율적이고 합리적이다. 갓난아기도 그냥 버리지 않고 철저하게 활용한다. 이것이 마계의 힘. 성표를 쥔 손이 떨린다. 컴페티온은 그녀가 집중해서 들어주니 신이 나서 설명한다.

"그들은… 그렇게 태어나서 아무것도 누려보지 못하고 바로 원료가 되어 죽는 거군요."

"그렇지는 않아. 전대 마황 때까지는 그랬지만, 카피틀리온이 재위 후 세운 원칙에 따라 그들의 원료로서의 가치에다가 출산 및 초기 처리시까지의 비용을 제외한 만큼은 받고 나서 넘겨져. 보통 약간의 고급 에너지를 받게 되지."

"실로 철저하게 공평하네요. 준 만큼 받고 받는 만큼 주고."

"맞아. 그게 카피틀리온의 제1원칙이라고."

휘네인은 떨리는 다리에 억지로 힘을 주었다. 여기까지만으로 충분하다고 외치며 도망치고 싶었다. 성서가 맞았다. 마계는 인간으로서 상상할 수 없는 지옥이었다.

'하지만 끝까지 봐야 해. 나는 전부 확인할 사명이 있어.'

그녀는 다시금 컴페티온에게 부탁했다.

"나머지 90%는 이 다음에 어떻게 되는 건지 보여줘요."

"좋아. 옮기자."

이번에는 작은 방이었다. 그 안에 열 명씩 들어가 있었다.

'이런 건 방이 아냐.'

가구는 하나도 없다. 창문은 나 있지도 않다. 바닥에 딱 붙어서 열 명이 간신히 잘 수 있는 크기였다. 그 안에 앉아 있는 아이들은 무표정했다.

휘네인은 몇 번이고 기도하고 싶은 걸 간신히 참았다. 아무런 희망도 즐거움도 없는 얼굴. 자기들의 비참한 운명을 알지만 저항할 힘도 없기에 포기한 얼굴의 아이들이 끝없이 있었다.

'여신이시여.'

컴페티온이 설명했다.

"일단 살아남은 프텔리스들의 90%는 아무 일도 부여받지 않고 여기서 14세 정도까지 길러져. 좀 더 성장한 다음에 작업에 투입하는 게 그때까지의 비용을 감수하더라도 효율적이거든. 하지만 8% 정도는 이 시기에 적합한 작업에 배정돼. 그리고 유아기 때 예상된 것보다 약하게 자란 나머지 2% 정도는 이때 2차로 거르는데 이들의 경우는 아델레테 원료로 써봐야 이미 손해라서 말이야. 이들은 미리 걸러내는 방안을 찾아내는 게 마계의 핵심 연구 과제의 하나라지."

"손해… 인 거군요."

"사실 손해는 안 봐. 이 위험 요소를 감수한 데 대한 비용을 감안해서 나머지들에게 받으니까. 하지만 마계 전체로 보면 자원이 낭비되는 건 엄연하고 보면 개량이 필요하긴 해."

컴페티온이 어깨를 으쓱했다. 그리고는 다시 웃었다.

"이거야 마계의 연구 담당 마족들이 할 일이고 우리는 다음으로 옮겨갈까?”

“네.”

휘네인의 대답에 힘이 없자 컴페티온이 걱정스러운 눈초리로 그녀를 보았다.

“아까부터 힘이 없는 거 같은데 피곤한 거 아냐? 이 나머지는 다음에 보고 돌아가 쉬는 게 낫지 않겠어?”

“아뇨. 괜찮아요. 끝까지 보여주세요. 다 볼 거예요. 다 봐야 해요.”

휘네인은 다시금 똑 부러지게 대답했다. 손은 계속 떨면서 성표를 잡고 있었지만.

“알았어. 하지만 마음이 바뀌면 언제든지 얘기해.”

친절하고 따뜻한 목소리. 휘네인은 현기증을 느꼈다. 어떻게 그는 저들을 저렇게 뇌두면서 자기는 걱정할 수 있는 걸까. 어째서… 어째서.

이제 제법 체격을 갖춘 마족들이 일렬로 죽 늘어서 있었다. 그 앞에는 몇몇 윗등급의 마족들이 몇 가지 장비를 가지고서 페탈리스들을 한 명씩 측정했다.

“14세에서 15세가 되는 1년간은 여기서 능력 검사 및 교육을 받아서 최종적으로 5등급으로 분류되지. 지금 저건 신체검사하는 중인 거구.”

“신체검사.”

검사하는 마족들의 눈은 차가웠다. 상대에게 잘못된 것이 없는가 살펴보는 의사의 눈이 아니었다. 그냥 고기의 등급을 판별하는 감정가의 눈이었다.

“이 다음은 각자에게 적합한 작업 현장에 배치돼. 5등급은 사고율이 가장 높은 업무에 투입되지. 이들부터 보러 가자."

불길이 이글거리는 산의 곳곳에 동굴이 나 있었다. 그 안쪽에서 연기가 새어 나오고 돌 깨지는 소리가 울려 퍼졌다.

"율드럼 광산이야. 5등급은 주로 이런 식의 일을 하지. 평균 근무 수명은 3.5년. 짧지만 효율이 높은 일이라서 괜찮아."

"괜찮은 건가요?"

"응. 율드럼이 엄청 유용해. 최종 마력석 제작에 핵심 요소거든. 그래서 금방 죽어나간다 해도 투입할 만해."

쾅!

그 말이 끝나기 무섭게 동굴 하나에서 폭발음이 치솟고 불길이 입구에까지 뿜어져 나갔다.

"저건!"

"아아, 폭발했군. 항상 이게 문제지. 한번 폭발하면 피해가 막심하거든. 폭발율을 낮추기 위한 연구가 꾸준히 행해지고 있기는 한데 말이지."

휘네인은 흘러내리려는 눈물을 간신히 참았다. 아직 멀었다. 지금 울면 이 악마가 나머지를 보여주지 않을 거다.

"4등급이 가는 곳은 아까 보고 온 네페디움 채굴소나 그에 준하는 유독성 근무지. 평균 근무 기간은 5년. 3등급 근무지로 넘어가도 되겠지?"

거대한 로와 기계가 돌아간다. 뜨거운 용액이 여기저기로 흐른다.

"여기는 알벤티움. 제조 현장 같은 곳인데 평균 근무 연령은 역시 5년. 위험도가 높거든. 하지만 4등급들에 비해 작업의 가치가 높기 때문에 대우는 좋아.”

말이 제대로 들리지도 않는다. 분명 또렷하게 말해주는데도 머릿속에서 어지럽기만 하다. 보이는 건 그저 여기저기서 위험하게 튀는 불길뿐. 여긴 생명을 잡아먹는 거대한 의식처였다.

마계는 인신 공양을 섬기는 자에게 요구한 적이 없다고? 카피의 그 말은 사실인 동시에 완전히 거짓이었다.

그 어떤 전설의 흑마법보다도 거대하고 완벽하게 마계는 희생 제물을 먹어치웠다.

“2등급은 프텔리스 내에서는 고급 인력이지. 알벤티움 연성 같은 작업을 하며 평균 근무 연령은 10년. 보수도 상당해. 이들은 어느 정도 기간 살려가면서 작업에 투입할 가치가 있지.”

컴페티온이 새로이 데려간 곳의 하위마족들은 분명 조금 더 나은 얼굴을 하고 있었다. 조금 더 통실하게 키워지는 고급육의 돼지처럼.

“1등급은 오히려 작업량은 작아. 상위 계급의 하인 같은 각종 잡다하고 안전한 일이 주어지거든. 그래서 그에 따른 보수는 거의 없어.”

“그렇다면… 뭘로 사는 거죠?”

“1등급 주 임무는 차세대 프텔리스 생산이거든. 보여주지.”

주루룩 늘어선 방 너머로 소리가 들린다. 끈적끈적한 신음 소리. 충격에 빠진 와중에도 휘네인은 그 의미를 깨닫고 얼굴을 붉혔다. 최소한의 방음 시설도 갖춰지지 않은 집단 매음굴이라니.

방문 하나가 열리고 남자 마족이 약간 흐트러진 옷차림으로 나왔다. 무심하게 지나치는 그에게서 나는 체액의 냄새에 좀 전까지 뭘 했는지 짐작하는 건 어렵지 않았다.

하지만 컴페티온은 조금도 변함이 없었다.

"여기야. 생산소. 가임 기간의 여자 프텔리스들과 남자 프텔리스들이 섹스를 하는 곳."

그 편이 휘네인은 더 끔찍했다. 차라리 음흉한 눈빛으로 자신을 놀리는 저질스러운 농담을 던졌다면 훨씬 나았을 텐데.

"생산소? 왜 이런 게 필요한 거죠? 그냥 사랑하는 이들끼리 결혼하면 되잖아요?"

이런 식의 매음굴이 자기 세계에도 있곤 했다는 걸 알지만… 그래도 이건… 적어도 교단은 이런 곳을 없애기 위해 노력을… 정말로 했었나?

"흠. 너의 세계에는 없는 시스템이니 잘 이해가 안 되겠군. 자세하게 설명해 줄게."

없다고?

"이건 1등급 프텔리스들의 필요와 마계 전체의 필요가 일치해서 만들어진 거야. 그들의 주요 수입원은 아이를 만든 데 대한 보상금이거든? 그런데 여자는 가임 기간에 최대한 여러 남자의 씨를 받는 것이 임신에 유리한데, 남자는 그 반대야. 자기 이외의 남자와 관계한 여자가 아이를 낳으면 누가 보상을 받을 권리가 있는지 불확실하잖아? 남자 쪽은 여자가 자기하고만 하기를 바라지."

"……."

"서로의 이해관계가 부딪치지. 이전 시대에는 이걸 그냥 자유에 맡겼어. 하지만 그러다 보니 불필요한 싸움도 많이 일어나고 여자 쪽의 권리가 남자에 의해 침범되는 일도 잦았어. 그래서 여자 쪽의 권리를 인정해 주었지만 문제가 끝난 게 아니었어. 아이가 태어나도 남자는 누구냐가 불확실하니까 그걸 놓고 분쟁이 계속 벌어진 거지. 거기다가 실제적으로 아이를 만들지는 않고 여자 쪽과 암거래를 해서 보상금만 나눠 가지는 사례도 생기고 하다 보니 전체 생산성만 떨어진 거야. 그렇다고 일일이 아이 아버지를 확인하는 건 비용이 너무 들고.”

휘네인은 굳었다. 이건 창녀촌이 아니었다. 그런 단순한 것이 아니었다. 말 그대로 생산소. 죽어나가는 이들의 자리를 채울 용도의 다음 세대를 대량으로 생산하는 곳. 끝없이 알을 낳는 닭장. 그 이상도 이하도 아니었다.

“그래서 공식적으로 엄정하게 관리해 줄 필요가 있었지. 그때 만들어진 게 이곳이야. 가임 기간의 여자는 검사를 거친 후 이곳에 방을 잡지. 그러면 남자가 와서 원하는 방에 들어가서 서로 생식을 하는 거야. 이곳에 있는 여자는 가임 기간임을 기관에서 확인해 주니까 남자 쪽은 사기당할 염려가 없어 안심할 수 있고, 마계 전체로도 낭비가 없지.”

“낭비라… 낭비로군요.”

서로 사랑하든 말든 그런 건 위에서는 관심없겠지. 중요한 건 가임 기간도 아닌 여자와 해서 차세대가 태어날 가능성을 잃었다는 것. 정말로 그런 관점으로만 본다면 지독히도 잘 만든 기관이다. 혐오감에 구토가 일어날 정도로. 휘네인은 결국 눈물을 흘렸다. 나는 이런 곳을 만들어낸 남자를 사랑하려 했던 건가.

“물론 여자 쪽의 권리도 지켜주기 위해서 남자가 마지막으로 생산소에 들른 날짜를 알려줘. 임신시킬 가능성이 낮은 남자와 하는 건 여자 쪽이 억울하니까. 가장 최근의 통계에는 생산소에서 여자는 평균 5.5명의 남자를 상대하고 이때 남자들의 평균 정액 충전 기간은 2.8일.”

“양쪽 다… 만족하나요?”

　"그러니까 이용하지. 저건 어디까지나 무료 제공되는 서비스지 강제가 아니라고. 이용하지 않는 프텔리스는 거의 없긴 하지만 상위 계급을 흉내 내서 결혼하는 이들도 많아."

　그건 흉내가 아니다. 이 지옥에서도 서로 사랑했기에 그런 거다. 휘네인은 알 수 있었다. 가난하더라도 서로가 서로만을 바라보고 살자. 그렇게 선택한 프텔리스들이 있는 거다. 최하급 미족으로서 가장 출세해 봐야 능력을 아이를 만들어내는 기계 취급이 다라 해도 서로 사랑하기에.

　"그들은… 태어난 아이를 바치지 않고 직접 기르기도 하겠죠?"

　"맞아. 결혼한 프텔리스들은 그러는 경우가 있어. 이렇게 자란 프텔리스의 경우 성장 기간의 비용을 부모가 대신 지불했기 때문에 같은 일을 해도 보수가 높지. 비용 회수분이 없이 다 받으니까."

　"그리고… 2에서 5등급 프텔리스들은 서로 사랑해서 아이를 만드는 것도 허락받지 못하는 거군요."

　가난한 것은 이해할 수도 있다. 죽음이 도사린 삶을 살아야 하는 것도 이해해 보려 노력할 수 있다. 하지만 사랑조차 도구로 삼아버린 이곳은 지옥이다. 진정 지옥이다.

　"아니, 그렇진 않아. 1등급 프텔리스들은 장려받는 거고 실제로 2에서 5등급 프텔리스끼리 만들어내는 아이도 어느 정도는 돼. 그 경우에도 각 등급에 맞춰서 보상금은 나가. 마계에서 법에 저촉되지 않는 이상 임의로 금지되거나 강제하는 건 없어."

　"왜, 왜 그냥 서로 사랑하고 결혼하게 놔두지 않는 거죠? 물질적인 고난이야 돌봐주지 않는다 해도 마지막 마음 한 조각까지 여기는 착취해야 하는 건가요?"

휘네인이 울부짖자 컴페티온은 당황했다.

"오해하고 있군. 프텔리스 간의 사랑이나 결혼을 막지 않는다니까. 돈을 더 원하는 프텔리스들이 하지 않을 뿐이지."

"자유라는 거군요?"

"그렇지."

오해가 풀렸다고 생각했는지 컴페티온이 고개를 끄덕였다.

"뭐가 그래요! 그런 식으로 살 수밖에 없도록 되어 있잖아요! 애초에 제대로 된 선택의 여지가 없잖아요."

"힘이 작으니 선택의 여지가 작은 건 당연하잖아. 가진 능력 안에서 사는 거지."

"도와주어야 한다는 생각은 안 들어요?"

"그래 봐야 이득이 없는걸."

"……."

휘네인은 연이어 울었다. 뭔가 말을 해야 하는데 목이 메어 나오질 않았다. 여신이여. 맹세합니다. 나는 절대로… 절대로 이런 일을 벌인 자와 함께 하지 않겠습니다.

"넌 도와주고 싶은 거지? 동정이란 걸 하니까. 그래서 너 같은 빛의 존재는 마족의 입장에서 보면 신기한 존재인 거야."

"뭐가… 뭐가 신기해! 이 악마. 카피 나와! 네가 대답해 봐!"

왜 당신은 이런 존재인 거야! 아닌 척해놓고. 왜 이런 남자에게 자신은…….

컴페티온에게서 표정이 사라졌다. 눈빛이 차갑게 가라앉았다. 카피가 침착하게 대답했다.

"네가 따르는 빛의 기준으로는 내 행동이 부당해 보이는 건 이해한다. 하지만 마계의 기준으로 본다면 네가 저들을 동정하는 건 자유지만, 그걸 다른 이에게 강요하는 건 부당하다."

"동정요? 그런 게 아니라고요! 제가 말하는 건 저들의 기본적인 존엄성이에요. 어떤 영혼도 저런 식으로 취급되어서는 안 된다고요."

이 절규를 당신이 알아준다면. 당신이 이해해 준다면.

"그것이 빛의 논리지. 몇 가지 이유가 달려 있긴 했지만 나로서 납득 가는 것은 없다."

"논리가 아니고, 이유도 더 필요없어요. 모든 혼을 지닌 존재가 존중받아야 마땅하다는 건 그 자체가 진리라고요."

하지만 그럴 리 없지. 애초부터 당신은 마족이니까.

"나는 그걸 이해하지도 인정하지도 않는다."

"카피… 당신은 정말로……."

마황이군요. 그리고 마계는 정말로 지옥이고.

여신이시여. 정말로 이 우주에 이런 세계가 있었군요. 그리고 나는 이런 자에게 이런 곳에 대해 무언가를 기대하며 당신을 의심했고. 아아. 정녕 저는 보고서야 깨닫는 어리석은 인간입니다.

"그렇다면… 그렇다면 카피 당신이 예전에 내게 약속했던 것들은 설마! 설마!"

최소한의 희생으로 전쟁을 끝내주마. 그 와중의 피해로도 충분하니까라는 말은…

글자 그대로 진실이었다.

그가 얼마나 정직한 존재인지 예전에 알았으면서 왜 생각하지 못했을까.

'아니, 않았던 거야.'

혹시나 카피가 좋은 존재일까 봐. 그래. 카피가 좋은 존재였다면 얼마나 좋았을까. 이렇게 되고 나니 확실히 깨닫는다. 싫다, 어쩐다 했지만 사실은 자신도 그가 옆에 있길 바랐던 거다.

사제의 의무를 저버리고 마황이 만든 차가운 지옥에서 죽어가는 이들을 외면한 채 무엇을 꿈꾸었던가.

"카피……."

〈3권 끝〉

무한 상상 · 공상 세계, 청어람 신무협&판타지

『신마대전』,『투마왕』의 작가 김운영
세간에 화제를 불러온 최신 기대&화제작!!

흑사자(黑獅子) / 김운영 지음

세상에는 수많은 강자가
존재한다.

『흑사자』
(黑獅子)

한 자루 검으로 거대한 마물을 능히 상대할 수 있는 소드 마스터.
마나를 자유롭게 다루어 온갖 신비한 힘을 발휘할 수 있는 대마법사.
신의 선택을 받아 기적 같은 신성력을 행하는 고위성직자.
단신(單身)으로 국가의 운명에까지 영향을 미칠 수 있는 자들도 있다.
그러나 이들도 어렸을 때에는 약했다.

인간인 이상, 태어나서 십몇 년간은 성인의 힘을 이길 수 없다.
강해진 자들은 하나같이 오랜 세월 동안 남들이 이해하기 힘든
노력과 경험을 쌓아온 자들이다.

그러나 난 달랐다. 난 어렸을 때부터 강했다.
내게는 그 어떤 수련도 경험도 필요없었다.

난… 사자다.

청 어 람 판 타 지 장 편 소 설

『비커즈(BecaUse)』를 초월한
신개념 스타일리쉬 판타지의 재림!

손제호 판타지 장편 소설

러쉬 / 손제호 지음

단언한다!
이제부터 러쉬(Rush)의 시대다!

Rush : 돌진[맥진]하다. 쇄도하다. 돌격하다. 급습하다.

손제호 특유의 럭셔리 스타일!
누구도 넘볼 수 없는 기발한 상상력의 압승!
잘 버무려진 유쾌한 웃음과 명쾌한 즐거움의 조합!

2004년 최고의 화제작 『비커즈(BecaUse)』를 탄생시킨,
이 시대 최고의 스타일리시 스페셜리스트 손제호의 최신 역작!

유행이 아닌 자유추구 -
WWW.chungeoram.com

청 어 람 판 타 지 장 편 소 설

마신의 불길보다 더 사나운 환염의 붉은 불꽃!

홍염의 성좌 / 아울 지음

THE CONSTELLATION OF BLAZE

『홍염의 성좌』

98년 『검은 숲의 은자』, 02년 『폭풍의 탑』, 04년 『겨울 성의 열쇠』
고품격 판타지 작품 세계만을 선보여온 작가 민소영! 그녀의 최신작!!

신세대적인 기발함과 경쾌한 문체,
풍부한 상상력이 빚어낸 판타지계의 명품 중 명품!
짙고 그윽한 그녀만의 농밀함이 빚어낸 장대한 스펙터클 드라마!

2005년 여름,
진한 감동과 짜릿한 전율이 시원하게 회오리친다!